KB045866

목차 *contents* 5

이세계 마법은 뒤떨어졌다!

이세계 마법은 뒤떨어졌다!
5

히츠지 가메이 지음 | **himesuz** 일러스트 | **김보미** 옮김

SNOVEL

커버 그림, 본문 일러스트 | himesuz

프롤로그　세 번째 용사

　오늘도 지평선 너머 검은 파도가 밀려온다. 검은 파도의 정체는 생물이다. 그것은 인류의 적인 동시에 모든 것을 파괴하는 악이다.

　즉 마족.

　흙과 아주 약간의 초록만이 존재하는 황야가 마족이 뿜어내는 검은 기운에 물들어간다.

　천에 염료가 스미듯 서서히.

　연합 북부. 놀포크 대황야가 한눈에 내려다보이는 남쪽 언덕에서 연합 용사인 쿠치바 하츠미는 잠시 그 모습을 지켜보았다.

　문득 북쪽 지방 특유의 건조하고 서늘한 바람이 불어왔다. 바람과 함께 전해진 것은 살을 찌르는 저릿한 감각이다. 그 정체는 다가오는 살기에 확실히 섞여든 마족들의 초조다. 검은 파도를 이룬 마족들에게서 전에 없이 필사적인 공기가 전해져 온다.

　마족들은 조금 전의 전투에서 열세에 몰렸다. 다른 부대에도 버림받고 이미 돌이킬 수 없는 국면에 접어든 것이다. 그래서 자신들의 명예를 회복하고 확실한 결과를 거두기 위해 결사의 각오로 진격해 왔다.

　전투의 순간이 다가온 것을 느낀 하츠미는 뒤를 돌아보

았다.

바로 뒤. 숲 속에 몸을 숨긴 자들은 불려 온 순간부터 함께한 동료와 연합 병사들이다.

오른쪽 뒤에는 연합국 랄심의 무술사『가이어스 포반』. 왼쪽 뒤에는 자치주 최고 여자 마술사『셸피 휘트니』. 그리고 바로 뒤에서 명상하듯 조용히 무릎을 꿇는 이는 연합 종주국 미어젠의 왕자이자 검객『바이처 라퓨젠』이다.

모두 삼국에 널리 이름이 알려지고 그 이름에 부끄럽지 않은 실력을 갖춘 자들이다. 실력은 이미 증명되었다. 지금까지 네 번에 걸친 마족과의 전투에서 수없이 함께 싸워왔으므로.

신호하듯 고개를 끄덕이자 가이어스는 호쾌한 미소와 함께 가슴을 두드렸다. 셸피는 조용히 고개를 끄덕였다. 바이처는 언제나처럼 준비되었다는 듯한 충성스러운 표정을 지었다.

마지막 의사 확인을 끝마친 하츠미는 가파른 벼랑 아래로 내달렸다.

구령은 붙이지 않았다. 나를 따르라, 같은 말도 하지 않았다. 마지막 신호만으로 충분했다. 가장 먼저 적진에 쳐들어가는 것은 검객들뿐이다. 말하지 않아도 그들은 모두 뒤따랐다. 같은 검을 가진 자로서 마음은 이미 하나였다.

따라서 뒤도 돌아보지 않고 내달렸다. 역사적 전투의 한 장면처럼. 평소라면 불안을 느낄 만한 가파른 비탈도 영걸 소환의 가호를 받은 몸에는 평범한 길일 뿐이다. 아무리 **빨리** 달려도 두 발은 단단히 지면에 닿았다.

뒤따르는 동료와 병사들도 선봉의 기세에 동참한다.

그러니 지금은 불안도 걱정도 두려움도 그 무엇도 존재할 수 없다.

속도를 늦추지 않고 황야를 가득 메운 마족군 속으로 쳐들어갔다. 마족들은 예상치 못한 방향에서 일어난 급습에 미처 대응하지 못하고 허둥대기 시작했다.

쿠치바 하츠미는 검을 뽑았다. 오른손으로 뽑은 검은 드워프 대장장이가 직접 만들어 준 무기다. 전설 속에서나 등장하는 소재로 전설 속에서나 나오는 단조법으로 만든 최상품, 타도(打刀). 도신(刀身)의 길이가 1미터 20센티미터에 달하는 미스릴 대태도(大太刀)다.

그 은빛 도신과 하츠미가 가진 검기가 합쳐지면 마족 따위는 종이 인형에 불과하다. 한 번의 휘두름으로 살점도 무기도 아무런 저항을 느낄 새도 없이 간단히 나뉘져서 기름은커녕 피조차 도신에 달라붙지 않는다.

휘두르기만 하면 된다. 그저 몸이 움직이는 대로 검과 팔이 향하는 대로. 몸을 맡기면 결코 지는 일은 없다.

정면에서 태세를 재정비하느라 쩔쩔매는 마족군을 향해 검을 휘둘렀다. 비스듬히 내려치자 앞에 있던 마족의 몸뚱이가 두 개로 갈라졌다. 그 기세를 몰아 돌아서 옆에 있던 마족의 머리를 날렸다.

양쪽 마족은 바이처와 가이어스가 맡았다. 무술사의 주먹과 검객의 검이 마족을 죽음으로 몰았다.

눈앞에 보이는 마족을 베고 있자 이윽고 사방에서 함성이 일었다. 뒤늦게 좌우로 갈라진 부대가 충돌한 걸까. 검객들이 길게 뻗은 적진의 측면을 공격했다. 마족은 순식간에 둘로 갈라졌다. 그때를 노려 뒤에서 마법 공격이 이어졌다.

셀피가 지휘하는 마법사 부대가 예상대로 둘로 갈라진 마족 부대에게 추가 공격을 감행한 듯했다. 이윽고 대열도 진형도 무너진 마족은 이쪽의 계획대로 노련한 검객들에 의해 각개격파를 해야 하는 처지였다.

첫 공격에 성공하면 그다음은 이쪽의 계획대로였다.

마족은 개인의 역량이 뛰어난 탓인지 한 번 대열이 무너지면 협력전을 펼치지 않았다. 마물도 포함된 혼성 부대인 탓도 있지만 쉽게 자신의 힘에 호소한다.

전투에서 흥분은 치명적인 결과를 가져온다.

그러므로 이전과 다름없이 환부에 메스를 넣듯 고름을 제거해나갈 뿐이다. 용사인 자신의 존재로 이쪽의 결속력은 견고했다.

얼마 뒤, 다른 마족들과는 격이 다른 분위기를 풍기는 마족이 앞으로 나왔다.

마족 장군이다. 마력이 깃든 검이 무기인, 외투를 걸친 마른 몸의 마족 검객. 이름은 마우하리오.『열풍순신(烈風瞬迅)』이라는 이름으로 불리며 그 검기로 수많은 연합 병사의 목을 베어왔다고 한다.

"연합 용사!"

그의 첫마디는 포효였다. 마른 체구에서 터져 나온 예상치 못한 쩌렁쩌렁한 목소리가 황야를 진동시키고 모래를 감아올렸다. 한 번의 외침에 연합 병사들의 움직임이 둔해졌다. 꺼림칙한 기운에 영향을 받은 것이리라. 상대의 기백에 눌려 움직임에 정체가 발생했다.

그 포효에 영향을 받지 않은 자는 몇 명의 장군과 동료, 자신뿐이다.

첫 포효가 터지기 무섭게 마우하리오는 순식간에 자신을 향해 돌진해 왔다. 마풍을 동반한 참격이 이어졌다.

"받아라아아아아아아앗!"

"하아아!"

그에 답하듯 대태도를 휘둘렀다. 공기를 머금은 칼끝이 날카로운 소리를 울리며 마족의 검을 튕겨냈다.

마우하리오는 순식간에 좁힌 거리를 한순간에 벌렸다. 곧바로 순간 이동하듯 왼쪽 옆으로 돌아들어와 검을 날렸다.

미스릴의 도신으로 방어하자 검이 부딪치는 소리가 울려 퍼졌다. 자신보다 키가 큰 마족이 내리누르듯 검을 밀어 붙이지만 경합은 교착상태다. 근력이 약한 여자의 몸이지만 대등하게 맞서는 것은 영걸 소환의 가호로 힘이 강해졌기 때문이다.

"연합 용사! 오늘에야말로 네년을 죽이고 나크샤트라 님께 그 목을 받치고 말겠다!"

"쯧…… 미안하지만 나는 이런 데서 죽을 생각이 없어."

가까이에서 들려오는 고함 소리에 질려하면서 마우하리오의 검 아래로 파고들어 검을 받아넘겼다. 그 기세를 몰아 참격을 날렸지만 마우하리오는 위기를 느꼈는지 반대쪽으로 몸을 피했다.

마우하리오는 칼끝이 닿지 않는 거리에서 검을 바로잡았다. 눈으로 쫓지 못할 만큼 움직임이 빠르다.

……이 마족 검객은 속도로 승부를 보는 타입이다. 이쪽의 칼끝이 닿지도 않고 한 번에 좁힐 수도 없는 거리인 동시에 저쪽이 한순간에 좁힐 수 있는 거리는 일반적으로 생각하면 이쪽이 불리하다.

그렇다고 우는소리를 하고 있을 수는 없다.

다리는 가볍게 벌리고 왼발 복사뼈에 오른발 뒤꿈치가 향하도록 의식하며 T자 모양으로 섰다. 검을 목 뒤로 숨기듯 오른쪽 어깨에 걸쳤다. 공기 너머로 목덜미에 금속의 서늘한 감촉이 느껴졌다.

검을 쥔 마족 장군까지의 거리는 눈짐작으로 약 8미터다. 이쪽 도신의 길이는 1미터가 조금 넘는다. 속도와 돌격력으로 승부를 보는 마족 장군에게는 절호의 기회이리라. 옆에서 보면 공격권 안에 들어오는 적을 기다리는 것처럼 마우하리오의 얼굴에 희열 섞인 조소가 번졌다.

이쪽이 도박을 걸었다고 생각하는 것이 틀림없다. 먼저

베느냐 베이느냐의 승부로 판단하고 자신의 승리를 확신한 표정이다.

……칼끝을 뻗는다 해도 상대의 몸까지는 어림짐작 족히 6미터 이상의 거리다. 절대로 검이 닿을 수 없는 거리다.

그러나 그런 것은 이쪽에게 **사소한 문제**다.

반대로 그 사실을 알 리 없는 저쪽(마족 장군)에게는 **치명적인 문제**였지만.

"죽어라아아아아아아아아앗!"

마족 장군이 불온하기 그지없는 목소리로 외쳤다. 살기 어린 음의 파동이 전조처럼 몰려오지만 마음은 물처럼 고요하다. 외부에서 내부로 들어오는 모든 정보는 하찮은 것으로 전락한다.

지금 이 순간만은 살기 어린 포효도 마족의 환성도 병사의 비명도 동료의 외침도 자신 안에서 조금의 파문도 일으키지 못한다.

그리하여 자신이 선택한 한 수는, 그렇다.

──구리가라타라니 환영검(倶利伽羅陀羅尼 幻影劍), 절인(絶刃)의 태도(太刀).

번쩍 눈을 뜨며 기합도 호흡도 전부 마족 너머로 날려버리듯 어깨에 걸친 검을 휘둘렀다.

거리는 서로의 칼끝이 닿을 정도. 마족 장군의 등 뒤에서 바람 소리가 들려왔다. 검이 지나간 자리에는 모두의 예상을 완전히 뒤엎고 마족 장군의 하반신이 처절한 속도로 자신의 옆으로 굴러갔고, 상반신은 뿌연 먼지바람과 함께 피를 뿌리며 반대 방향으로 날아갔다.

한 걸음도 떼지 못한 채로 마우하리오는 패배했다.

남은 것은 정적뿐이었다.

그 직후 병사들의 환성이 일었다. 쓰러뜨린 모습을 보고 있던 자들이 꽤 있었던 것이리라.

그러나 주위의 마족들은 움직이지 못했다. 자신들보다 상위의 마족이 쓰러지는 모습을 목격한 탓도 있지만 무엇보다 상황 자체를 이해하지 못했기 때문이다..

한편, 죽음까지는 이르지 못한 걸까. 마우하리오는 바닥에 쓰러진 채 입에서 피를 뿜으면서 경악한 시선을 향해왔다.

"어……째서 분명 검은……."

그렇다. 분명 검은 마족 장군의 몸에 닿지 않았다. 그러나 아까도 말했듯이 그것은 사소한 문제다.

두 번 다시 일어날 수 없게 된 마족 장군 앞에서 보란 듯이 피를 털어낸 후 싸늘한 시선으로 내려다본다.

그리고.

"──검객이라면서 무슨 말을 하는 건지 모르겠네. 간격 안에 있는 것만 베는 검객 따윈 이류도 과분할 것 같은데?"

쌀쌀맞게 내뱉은 말은 상대에게 있어서 소름이 끼칠 만한 것이었을지도 모른다.

그러나 마족 장군은 그 전율을 느낄 새도 없이 숨이 끊어졌다.

……머지않아 마족과 인간의 싸움은 끝이 났다. 인간——연합 측의 승리였다.

검객과 마법사들의 환성이 사방에 울려 퍼졌다. 전투가 막을 내렸다는 뜻이다.

얼마 뒤 병사들을 뚫고 한 소년이 걸어 나왔다.

기사복 차림. 연합 종주국 미어젠의 왕자이자 칠검 중 한 사람, 바이처 라퓨젠이다. 그가 발치에 무릎을 꿇었다.

"훌륭한 전투였습니다. 용사님."

"그 용사라는 호칭은 쓰지 말아달라고 몇 번이나 말한 것 같은데. 바이처."

진지함을 실제로 옮겨놓은 듯한 바이처의 인사에 쿠치바 하츠미는 질린 한숨을 토했다.

그러나 바이처는 아랑곳하지 않고 하츠미의 손을 잡아 손등에 입을 맞추려고 했다.

바이처에게는 평범한 의식인 걸까. 하츠미도 그 행위에 거부감은 없었지만 어째선지 오늘도 입술이 닿기 직전에 도망치듯 잡힌 손을 뺐다.

바이처가 고개를 들어 올려다보았다. 영리한 표정에 유감의 빛이 스쳤다.

"용사님……."

"그러니까 바이처."

그때 반대편에서 하츠미의 동료 중 한 사람인 셀피 휘터니의 목소리가 들려왔다.

"어쩔 수 없잖아요. 하츠미는 실제로 용사니까요."

"셀피까지……."

"곤란해 하셔도 사실을 왜곡할 수는 없습니다."

"으으……."

셀피가 무뚝뚝한 투로 단언하자 하츠미는 신음했다.

연녹색 로브를 걸치고 후드를 깊게 눌러쓴 여마법사. 어쩐지 로브 안에 감춰진 얼굴에는 미소가 번지고 있는 듯했다.

그때 어디서 나왔는지 바이처의 뒤에 커다란 그림자가 생겼다.

"오늘도 차였나보군, 왕자님."

무턱대고 쾌활하고 쩌렁한 목소리가 바이처에게 쏟아졌다. 목소리의 주인공은 근육이 걸어 다니는 듯한 인상을 풍기는 남자, 가이어스 포반이다.

가이어스는 오랜 상처로 흉이 진 손으로 바이처의 어깨를 툭 쳤다. 동료라고는 해도 왕자이므로 언동에 주의하는 편이 좋을 것 같지만 어쨌든―. 바이처에게는 존경의 의미인 입맞춤을 아무래도 착각한 모양이다.

바이처는 원망하듯 눈을 가늘게 뜨고 가이어스를 노려보

았다.

"……누가 거절을 당했다고!"

"호오? 내가 보기에는 늘 그랬던 것 같은데?"

"크윽…….."

가이어스의 능청에 바이처의 눈꼬리가 짜증으로 살짝 치켜 올라갔다.

"따, 딱히 바이처가 싫어서가 아니야! 그저 그런 거에 익숙하지 않달까, 익숙하지 않은 것 같달까……."

"그래도 싫어하는 것처럼 보인 건 확실해."

"가이어스, 입 좀 다물면 안 되겠어? ——용사님. 저는 그저 용사님을 존경하는 뜻에서……."

"두 분 모두 하츠미를 곤란하게 해선 안 돼요."

셸피가 무뚝뚝하게 충고했다. 그러나 두 사람은 아직 할 말이 남은 듯 불만스러운 표정으로 "네에", "네……" 하고 대답했다.

"뭐…… 어쨌든 다들 수고했어."

하츠미는 치하의 말을 건넸다. 그 말에 세 사람은 대답하거나 손을 들어 보이며 기분 좋게 응답했다.

"하지만 예상했던 것보다 숫자가 적었어."

하츠미가 납득이 가지 않는다는 듯 인상을 쓰자 셸피가 대답했다.

"이번에 상대한 마족 군단은 총 세 개 중 하나였으니까요."

"역시 지금 우리가 쓰러뜨린 마족 군단은 버리는 카드

였어.”

현재 연합군을 공격한 마족 군단은 총 셋이다. 하나는 지금 무찔렀지만 아직 두 개의 군단이 남았고 지금 싸운 군단보다 규모가 훨씬 크다.

“뭐, 됐잖아. 오늘 전투에서도 이겼으니까.”

“방금 용사님이 쓰러뜨린 상대는 마족 장군입니다. 그 이상을 바라는 건 지나친 욕심이에요.”

“하지만…….”

“하츠미. 그쯤 해두라고. 자꾸 그러면 하츠미가 오기 전까지 고전하던 우리 입장이 뭐가 되겠어?”

“네. 당신이 오기 전까지 연합군은 마족군단 하나에 밀리고 있었는데 당신이 전장에 나타나자마자 형세를 되돌린 것은 물론이고 그 뒤에 나타난 장군과도 팽팽히 겨룰 수 있게 되었습니다. 그리고 오늘.”

“세 개의 군단 중 하나를 괴멸하고 장군 한 명을 죽였습니다. 모두 용사님이 있었기에 가능했던 일이죠.”

“뭐? 전부라고? 그럼 내가 죽인 놈들은 뭐고?”

“마족 군단을 격파할 수 있었던 것도 마족 장군을 쓰러뜨린 것도 가이어스가 마족군을 무찌른 것도 **전부 용사님 덕이다.**”

바이처는 딱 잘라 말했다. 바이처의 쌀쌀맞은 말에 가이어스가 분노로 눈을 치떴다. 또 싸움으로 번지나 싶어 한숨을 쉰 하츠미는 화제 전환을 시도했다.

"바이처. 이쪽의 전력이 충분히 갖춰져서 이긴 거지 딱히 내가 잘한 게 아니야. 그리고 문제는 앞으로가 문제고."

"……그래요."

그 말에는 셀피만 동의했다.

그렇다, 이번에 쓰러뜨린 마족은 자신의 힘을 믿는 타입이었다. 그래서 군 운용도 힘으로 밀어붙이는 단조로운 공격이 주여서 비교적 다루기 쉬웠다..

하츠미가 전장에 나선 뒤로는 열세를 뒤집고 우세로 접어들 수 있었다. 그러나 그 후, 원군이 온 뒤로 형세는 균형을 유지하게 되었다. 책략을 쓰는 적장이 나타나 싸우기 어려워진 것이다. 원군만 아니었다면 조금 더 빨리 영지를 되찾을 수 있었으리라.

하츠미가 심각한 표정을 짓자, 바이처가 쓸데없는 걱정이라는 듯 자신만만한 표정으로 말했다.

"용사님이 있는 한 마족 군단 따위는 두려워할 것이 못 됩니다."

"내 말이. 그리고 나도."

여전히 자의식 과잉인 가이어스가 가슴을 탕 두드렸다. 그런 가이어스를 향해 바이처는 물론이고 이번에는 셀피까지 날카로운 시선을 던졌다.

세 사람의 고양된 모습과는 대조적으로 하츠미의 얼굴에는 그림자가 드리웠다.

"저기…… 너희들은 나를 어떤 사람이라고 생각해?"

그 뒤에 생각났다는 듯이 "아, 용사라는 대답은 하기 없어!"라고 덧붙였다. 그러자 세 사람은 서로의 얼굴을 쳐다본 뒤 저마다 대답을 내놓기 시작했다.

"용사가 아니면 절세의 미녀 검객?"

"종족으로 말하면 인간 소녀이지요."

가이어스와 셸피에 이어 바이처는 가슴에 주먹을 대고 사뭇 진지한 표정으로 하츠미 쪽으로 몸을 틀었다. 그리고.

"용사님은 우리들의 공주이십니다."

"──히익?! ……바이처 그거 엄청 낯간지러운 말 같은데."

"호호오! 그래도 싫어하는 것 같지만은 않은데? 공주니이임!"

"가이어스까지! 됐어!"

대놓고 듣기에는 낯간지러운 호칭에 하츠미의 얼굴이 타는 석양처럼 새빨개졌다. 하지만 이내 기운 없이 고개를 숙였다.

──그런 말이 듣고 싶었던 게 아니야.

불안으로 눈동자가 흔들리는 하츠미의 얼굴을 아래에서 올려다보듯 셸피가 가까이 다가와 무릎을 꿇었다.

"기억이 사라져서 불안한 건가요?"

"……당연하지. 기억하는 건 이름하고 검술뿐인데? 오히려 아무렇지 않은 게 이상해."

그렇다, 연합에서 불려 온 용사 쿠치바 하츠미는 소환된 방에서의 일…… 즉 용사로 소환되었다는 사실밖에 기억나지 않았다. 즉, 기억상실로 자신이 예전에 어디에 살았고 어떤 사람이었으며 무엇을 했었는지 전혀 떠오르지 않았다.

기억하는 것은 쿠치바 하츠미라는 자신의 이름과 검술뿐이다.

그래서 하츠미는 여전히 발이 허공에 떠 있는 것처럼 불안했다.

가이어스가 다가와 하츠미의 어깨를 툭 치며 말했다.

"우리들이 있잖아. 기운 내라고!"

"응……."

"용사님. 기억이 없다면 지금부터 만들어 나가면 됩니다. 우리와 함께."

"바이처……."

바이처가 부드럽게 미소 지으며 말했지만 불안은 가시지 않았다.

그러자 가이어스가 타인의 수치를 떠벌리듯 입가에 양손을 대고 외쳤다.

"오, 바이처의 닭살 멘트가 시작됐다!"

함부로 떠벌리는 가이어스의 뒤에서 바이처가 조용히 검을 뽑았다.

승리의 기쁨에 젖은 동료들을 슬쩍 바라본 뒤 하츠미는 하늘을 올려다보았다.

"…………."

기억은 사라졌다. 하지만 가끔 이 세계에 오기 전인 듯한 풍경이 꿈에 나타났다. 꿈은 늘 같은 내용이었다. 이 세계에 존재하지 않는 것들이 많이 나오고 늘 같은 사람이 나왔다. 눈을 뜨면 모든 것이 어렴풋해졌다. 그 사실이 말할 수 없이 하츠미를 불안하게 만들었다.

결코 잊어서는 안 될 매우 중요한 기억이라고 말하는 듯했다.

그럴 때마다 하츠미의 가슴은 숯처럼 타들어갔다.

제1장 사디어스 연합으로

──사디어스 연합에 영걸 소환 의식에 관한 단서가 있다.

페르메니아가 가져 온 책에서 정보를 얻은 스이메이는 페르메니아, 레피르, 리리아나와 함께 네페리아 제국의 수도 필라스 필리아를 떠나 대륙 북서쪽에 위치한 사디어스 연합으로 향했다.

그들은 현재 제국에서 연합으로 향하는 마차에 몸을 싣고 있다.

실제로는 마차가 아니라 거대한 뿔과 길고 덥수룩한 털을 가진, 덩치는 코끼리만 한 카우폰이라고 불리는 생물이지만 어쨌든──.

현대 마술사 야카기 스이메이는 카우폰 차내 구석에서 페르메니아와 리리아나에게 한창 마술 강의를 하고 있었다.

판자를 댄 차내에서 스이메이가 가져온 종이를 펼쳐놓고 페르메니아와 리리아나는 얌전히 스이메이의 말을 경청했다. 한편, 마법은 한창 배우는 중이라 아직 문외한에 가깝고, 마술은 딴 세계 이야기인 줄 아는 레피르는 스이메이의 뒤에서 혼자 콧노래를 흥얼거리면서 검을 닦았다.

"──그럼 이 주제는 끝인데 다음 주제로 넘어가도 되겠어?"

"네."

"괜찮아요."

페르메니아와 리리아나의 대답을 들은 뒤 스이메이는 다음 주제로 넘어갔다.

"그럼 이제부터 내가 살던 세계에 존재하는 마술의 전례화 기술과 그 성립에 대해서 설명할게. 전례화라는 건 마술 행사에 필요한 번잡한 절차를 간단한 동작이나 짧은 주문으로 변환하는 건데 전례화를 거치면 절차가 간단해져서 마술 행사에 걸리는 시간이 단축돼. 주문이 길면 짧은 문장으로 정리하고, 까다로운 주문은 손짓이나 몸짓으로 바꾸고, 어려운 동작이 필요한 건 주문으로 바꾸는 식이지."

스이메이는 잠시 쉬었다가 다시 말을 이었다.

"내가 다루는 마술 중에서 가장 많이 사용하고 알기 쉬운 전례화를 거친 마술이 지탄의 마술이야. 손가락을 튕기기만 하면 되거든."

"이렇게요?"

틈을 잇듯 페르메니아가 탕, 손가락을 튕겼다.

이번에는 스이메이가 가볍게 손가락을 튕기자 스이메이 앞에 놓인 종이가 가벼운 충격을 받고 떠올랐다.

"이 세계에서 이걸 사용하면 엄청 놀라지."

"우리 세계에서 마법은 기본적으로 주문 영창이나 키워드 (건언)를 외쳐서 엘리멘트의 힘을 빌려야 발동하니까요."

"그런 절차 없이 간단히 마법을 행사하는 건 이 세계 마법 원리에 위배되는 일이니까 놀랄 수밖에요."

리리아나는 오랜만에 마법 상식이 뒤집혀서일까. 새로운 이론에 아직 익숙지 않은 듯 인상을 쓰며 고개를 갸웃했다.

영창은 없어서는 안 되는 것이 상식이며 불변의 진리라고 배웠다면 전례화는 생각할 수 없는 사항인지도 모른다.

"지탄의 마술. 이 효과는 원래 주문을 외쳐야 발생하지만, 주문 영창과 손가락을 튕기는 행위를 바꾸면 지탄만으로도 주문을 왼 것과 똑같은 효과를 보게 돼."

두 사람은 스이메이가 말한 내용을 종이에 술술 적어나갔다. 스이메이는 필기가 끝날 때까지 기다렸다가 다시 전례화에 대해서 설명하기 시작했다.

"쓸데없는 것을 생략하거나 정보를 축소해서 필요한 행동을 간소화하는 것으로 마술 행사를 쉽게 하는 거야. 그 밖에도 말할 수 없는 상황이라든가 행동이 제한된 상태에서도 마술 행사가 가능해지고. 또 이게 꽤 중요한데 절차가 복잡한 마술의 행사 속도도 단축할 수 있어."

"스이메이. 어떻게 짧게 할 수 있는데요?"

"예를 들어 주문을 다섯 소절 외쳐야 하는 마술이 있다고 쳐. 그 마술을 행사하려면 주문을 외는 시간이 5분 정도 필요한데 그중 두 소절을 몸짓과 아티팩트(마술품) 사용으로 바꾸고 영창과 함께 행사하면——."

"행사에 걸리는 시간은 2분 단축되는 거네요."

"그렇지. 전례화는 행동이 제한된 상태의 마술 행사 이외에도 그런 장점이 있어."

전례화 설명을 들은 페르메니아와 리리아나는 "호오······"
하고 감탄했다.

"하지만 스이메이 님. 전례화로 시간을 단축해도 엔트로
피는 변하지 않는 거죠?"

"응. 그대로야."

"페르메니아, 무슨 말이에요?"

"전례화를 통한 시간 단축은 현대 마술 이론에서 다른 마
술 체계와 섞어서 단축하는 것과 다르게 영창 행위를 다른
행동으로 대체한 것뿐이니까 실제로 하는 건 같다는 말이
에요."

"아······."

이 이야기는 일전에도 페르메니아에게 설명한 적이 있는
데 역시 바르게 이해하고 있다. 마술을 배운 지 얼마 되지
도 않았는데 이해력이 이 정도다. 천재 마법사라고 불리는
것도 납득이 간다.

"이제 전례화의 성립인데 내가 살던 세계에서는 2천 년도
더 거슬러 올라가야 해. 그 무렵 서쪽 지방에서는 민중 앞
이나 의회에서 청중을 매료시키고 설득하는 연설이 크게 유
행했어. 그렇게 해서 정치에 영향을 주거나 세상을 더 좋게
만들려고 한 건데, 이 연설에는 모든 말을 진실이라고 믿게
하는 억양과 몸짓 같은 기술 외에 빠질 수 없는 기술이 하나
더 있었어. 뭔지 알겠어?"

"말하는 거니까 연설 내용을 기억하는 기술이요?"

"맞았어. 정확히는 외운 내용을 정확히 머릿속에서 끄집어내는 능력인데 그걸 기억술이라고 해."

기억과 마술. 두 개의 연결고리를 찾지 못한 두 사람은 영문을 모르겠다는 표정을 지었다. 그런 두 사람을 위해 스이메이는 다시 설명하기 시작했다.

"암기를 예로 들면. 가령 걸으면서 내용을 외우거나 다른 행동을 하면서 외우면 더 잘 외워진다. 혹은 외울 때 했던 행동을 똑같이 한다거나, 외웠던 장소에 다시 가면 쉽게 생각난다거나 하는 경우가 있잖아?"

"네. 들어본 적은 있어요."

"암기하지 못하는 건 기억력이 나빠서라고 하는데 그건 뇌가 기억하지 못해서가 아니야. 인간은 의식해서 외우지 않아도 현상을 기억할 수 있잖아? 단순히 기억나지 않는 건 머릿속에서 정보를 끌어내지 못한 것뿐이야. 즉 그걸 보조해서 쉽게 끌어내주는 게 아까 말한 행위고."

스이메이는 거기서 일단락지은 뒤 원래 하던 이야기로 되돌아갔다.

"그래서 이 기억술이라는 건 기억 보조술로 발전했고 그게 마술에도 도입됐어. 요컨대 행동에 의해 기억 즉 머릿속에 보존한 정보가 되살아난다는 건 다시 말해——."

스이메이의 말을 페르메니아가 이었다.

"머릿속에 보존한 기억을 이용해서 마술을 사용한다고 가정하면 주문을 외는 것뿐만 아니라 손짓 발짓으로도 마술 정보를 기억해낼 수 있지 않을까?"

"그래. 그렇게 생각한 거야."

페르메니아의 대답에 스이메이는 만족스럽게 끄덕였다. 그 마술을 익힐 때 열쇠가 된 행동을 다시 정확히 반복할 수 있다면 즉 머릿속에서 기억을 끄집어내는 것처럼 직접 마술을 행사할 수 있지 않을까, 라는 이야기다.

이야기를 듣고 있던 리리아나의 표정이 점점 일그러졌다.

"엉뚱한 이야기처럼 들려요."

"그럴지도 모르지. 하지만 지금 한 이야기는 이론이 탄생하고 확립되기까지의 과정을 생략한 거니까. 실제로는 상당한 연구 기간을 거쳐서 완성된 거야."

"으으……."

스이메이는 설명했지만 리리아나는 아직 이해되지 않는다는 듯 신음했다. 분명 지금 설명한 내용은 극단적으로 말하면 외운 것을 떠올리는 것만으로도 마술을 사용할 수 있다고 말한 것이다. 떠올리는 것은 자신의 내부에서 실천 없이 끝나는 것이라서 외부로 전달되지 않는다. 그것이 새로운 이론을 받아들이는 리리아나를 방해했다.

그러나 그것이──.

"아직 물질에 사로잡혀 있다는 증거야. 그런 걸 사상으로 구현해주는 감지할 수 없는 불가사의한 에너지, 불가사의한 벡터, 불가사의한 법칙 같은 것들이 우리가 해명하려는 『신비』야. ……계속 접하다보면 이해하게 될 거야."

리리아나에게 말한 스이메이는 슬슬 강의 마무리에 들어 갔다.

"그래서 이런 신비적인 행위의 정리나 변환, 마법진의 사상화, 노탈리콘, 테무라, 게마트리아 등은 스스로 의식을 만들어내는 것과 비교된다는 데서 편의상 전례화 기술이라고 불려."

설명을 끝마친 스이메이는 두 사람에게 보충설명이 필요한지 물었다.

"질문 있어?"

그러자 리리아나가 손을 들었다.

"마법진…… 스이메이가 사용하는 갑자기 그려지는 마법진에 대해서도 가르쳐주세요."

"미안하지만 그건 다음에. 마법진의 사상화와 구현화에 대해서는 일단 전례화를 익힌 뒤에 배우는 게 좋아."

"아쉽네요."

리리아나는 꽤 기대했었는지 실망한 표정을 지었다.

"그래서 빈칸 채우기 문제를 준비했어. 전례화 이외에 오늘 다룬 내용의 요점을 빈칸으로 비워뒀어."

스이메이가 종이를 나눠주자 페르메니아는 종이를 보면서 의문을 던졌다.

"스이메이 님. 이런 건 직접 해보는 게 도움이 될 것 같은데……. 실천하는 건 다음이에요?"

"그렇긴 한데 차 안에서는 좀 어렵겠지? 직접 하려면 제대로 된 장소가 필요한데 그걸 여기서 간단히 준비할 수도 없는 일이고."

"하긴 그러네요……."

대답은 했지만 페르메니아도 완전히 납득하지는 못한 눈치다. 페르메니아 말대로 이런 테스트를 해도 실감할 수 없는 것은 사실이다.

"성립에 대해서 자세히 알면 이해도 빠를 거라 생각했는데…… 역시 누군가를 가르치는 건 어렵네."

머리에 무거운 짐을 인 사람처럼 고개를 숙인 스이메이가 괴로워하면서 말했다. 스이메이도 정식으로 제자를 둔 적은 없기에 가르치는 일에 익숙하지 않았다. 일단 예외는 한 사람 있지만 처음부터 꽤 마술을 다룰 줄 알고 특히 독특한 마술을 구사하는 조수이기에 아주 기본부터 가르치는 건 이번이 처음이었다. 아무래도 고전은 면할 수 없었다.

그래서 두 사람에게는 여러 가지로 의견을 내게 했다.

"알았어. 실천에 대해서는 다시 생각해볼 테니까 우선은 그것부터 풀어봐."

"네."

"이런 흰 종이를 일회용품처럼 쓰는 것도 아까운 것 같아요……."

아까부터 흰 종이를 아무렇지 않게 써서일까. 리리아나가 종이를 들고 떨떠름한 표정을 지었다.

이 세계에서 흰 종이는 귀하다. 아직 저쪽 세계처럼 산업

혁명은커녕 종이 제작의 기계화조차 이루어지지 않았기에 대량 생산 라인이 존재하지 않는 것이리라.

'이것도 마법 문화가 활발해서인가…….'

마법진과 주문을 종이에 적을 때는 저쪽 세계에서도 시판되는 흰 종이보다 전용으로 만들어진 양피지가 좋은 것으로 여겨진다. 그래서 마법 문화가 주축인 세계에서는 생산하기 쉬운 흰 종이보다 양피지가 주류인지도 모른다.

이윽고 페르메니아와 리리아나가 빈칸을 채우기 시작했다.

스이메이는 앉은 자리에서 엉덩이를 빙글 돌려 레피르 쪽을 향했다.

"휴."

"쉬는 시간?"

"일단락됐어. 얼마나 더 가야해?"

"곧 국경 요새가 보이기 시작할 테니까 오래 걸리진 않을 거야."

"길어. 사흘이나 나무 바닥에 앉아 있었더니 궁둥이가 다 아프다."

"스이메이, 품위를 지켜."

레피르는 웃으면서, 인상을 쓰는 스이메이의 이마를 가볍게 손가락으로 튕겼다.

"아얏…… 그런데 조금 있으면 국경이라면서 어째 산다운 산이 안 보이네?"

스이메이는 이마를 문지르면서 차창 밖으로 앞을 보았다. 스이메이의 말대로 진행 방향에는 산맥은커녕 작은 산조차 보이지 않았다. 국경은 대부분 산맥을 경계로 삼고 있어서 국경 요새는 산맥 사이의 계곡 따위에 지어지는 것이 일반적이다.

인접국이 쉽게 쳐들어오지 못하게 하기 위해서는 꽤 중요한데 이상하게도 산맥 그림자조차 보이지 않았다.

스이메이가 바람을 맞으면서 회의감을 나타내자 레피르가 별일 아니라는 듯 시원하게 미소를 지었다.

"이 앞에는 마를 들여다보는 계곡으로 불리는 대지의 균열이 있어서 그게 제국과 연합 자치주 사이에서 국경선 역할을 하고 있어."

"균열?"

"요컨대 지면에 생긴 깊은 계곡이야. 여신의 종복 중에 이샤크토니와 쌍벽을 이루는 정령이 분노해서 대지를 갈라놓은 거라고 알려져 있어."

"호오……."

스이메이는 흥미진진하다는 듯 감탄했다. 그런 이야기는 종종 호기심을 자극한다. 순간 동아프리카 지구대처럼 거대한 이미지가 머릿속에 그려졌다.

"깊은 곳은 바닥이 보이지 않을 정도라서 비교적 얕은 지대에 설치된 다리 요새가 국경 요새 역할을 하고 있어."

"……응? 그렇게 되면 한쪽 나라 요새밖에 없는 거 아니야?"

"다리 요새는 연합 거야. 제국의 요새는 그걸 에워싸듯 만들어졌어. 이제 보이기 시작하는 건 그거야."

손짓하는 레피르에게 종이와 연필을 건네자 레피르는 종이에 그려서 보여주었다. 대지의 균열을 나타낸 듯한 검게 칠한 검은 선에 세 개의 다리를 품은 요새가 걸쳐져 있고 그 앞을 반원형의 요새가 가로막고 있다.

둘이서 대화를 나누는 도중에 레피르가 생각났다는 듯 다른 화제를 꺼냈다.

"그러고 보니 떠나기 전에 들린 소문으로는 혼수 사건의 피해자가 깨어났다던데."

"아 그거. 이왕이면 더 잠들어 있었으면 좋았는데."

예상이 틀어졌다는 듯 스이메이는 얼굴을 찌푸렸다. 스이메이는 사건이 사람들의 기억 속에서 희미해져서 더 이상 이 일이 문제시되지 않을 때까지 피해자인 귀족들이 잠들어 있기를 바랐다. 아주 깊이.

리리아나를 향한 제도 사람들의 인식이 변한 지금은 그것이 절대적으로 필요하지는 않지만 문제를 일으킬 만한 여지는 없는 편이 가장 좋다.

한편 레피르는 사건 피해자를 상대로 말이 심하다고 생각한 듯 수상쩍은 시선으로 스이메이를 바라보았다.

"……가끔 느끼지만 넌 피도 눈물도 없는 사람 같아."

"응? 나는 마술사인데? 그렇게 바른 인간이 아니야."

"그렇다고 그런 말을 해도 되는 건 아니라고 생각해."

"그럴지도. 이런 일을 하다보면 이기적이게 돼. 그건 리리아나를 받아들인 것만 봐도 알잖아? 결국 나는 상관없는 사람이 어떻게 되든 신경 쓰지 않는 인간이야."

"그런데 누군가가 부당한 일을 당하고 상처받으면 화를 내기도 하잖아?"

"모순된다는 건 알아. 그 건은 여기(이세계) 오기 전에 일단 해결 봤어. 그 모순이 결과적으로 뭘 낳는지도 알고 있고."

"그래."

스이메이는 체념한 듯 먼 곳을 바라보았다. 그런 스이메이의 마음을 눈치챘는지 레피르는 더 이상 묻지 않았다.

"내가 좌절하기 시작했을 때의 이야기야. 라쟈스를 쓰러뜨렸을 때 잠깐 말했던 **그거.**"

"응. 꽤 흥미로운데. 다음에 꼭 말해줘."

"관둬. 떠올리기도 싫으니까."

후후후, 웃으며 레피르가 다가가자 스이메이는 몹시 난감해졌다. 약점이 될 게 뻔한 이야기를 하는 것은 자존심이 허락하지 않았기에 스이메이는 탈선한 이야기로 되돌렸다.

"제도 사람들의 인식도 바뀌었으니 리리아나는 괜찮겠지."

"말이 나와서 말인데 레이지 일행은 괜찮을까."

문득 레피르가 레이지 일행의 이야기를 꺼냈다. 당분간 제국에 남기로 한 레이지 일행과는 헤어졌다──.

"걱정되는 거라도 있어?"

"아니, 이러니저러니 해도 제도에서 소동을 일으켰으니

까. 혹시라도 그들에게 불이익이 생기면 어쩌나 해서."

레피르가 걱정하는 것도 당연할까. 사건 해결을 위해 레이지 일행에게 도움을 받았지만 그것은 그라체라 일원의 발을 묶는 꽤 무리한 역할이 되고 말았다. 결과적으로는 잘되었지만 정식으로 수사하던 상대를 방해하거나 제도에서 난투극을 벌인 것을 생각하면 제국에 남은 그들이 위험해질지도 모른다는 걱정도 생긴다.

그러나 대책을 세워둔 스이메이는 느긋한 표정이었다.

"스이메이?"

"응. 그거라면 걱정할 필요 없어. 떠나기 전에 손을 써뒀으니까."

"어떻게?"

"뭐 그냥 간단하게."

스이메이는 엄지와 검지를 붙였다가 떼면서 개구쟁이 같은 미소를 지었다.

"그래. 네가 손을 써뒀다면 별일 없겠지."

스이메이의 말을 듣고 걱정을 덜었을까. 레피르는 스이메이의 짓궂은 미소를 보고 안심한 듯 고개를 끄덕였다.

두 사람이 한창 대화에 열을 올리고 있을 때 페르메니아가 번쩍 손을 들었다.

"스이메이 님! 빈칸 다 채웠어요!"

"오, 벌써."

페르메니아가 웃는 얼굴로 어필하자 스이메이는 다가가

서 종이를 걷었다.

"흐음. 응. 잘했어. 리리아나는 얼마나 했어?"

역시 마술 공부를 처음 시작한 리리아나에게는 어려웠을
까. 눈썹을 찡그린 채 펜을 쥐고 시험지와 격투를 벌이고 있
다. 끙끙대면서 노력하는 모습이 저절로 미소를 짓게 했다.

한편 스이메이에게 합격점을 받은 페르메니아가 웃는 얼
굴을 내밀면서 스이메이를 불렀다.

"스이메이 님! 스이메이 님!"

"응?"

"잘했으면 칭찬해주세요!"

"어?"

당황하는 스이메이는 아랑곳하지 않고 페르메니아는 여
전히 싱글벙글이다. 만약 페르메니아에게 개의 귀와 꼬리
가 있었다면 귀는 쫑긋쫑긋 꼬리는 살랑살랑 움직였을 것
이다.

페르메니아가 보채면서 다가오자 갑자기 누군가가 뒤에
서 스이메이의 옷깃을 힘껏 잡아당겼다.

"──꾸엑."

스이메이가 귀염성이라고는 전혀 없는 비명을 질렀다. 어
느새 뒤에 있던 레피르가 목덜미를 꽉 붙들고 있었다.

잘못한 것도 없는데…… 하고 스이메이가 레피르를 쳐
다보자 레피르의 의식은 페르메니아를 향했다.

"뭐, 뭐 하는 거예요 레피르! 지금 날 방해하는 거예요?!"

"응, 맞아. 페르메니아 양. 넌 지금 스이메이한테 너무 들이대고 있어."

"그 그런……."

페르메니아가 말을 더듬자 레피르는 틈을 주지 않고 말했다.

"아니라고는 못 하겠지. 넌 기회만 있으면 스이메이한테 달라붙으려고 하잖아."

"따, 딱히 딴마음이 있어서 그런 건 아니에요!"

"그래도 안 돼. 그냥 모른 체할 순 없어."

두 사람은 팽팽히 맞서면서 눈싸움을 벌였다. 스이메이가 쩔쩔매면서 그녀들의 얼굴을 번갈아 쳐다보자 갑자기 페르메니아가 초조한 듯 손을 파닥거리면서 말했다.

"그게 뭐가 나빠요! 그러는 레피르도 작아졌을 때 스이메이 님과 붙어 다녔잖아요! 지금도 스이메이 님과 즐겁다는 듯 떠들었잖아요!"

"나, 난 순수하게 스이메이와 앞으로의 일에 대해서 대화를 나누었을 뿐이야! 지금 건 그 이상도 이하도 아니야!"

"그렇다면 저도 마찬가지예요!"

"아니! 지금 너한테서는 부정한 상념이 느껴져! 좋은 말로 할 때 떨어져!"

"싫―어―욧―!"

페르메니아가 억지를 부리면서 돌진했다. 물론 그 상대는 레피르가 아니라 스이메이다.

"메니아?!"

"뭐얏?!"

페르메니아는 눈을 희번덕거리는 스이메이에게서 절대로 떨어지지 않겠다는 듯 매달렸다.

"스이메이 님! 칭찬해주세요!"

"페르메니아 양! 그렇게까지 안 해도 칭찬받을 수 있잖아! 경망 떨지 마!"

레피르는 스이메이의 옷깃을 잡아당겨 페르메니아에게서 떼 내려 했다.

한편 양쪽에서 매달리고 잡아당겨서 이리저리 휘청이던 스이메이는 일단 중재에 나섰다. 그런데.

"지, 진정해! 둘 다 좀 떨어져…… 우옷?!"

페르메니아가 매달려 있어서 풍만한 가슴이 밀착되었다. 예기치 않게 푹신한 감촉을 느끼며 가슴을 의식해버린 스이메이는 평소와 다르게 초조해하기 시작했다.

"자, 잠깐! 메, 메니아! 이러면 곤란해! 진짜 이건 곤란하니까 빨리 떨어져!"

그렇다, 스이메이는 수컷으로서 곤란했다.

그러나 그런 사정을 알 리 없는 페르메니아는 눈물을 글썽이면서 코를 홀쩍였다.

"스이메이 니임~. 스이메이 님까지 그렇게 말씀하시는 거예요~?"

"칭얼대지 마! 왜 그러는 거야! 레, 레피도……."

"페르메니아 양이 그렇게 나온다면 나도……."

"레피르 씨?! 그건 무슨 전개예요!!"

레피르가 스이메이에게 백 허그를 하듯 등 뒤에서 몸을 밀착했다. 세 사람이 스이메이를 사이에 두고 한 덩어리가 되었다.

"둘 다 좀 놔봐!! 숨 막혀! 숨 막힌다고오!!"

스이메이가 참지 못하고 소리쳤지만 두 사람은 아랑곳하지 않고 떨어지지 않겠다는 듯 필사적으로 스이메이를 붙잡았다. 두 사람에게는 말이 통하지 않는다는 것을 깨달은 스이메이는 급히 이 위기를 호소할 상대를 바꾸었다.

"리, 리리아나! 도와줘!"

스이메이는 필사적으로 도움을 요청했다. 하지만.

"스이메이 그건 『누군가를 베면 몸이 피로 젖는다』예요."

"무슨 소리야?!"

"이 세계의 속담이에요."

자업자득과 같은 뜻일까. 그러나 리리아나는 그런 말만 하고 도와주지는 않았다. 시선은 여전히 시험지를 향한 채 눈길도 주지 않는다.

"야, 진짜 안 도와줄 거야?!"

"전 아직 **테스트** 중이라 바빠서요."

"어려운 부탁도 아니고 잠깐 도와줄 수도 있잖아?!"

스이메이가 포기하지 않자 리리아나는 명백히 귀찮다는 뜻을 담아 들으란 듯이 크게 한숨을 내쉬었다. 그리고.

"스이메이. 레피르가 원래 모습으로 돌아왔을 때 일이 이렇게 될 건 자명했어요. 미리 대책을 세우지 않은 스이메이 잘못이에요."

"자명했다니. 무슨 소리야?!"

"스이메이의 그런 부분은 대좌님을 닮았네요……."

리리아나는 마지막으로 반쯤 감긴 눈으로 비난 섞인 시선을 보내왔다.

한편 페르메니아와 레피르의 배틀은 여전히 현재 진행 중이다.

"스이메이 님!"

"스이메이."

"알았어! 알았으니까 제발 둘 다 진정해! 떠들면 다른 승객들한테 민폐라고!"

……결국 페르메니아와 레피르는 국경 요새에 도착할 무렵에야 안정을 되찾았다.

현재 스이메이 일행이 도착한 이 대륙 북서부 지역은 겨울에는 꽤 춥지만 다른 계절은 습하거나 건조하지 않고 비교적 안정적인 기후대를 유지했다. 하지만 북쪽에는 드래곤의 서식지로 알려진 험준한 산맥과 블랙 우드(흑강목) 삼림 등 타국과 비교하여 험하고 사람의 손길이 닿지 않은 땅이 많다.

제국의 국경 요새 앞에서 카우폰 차에서 내린 스이메이 일행은 요새를 통과한 후 무사히 연합 측 다리 요새를 건너 사디어스 연합 최초의 국가, 최초의 거리에 첫발을 내디뎠다.

하늘에는 구름이 드문드문 떠 있고 쾌청까지는 아니지만 그럭저럭 괜찮은 날씨다. 여느 때와 다름없다는 듯한 날씨. 이세계의 달력상으로는 여름이 가까워진 시기지만 시원한 바람이 상쾌하게 느껴졌다.

처음 와본 연합의 거리는 주거민에 따라 색깔로 구획이 나뉜 제도나 제국의 여타 도시와는 다르게 색 구분 없이 산뜻하다.

삼각지붕, 평평한 지붕, 맞배지붕 등 집 모양도 색깔도 제각각이며 전체적으로 부드러운 분위기를 자아냈다. 집과 집 사이의 간격도 넓고 그곳에는 나무와 초록 식물들이 심겨 있다. 고르게 포석이 깔린 길도 보이지만 포장되지 않은 길이 더 많다.

아직 중심부에서 떨어진 곳이기도 해서인지 스이메이의 눈에 연합의 거리는 판타지보다 목가적인 정서가 강하게 표현된 듯했다.

"여기가 연합 지역이구나."

스이메이는 건물과 포장된 도로, 주민들을 두리번거리면서 감개에 젖은 투로 말했다. 연합의 거리에는 아스텔과 네페리아와는 또 다른 풍취가 있었다.

리리아나가 보충하듯 스이메이의 말을 이었다.

"정확히는 연합국 중 하나인 그라필의 한 지역이에요. 연합은 아스텔, 네페리아, 자치주와는 많이 다른 다섯 국가의 집합체에요."

"그럼 여기는 국가 연합 중 한 나라인 거네."

리리아나와 그런 대화를 나누다가 힐끗 옆을 보자 페르메니아가 자신과 마찬가지로 주변을 두리번거리고 있었다.

가옥과 길가에 내걸린 마력등을 구경하느라 정신이 팔린 시골뜨기 동료에게 스이메이가 말을 걸었다.

"메니아도 신기한가보네."

"아, 네. 저도 연합은 처음이라 그만…… 어쨌든 연합은 아스텔이나 네페리아와는 상당히 다른 곳이네요."

페르메니아가 부끄러운 장면이라도 들킨 것처럼 민망해하자 리리아나가 설명했다.

"연합 사람들은 옛날부터 자연이나 동식물과 조화롭게 살아가는 기풍이 남아 있어 제국과 다르게 건조물이 많이 없어요. 하지만 전 이곳의 느긋한 분위기가 마음에 들어요."

인간은 풍요로운 자연을 좋아한다. 팔을 활짝 펴고 심호흡하는 리리아나도 그렇지만 여기 사람들은 어쩐지 여유로워 보인다.

문득 스이메이는 레피르를 보았다. 레피르는 평소처럼 차분한 모습이었다.

"레피는 처음 와본 것처럼은 안 보이네."

"어렸을 때 연합에 와본 적이 있거든. 이번이 처음은 아니야."

"그럼 그때하고 많이 안 달라졌어?"

"응. 연합 같은 곳은 시간이 천천히 흘러서 변화도 덜한 거라 생각해."

레피르는 챙이 넓은 모자를 가볍게 들어 올리면서 말했다. 그때 당시를 떠올린 것일까. 어른의 모습으로 되돌아온 레피르의 동작 하나하나는 변함없이 운치가 있었다.

레피르는 리리아나를 내려다보았다.

"그런데 리리는 연합에 대해서 잘 아는구나."

"인접국의 정세를 파악하는 건 정보부의 의무니까요. 그리고 대좌님과 함께 잠입했던 적도 있고요."

"그건 말하자면 첩보 활동 같은 건가요?"

페르메니아의 예상에 리리아나가 고개를 끄덕였다. 리리아나도 군에 소속되어 있었던 까닭에 다양한 경험을 한 듯했다. 리리아나의 마법 실력이라면 웬만한 일은 해낼 수 있기 때문이리라. 어릴 때부터 산전수전을 겪어온 소녀다.

스이메이 일행이 연합에 대해서 대화를 나누며 걷고 있자 문득 포석이 깔린 도로 옆에서 연설조의 우렁찬 목소리가 들려왔다.

소리가 나는 방향으로 눈을 돌리자 흰 수도복 차림의 남녀 두 명이 여신의 이름을 들먹이며 청중에게 호소하고 있었다.

"이 세상에 태어난 인간의 아이들이여! 모두 지금이야말로 아르주나를 향한 신심을 떨쳐내야 한다!"

"마족 침공이 시작된 이때야말로 모두 단결해서 눈앞에 닥친 위협뿐만 아니라 모든 굴레로부터 해방되어야 한다!"

번갈아가면서 발언하는 수도복 차림의 남녀는 호흡이 잘 맞았다. 몸짓도 능숙하고 생생한 현장감이 느껴졌다. 그러나 멈춰 서서 그 연설에 귀를 기울이는 사람은 별로 없었다. 청중이라고 해봐야 길가에 드문드문 선 사람들뿐이다.

이 세계에서 신앙이 두터운 여신 아르주나를 깎아내리는 연설 내용이기 때문이리라. 대부분은 수상쩍은 시선을 던지면서 그들 앞을 지나갔다.

"……어라, 뭐지?"

멈춰 선 스이메이가 의아한 표정으로 고개를 갸웃하자 뒤따르듯 페르메니아와 레피르도 의심스러운 표정을 지었다.

"그러게요……. 저런 무리는 저도 처음 봐요."

"나도. 대중 앞에서 여신을 비판하다니……. 괘씸하잖아."

레피르는 버럭 역정을 냈다. 말은 안 해도 다들 레피르와 같은 심경일 것이다. 이 세계 사람들의 마음속에는 여신 아르주나를 향한 신앙, 구세교회의 교리가 뿌리 깊게 박혀 있기 때문이다.

그러나 그것을 생각하면 지금 저들이 하는 연설도 공공연히 이루어진 것이 아닌 듯한데——.

그러자 리리아나가 게슴츠레한 왼쪽 눈을 더 가늘게 뜨고 그들을 관찰했다.

"저들은 반(反)여신 교단이에요."

"반여신 교단? 그게 뭔데?"

"현재 연합 5국과 자치주에서 신자를 늘리고 있는 종교예요. 기본 교리는 구세교회를 답습하고 있지만 여신의 가호에서 벗어날 때 비로소 인간이라는 종족은 번영을 누린다는 이념을 내걸고 여신 신앙 철폐를 주장하고 있어요. 주로 마법의 일반화나 신탁을 비판하고요."

"마법 문명이 주류인 이 세계에서 그런 교리는 금방 도태될 것 같은데."

"안 그래도 구세교회의 신자들과 그들 사이에 사소한 분쟁이 빈번히 발생한다고 들었어요. 하지만 소문에는 입단하는 사람들이 끊이지 않는대요."

"흠……?"

그저 반대할 뿐인 단체에 그 정도의 매력이 있는 걸까. 기존의 대세력을 붕괴하는 것에 보람을 느끼는 아이코노클라스트(Iconoclast) 같은 무리는 어디에나 존재한다. 또 그런 단체를 이용해서 적국을 괴롭히는 국가도 있기에 그들의 존재를 일률적으로 터무니없다고는 할 수 없다. 그러나 여신을 주신으로 여기는 이 세계의 상황에 비추어볼 때 자칫하면 그들은 모든 나라와 상대할 각오를 해야 한다.

그래서 마족 침공이 시작되어 혼란스러운 이때 움직이기

시작한 것일 테지만──.

"여신은 우리를 지켜주는 게 아니다! 우리의 이익을! 권리를 확보하기 위해서! 세계를 지키는 것처럼 꾸미고 있을 뿐이다!"

"여신의 말은 인간을 좀먹는 독이다! 지금처럼 여신의 말을 맹목적으로 따르기만 한다면 인간은 더 이상의 번영은커녕 영원히 여신의 노예로 살게 된다! 그러니 지금이야말로 우리 인간은 여신의 손아귀에서 벗어나야만 한다!"

스이메이는 여전히 열변을 토하는 두 사람을 찬찬히 뜯어보았다.

"여신의 존재를 부정하는 게 아니라 신앙을 없애려 하고 있어. 마법이 여신의 존재를 증명하고 있으니 그럴 수밖에 없겠지."

하지만 이런 무리들은 대부분 듣기 좋은 교리를 주장하면서 다른 신의 존재를 내세운다. 종교에 대항하는 손쉬운 방법은 새로운 단체를 조직하고 다가가기 쉬운 신을 창조하는 것이다. 그러나 이들은 신앙을 바꾸라고 하는 것도 아니라서 무엇이 목적인지 알 수 없다. 그저 스이메이에게는 여신을 믿으면 안 된다, 도망쳐야 한다 같은 말이 몹시 실감나게 느껴졌다.

"스이메이 님? 왜 그러세요?"

"아니, 아무것도. 이제부터 어떻게 하지……라고 말해도 한 가지뿐인가. 일단 점심부터 해결할까?"

스이메이가 제안하자 리리아나, 페르메니아, 레피르도 동의했다.

　"저도 배고파요."

　"그럼 어디로 갈까요……."

　"점심때라서 어딜 가나 붐빌 거야. 적당히 주변에서 찾아보자."

　레피르가 대충 제안하자 세 사람은 수긍했다. 흩어져서 주변을 둘러보자 때마침 자리가 있어 보이는 가게가 보였다. 네 사람은 레피르를 앞세우고 가게 안을 비집고 들어갔다.

　밖에서 본 대로 빈자리가 있어서 스이메이 일행은 네 사람이 쓰기에는 살짝 넓은 자리로 안내받았다.

　목조로 된 흔한 식당으로 실내에는 여기저기 빈 술통이 놓여 있고 테이블과 의자도 술통과 같은 나무 재질이다. 병으로 만들어진 마력등도 있고 실내 장식은 현대 세계에 있어도 거부감이 없을 정도다.

　주문을 받으러 온 점원에게 추천 요리를 주문하자 곧 요리가 나왔다.

　……한동안 맛있게 요리를 먹던 스이메이 일행은 젓가락을 사용하지 않았지만 젓가락을 쉴 때처럼 물로 입을 헹군 뒤 문득 주위를 둘러보았다. 점심때의 가게 안은 손님들로 정신없이 붐볐다. 혼잡은 계속되었다.

　그 와중에 손님들에게서 한 가지 공통점을 발견했다.

"역시 검의 나라로 불리는 만큼 마술사들은 적구나……."

보아하니 검객이나 무사가 아닌 사람도 허리에 검을 차고 있었다. 그런 점에서 제국과 비교해 마술사보다 검객이 단연 많다. 열 명 중 대여섯 명은 있던 마술사가 여기서는 두세 명으로 줄었다.

스이메이가 주위를 둘러보며 감상을 말하자 레피르와 페르메니아가 반응했다.

"연합은 다른 나라에 비해 검을 존중하는 문화가 있어. 소환 용사는 아니지만 영웅으로 불리는 검객이 이 주변 땅을 마족에게서 해방하고 사람들을 위해서 땅을 개간한 역사가 있기 때문일 거야."

"그래서일 거예요. 연합이나 자치주는 아스텔이나 제국과는 신분에 대한 인식이 조금 달라요. 시정의 요직보다 검객이 훨씬 지위가 높아요."

"호— 그럼 검만 지니고 있으면 대우받는 거야?"

"아니, 그런 것도 아니야. 연합에서는 검객이라고 하려면 허가가 필요하거든. 연합 5국에서는 각지의 정부나 땅거미정에서 허가를 받은 사람만이 스스로를 검객이라고 할 수 있어."

"그렇다는 건 지금의 레피르는 자신을 검객이라고 못 한다는 거네."

"그래. 여기서는 그렇게 말해도 자칭일 뿐이야."

검을 다루는 자에게 그런 것은 무의미하다고 생각하지만

레피르는 자조적으로 웃었다.

그러자 자기 얼굴보다 큰 빵을 입 안 가득 넣은 리리아나가 빵을 씹으면서 설명했다.

"그래도 연합에서는 검을 지니고 있는 것만으로도 대우가 좋아지는 건 사실이에요."

"구체적으로 뭐가 좋은데?"

"아앙. 우선도가 올라가요. 나라에 공헌한 게 많으니 급할 때는 공공기관도 편의를 봐줘요."

"그건 굉장하네……."

"다 그렇다는 건 아니지만요. 아앙."

그래도 검만 보고 특별대우를 해주는 것은 굉장하다. 달콤한 빵에 정신이 팔린 리리아나와 대화하고 있는데 문득 레피르가 말했다.

"그래서 앞으로의 예정 말인데 일단은 연합 종주국인 미어젠에 가는 게 어때?"

"종주국에?"

"그 수도에 있는 땅거미 정의 현재 길드 마스터가 아버지와 아는 사이거든. 부탁하면 검객 허가는 물론이고 여러 가지로 도움을 받을 수 있을 거야."

"아앙. 그거 좋네요."

"연합에서는 일행 중에 검객이 없을 땐 검객을 고용하라는 말이 있어요. 나도 레피르 의견에 찬성해요."

"그럼 조사는 그 다음이네……."

스이메이는 생선살을 입으로 가져가면서 말했다. 원래 세계로 빨리 돌아가는 것도 중요하지만 다른 일을 등한시할 정도는 아니다. 이왕이면 기반을 다져놓는 것이 좋다.

스이메이 일행이 대화를 나누면서 음식을 먹고 있는데 한 여종업원이 난처한 표정으로 다가왔다.

다른 종업원보다 나이가 많고 풍채가 좋았다. 앞치마를 두르면 밥집 이모처럼 보일 여성으로 아마 이 식당의 여주인일 것이다.

"저기 손님?"

"무슨 일이시죠?"

스이메이가 묻자 여성은 난처한 듯 미소를 지으며 가게 입구 쪽을 손가락으로 가리켰다.

"미안하지만 저기 손님하고 동석해도 괜찮을까?"

여주인이 손가락으로 가리킨 곳에는 키가 크고 피부가 까무잡잡한 남자가 서 있었다.

외투를 걸쳐 전체적인 몸의 실루엣은 보이지 않았지만 외투 밖으로 나온 팔은 근육질에 잘 단련된 것처럼 보였다. 흑발을 길게 길렀고 이마에는 독특한 자수가 들어간 천을 둘렀다. 갸름한 얼굴에는 흉터가 있지만 험악하다기보다 용맹해 보이고 붙임성도 있어 보였다. 까무잡잡한 그 남자는 "이거 참……" 하면서 난처한 웃음을 지어 보였다.

딱히 나쁜 분위기도 아니었기에 레피르가 대표로 대답했다.

"아, 상관없어요."

여주인은 "고마워요"라고 말한 뒤 활기찬 목소리로 주방에 손님이 온 것을 알렸다. 그러자 젊은 직원이 의자와 물을 가져 왔다.

스이메이가 옆을 비워주자 종업원은 신속히 의자를 내려놓고 남자가 거기에 앉았다.

"이거 즐겁게 식사 중인데 미안합니다! 이 지역에 오면 이집 요리는 꼭 먹고 싶어지거든!"

남자가 자신의 뒤통수를 때리면서 호쾌하게 웃었다. 보기에도 인상이 나빠 보이지 않았지만 역시나 붙임성이 좋은 성격인 듯했다. 주눅 든 기색 없이 시원시원한 웃음이 보기좋았다.

그런데 남자가 갑자기 겸연쩍게 웃었다.

"그래도 그쪽한테는 미안한 짓을 했나?"

"……네? 저한테요?"

영문을 모르는 스이메이가 고개를 갸웃하자 남자는 귓속말이라도 하듯 우람한 팔을 스이메이의 목덜미에 둘러 어깨동무를 했다.

"아니 이런 미인들과 식사 중에 다른 남자가 끼어들었잖아? 뭐 한 명은 그냥 애지만 어쨌든 나는 완전히 굴러들어온 돌일 텐데?"

"네? 따, 딱히 그렇게 생각 안 하는데요?! 게다가 그냥 단순한 친구 사이일 뿐……."

"…………."

남자는 팔을 풀고 어이없는 표정으로, 황급히 변명하는 스이메이를 쳐다보았다. 그 표정의 의미를 알 길 없는 스이메이는 의아한 표정으로 물었다.

"뭡니까?"

"……아니, 그렇군. 너, 동정이지?"

"뭐라고요?!"

"아니, 동정이냐고."

"다, 당신 처음 만나 사람한테 뭐라는 거야?!"

스이메이가 당황한 목소리로 외치면서 자리에서 벌떡 일어났다. 스이메이의 기세에 남자는 살짝 몸을 뒤로 젖혔다.

"아아 미안 미안. 나는 솔직한 게 장점이라서 말이야. 생각난 걸 바로 말하는 버릇이 있어."

"그런 버릇 완전 민폐야!!…………아."

거기서 스이메이는 깨달았다. 그 대사가 자신이 동정이라는 증거라는 사실을.

"아― 역시. 그랬군―."

"역시라니……."

남자는 안됐다는 투로 말했고 스이메이는 몸부림쳤다. 화를 내느라 힘이 빠진 건지 거친 숨을 몰아쉬면서 여전히 흥분을 가라앉히지 못하고 주위를 둘러보았다. 옆에 앉은 리리아나는 들은 건지 아닌 건지 열심히 빵만 먹었고 레피르는 시선을 피했다.

페르메니아는 스이메이를 물끄러미 쳐다보았다. 그리고.

"……스이메이 님은, 동정."

"그, 그게 뭐 잘못됐어?!"

"아, 아뇨, 딱히 잘못되지 않았어요. 전혀. 하나도. 헤헤."

웃음으로 얼버무리는 페르메니아는 어쩐지 기분이 좋아 보였다.

신음하던 스이메이가 다시 레피르와 눈이 마주쳤다

"으."

"아."

시선이 마주친 두 사람의 입에서 나온 말은 그런 외마디 말이었다. 어색해진 공기 속에 스이메이와 레피르는 한동 안 굳어 있었다. 이윽고 회복될 기미가 보이지 않는 분위기 를 무마하려는 듯 레피르가 얼굴을 살짝 붉히면서 헛기침을 했다.

"아, 응. 스이메이가 동정이라 다행이라고 생각해."

"뭐가 다행인데……."

충격을 받은 스이메이가 선 채로 고개를 푹 숙였다. 모두 에게 비밀(?)을 들키고 말았다는 부끄러움과 절망이 가득 했다.

스이메이가 낙담한 것을 눈치챈 페르메니아는 위로에 합 세하라는 듯 리리아나를 부추겼다.

"리, 리리도 스이메이 님한테 뭐라고……."

그 말은 난처해진 나머지 한 말이라는 것이 명백했고 그것은 분명히 말해 실수였다.

페르메니아의 말에 리리아나는 스이메이 쪽으로 몸을 돌려 옷소매를 잡아당겼다.

그리고——.

"스이메이. 딱히 동정인 걸 부끄러워할 필요는 없어요."

"흐으으——."

너무나도 센 발언에 스이메이는 무릎을 꿇고 주저앉았다. 어린 소녀의 천진한 위로가 말의 위력을 극적으로 비약시켰다.

한편 스이메이에게 결정타를 날린 리리아나는 역시 빵에 정신이 팔린 듯 부지런히 남은 빵을 공략하기 시작했다.

한편 스이메이로 말할 것 같으면 동정심을 부추기는 공기를 머리 위에 얹고서.

"…………네. 어차피 저는 동정입니다. 여자 경험 같은 건 없어요. 전혀 없어요. 그게 뭐. 그게 뭐 대수라고 다 동정 동정하면서 마치 동정이 잘못된 것처럼 말하는데. 내 나이에는 경험 없는 놈들도 있다고. 그게 뭐. 그래도 다 열심히 살아간다고. 바보 취급하지 말라고ㅇㅇㅇㅇㅇㅇㅇㅇㅇㅇㅇ……."

스이메이는 혼잣말로 중얼거리면서 정신적으로 나락으로 떨어지고 있었다. 그런 딱한 남자를 차마 눈뜨고 볼 수 없어 모든 일의 원흉인 까무잡잡한 남자가 시치미를 떼며

위로를 시도했다.

"······어이, 청년. 기운 내라고. 아직 창창하잖아. 인생은 지금부터야."

"시끄러워. 병 주고 약 주고······."

스이메이는 원망하는 목소리로 말하며 무기력하게 남자를 쳐다보았다.

한편 남자는 무언가를 깨달았다는 듯 손뼉을 쳤다.

"어이쿠, 그러고 보니 내 소개도 안 했네. 내 이름은 가이어스 포반. 랄심에서 무술 사범을 하고 있어."

남자의 소개 뒤에 스이메이 일행도 각자 이름을 밝혔다. 페르메니아와 리리아나는 가명을 댔고 레피르는 본명으로 소개했다. 그중에 유일하게 침울해져서 될 대로 대라는 식의 태도를 보인 사람이 있었던 것은 새삼 말할 필요도 없으리라.

당분간 대화에 참여하지 못할 것 같은 스이메이를 대신해 페르메니아가 물었다.

"랄심이라면 연합 북부에 위치한 나라인데 이 지역엔 어쩐 일로 오셨어요?"

"이 근처에 일이 있어서. 지금은 미어젠으로 돌아가는 중이야."

"미어젠이요?"

"지금은 거기가 내 일터야."

"그러시군요. 미어젠이라면 우리와 목적지가 같네요."

"호오! 그거 기막힌 우연이군."

가이어스는 뜻밖의 우연이 썩 유쾌하다는 듯 웃었다. 하지만 곧 웃음을 거두고 의아한 표정으로 턱을 문질렀다.

"그런데 너희들도 꽤 특이한 조합이군."

"다른 나라에서 온 간첩이 아닌데요?"

빵을 먹다가 잠시 멈춘 리리아나가 전혀 진실성이 느껴지지 않는 목소리로 새침하게 말했다. 리리아나가 굳이 먼저 말하자 가이어스는 안다는 듯 웃으면서 말했다.

"그 정도는 척 보면 알아. 동정남과 소녀들이잖아?"

"이봐요, 계속……."

가이어스가 동정 이야기를 다시 끄집어내자 스이메이는 저주라도 담긴 듯 아주 낮은 목소리로 말했다. 그러나 전직 간첩이 한 명 있었기에 가이어스도 모른다면 모르는 것이었다.

레피르가 가이어스에게 물었다.

"그럼 왜 그렇게 생각하지?"

"그야 너희들이 입은 옷이 다 다르니까. 아스텔 옷을 입은 사람이 둘, 제국에서 지금 유행하는 하늘하늘한 옷을 입은 아가씨가 한 명. 그리고 레피르랬나? 당신은 노시어스 출신이지? 불가사의한 조합이야. 단순히 아는 사이인 건지도 모르지만 굳이 연합에 온다는 것도 이상하니까."

이 가이어스라는 남자는 단순히 호쾌한 사람이 아닌 걸까. 스이메이는 이야기하는 가이어스의 눈동자가 순간 날카로워지는 것을 놓치지 않았다.

가이어스가 정확히 짚어내자 계속해서 레피르가 물었다.

"연합에 온 게 왜 이상하다고 생각하지?"

"그거야 지금 연합 북부는 마족과의 격전지 중 한 곳이 되었으니까. 안심하고 관광할 수 있는 상황이 아니잖아?"

확실히 언제 마족이 쳐들어올지 모르는 위험한 지역에 관광하러 오는 사람은 많지 않을 것이다.

그러자 레피르는 차분한 표정으로 대답했다.

"연합에 아는 사람이 있어. 그 사람을 만나러 가려고."

"호— 그렇군. 그런 이유라면 이상하지 않지."

한편 겨우 부활한 스이메이가 의자에 기대어 앉아 팔짱을 꼈다.

"그런데 격전지라고?"

"분명 마족군은 몰아냈다고 들었는데요?"

"어. 연합에서 소환된 용사가 물리쳤지! 마족 장군도 죽였어! 장관이었다고."

페르메니아가 묻는 듯한 시선을 던지자 가이어스는 가슴을 쳤다. 마치 자신의 믿음직함을 자랑하듯. 하지만 그 모습을 본 스이메이가 미간에 주름을 잡으면서 물었다.

"장관이었다니, 직접 봤어?"

"후후후, 뭘 숨기겠어. 그래, 이 몸은 바로 얼마 전까지 연합의 용사님과 함께 마족과 싸웠지!"

가이어스가 자랑스레 말하자 스이메이가 수상쩍은 눈빛

으로 쳐다보았다.

"혹시 그거야? 과대망상? 심히 안타깝군."

"아니다! 사실이라고!"

"진짜야?"

농담으로 받아들인 듯 스이메이가 어깨를 움츠리자 가이어스가 불온한 웃음을 터뜨렸다.

"후후후후후…… 아니면 내가 잡어라고 생각하는 거야?"

"농담, 농담. 맞으면 즉사할 것 같은 근육을 보면 알아."

"그렇지! 내 근육이 좀 멋지지!"

그런 것은 둘째 치고 이 가이어스라는 무술가는 상당한 실력자일 것이다. 세세한 부분까지는 모르지만 느껴지는 여유가 강자나 달인의 분위기와 비슷했다.

가이어스는 무용담을 늘어놓으며 고양되었던 태도를 확 바꾸고 푸념하듯 한숨을 토했다.

"그 덕분에 거의 모든 군단이 북쪽으로 이동해버렸지만."

"뭐가 안 좋은 거야?"

"당연하지. 전력이 전부 마족에게 이동한 거나 마찬가지니까."

그것은 나쁜 일일까. 스이메이가 고개를 갸웃하자 리리아나가 태연히 설명했다.

"제국에 대한 수비가 약해져요. 저쪽은 그걸 걱정하는 거겠죠."

"맞아. 꼬마 아가씨가 영리하네. 머리라도 쓰다듬어줄까?"

"하지 마세요. 고소할 거예요."

리리아나는 가이어스의 어린애 취급이 못마땅했는지 눈을 감고 새침하게 얼굴을 돌렸다. 그러나 스이메이는 조금 전의 대화에서 제국에 대한 수비라는 말도 이해가 되지 않았다.

"연합과 제국은 사이가 안 좋아?"

"몰랐어? 뭘 통 모르는군. 제국은 자치주나 아스텔과는 공동성명을 발표했지만 연합은 단순한 인접국이야. 그리고 들은 이야기로는 최근에 제국은 동맹국까지 위협한다던데."

"으……."

가이어스는 질린 투로 말했지만 스이메이는 잠자코 있었다. 이세계의 정세에 어두운 것은 사실이었다. 정색하고 부정할 상황이 아니다.

그러자 옆에 있던 리리아나가 귓가에 얼굴을 가까이 댔다.

'기만공작이에요. 최근 제국의 주변국에서 어떤 자가 있지도 않은 제국의 군비 증강이나 대외 견제에 관한 이야기를 퍼뜨리고 있어요.'

'역시…….'

제국군 정보부에 있었을 때 들은 이야기일 것이다. 그러나 그렇게 되면 허위 정보를 퍼뜨리는 목적이 불분명하다. 대외 감정을 의도적으로 악화시키는 것은 적의를 다른 방향으로 돌리기 위해서다. 대개는 국내가 불경기에 접어들었거나 정부를 향한 국민의 반감이 거세졌을 때다. 그러나 일국뿐만 아니라 그 주변국까지 포함해서라면 고개를 갸웃할 수밖에 없다. 더욱이 마족이 쳐들어온 지금이라면.

문득 가이어스가 활기를 되찾았다.

"뭐 여러 가지로 힘들지만 우리가 있는 곳에는 나하고 용사님이 있으니까. 문제없어."

지금의 어두운 이야기를 떨쳐내기 위해 배려해서 한 발언일 것이다. 그러나.

"용사."

"그리고 나."

"아니― 용사는 어떤 녀석일까?"

"무시하지 말라고…… 쯧. 연합에 불려 온 용사님은 말이지 엄청난 미인에 검객이야."

가이어스가 자랑스럽게 말하자 레피르가 질문했다.

"그 말은 연합에서 소환된 용사는 여성이라는 거네."

"맞아. 너희들도 미인이지만 그쪽도 만만치 않게 예쁘고 좋은 여자야. 아직 젖내가 나서 내 취향은 아니지만……"

"당신 취향 같은 건 안 물었어."

스이메이가 지적하자 가이어스는 질린 눈빛으로 바라보았다.

"너 말이야, 이런 이야기에 어울리지 않으면 평생 동정 딱지는 못 뗀다?"

"이 사람이 보자보자 하니까!"

스이메이는 버럭 소리치면서 다시 자리에서 일어났다. 여러 가지를 알게 된 시간이었지만 스이메이에게는 최악의 식사 자리였다.

레이지 일행이 스이메이 일행과 헤어지고 며칠 후. 제도 필라스 필리아의 남쪽에 위치한 성, 그로슈라. 그 알현실에서 레이지, 미즈키, 티타니아 셋은 네페리아 제국의 황제를 알현하고── 현재 알현은 끝이 났다.

"피, 피곤해─!"

안내받은 귀빈실에 들어서자마자 미즈키는 외쳤다. 숨 막히는 공기에서 해방된 미즈키는 가죽 소파 등받이에 기대어 크게 숨을 토했다. 마치 거둬들인 빨래처럼 널브러져서.

미즈키에게는 알현이 부담이었을 것이다. 황제가 뿜어내던 강렬한 위엄의 여운은 아직 손에 밴 땀에 남아 있었지만 굳어 있던 반동으로 지금은 완전히 긴장이 풀렸다.

한편 레이지도 지쳤을까. 붉은색을 기조로 한 앤티크풍의 의자에 기대어 앉아 미즈키를 향해 어색한 웃음을 지었다.

"미즈키, 수고했어."

"우웅─……."

역시 미즈키는 넋이 나간 모양이었다. 들은 건지 만 건지 분명치 않은 대답을 한 뒤 등받이에 몸을 기댄 채 꼼짝도 하지 않았다.

한편 이런 일에는 익숙할 줄 알았던 티타니아도 안도의 한숨을 내쉬었다.

"티아도 꽤 지친 것 같네."

"네. 한심하지만 황제 폐하 앞에서는 저도 조금 긴장해버려요."

"격이랄까…… 굉장했으니까."

"다른 왕후 귀족이라면 몰라도 황제 폐하는 너무 특수하죠. 거의 맹수를 상대하는 것 같아요."

"하하하……."

티타니아의 과장에 레이지는 메마른 웃음을 흘리며 네페리아의 황제를 떠올렸다. 왕좌에 앉은 황제에게서 느껴지는 것은 위엄이라기보다 맹수를 앞에 둔 위압감이었다. 그렇다, 조금이라도 방심하면 잡아먹힐 것 같은 강력한 위압. 그것이 북방에서도 이름난 군사 국가 수장의 위풍이다.

그러나──.

"결국 그 일에 대한 말은 없었어."

레이지가 언급한 것은 혼수 사건의 진범을 잡기 위해 그라체라 일행과 싸웠을 때의 일이다. 그 건에 대해서는 레이지도 레피르와 마찬가지로 걱정했는데 어쩐 일인지 알현실에서 그 일은 언급되지 않았다.

티타니아도 다소 의외였다는 듯 턱을 문질렀다.

"용사가 관련된 이야기니까 저쪽도 문제 삼기 싫었던 거겠죠. 저는 직접적인 언급은 없어도 어떤 제약이나 거래를 해올 가능성도 있다고 생각했지만 황제 폐하도 교회와 충돌하는 것은 극구 피하고 싶었던 거겠죠."

"그런 걸까······. 내 직감으로는 약점을 보이면 가차 없이 달려들어서 뼈까지 씹어 먹을 것 같았는데 말이야."

"레이지 님의 직감은 틀리지 않아요. 분명 그런 분이라고 아버지께서 말씀하셨거든요."

레이지와 티타니아가 회의적인 대화를 나누자 여전히 소파 등받이에 몸을 기대고 있던 미즈키도 대화에 참여했다.

"그거— 스이메이가 엘리어트한테 편지를 보냈다고 했어—!"

"스이메이가?"

"지금 같은 정세에선— 어느 나라건 용사라는 존재에 의지하고 있으니까—, 제국도 구세교회와 문제를 일으키고 싶진 않을 거라고—. 그래서 엘리어트가 타국의 용사와 문제를 일으켰다는 식으로 만들면— 이렇게 저렇게—."

마지막 말은 얼버무렸지만 미즈키가 무슨 말을 하려 했는지는 레이지도 알 수 있었다. 제국의 과실로 용사와 용사가 싸우게 되었다는 소문이 퍼지면 제국은 세간의 비난을 한 몸에 받게 된다. 지금의 정세에서 소문은 큰 손실이 되리라고 예상한 것이리라.

그러나 레이지는 의외라는 듯 고개를 갸웃했다.

"……스이메이하고 엘리어트. 사이 안 좋아 보였는데."

"나는 싫어해도—, 레이지는 마음에 들어 하는 것 같았으니까—, 부탁하면 딱 잘라 거절은 못 할 거라고—. 나머지는 어떻게든 되지 않겠어—? 라고 말했어—."

"……모든 건 스이메이의 계획대로 된 거네요."

"진짜, 스이메이 녀석, 빈틈이 없다니까."

"평소에는 빈틈투성이처럼 보이는데 말이에요."

복잡한 사정이 있어 한숨을 쉰 티타니아가 독을 품은 말을 중얼거렸다. 어쩐지 분함이 느껴지는 티타니아의 말에 레이지는 뜻밖이라는 듯 말했다.

"……티아, 갑자기 스이메이한테 차가워진 거 아니야—?"

"네? 아뇨, 그럴 리가요! 호호호호호."

티타니아의 억지웃음 소리가 울려 퍼졌다. 사정을 아는 자에게는 완벽한 눈속임용 미소였지만 레이지와 미즈키는 그 사실을 알 리 없었다.

"뭐— 사실 스이메이한테 허당기가 있는 건 사실이지—."

"그걸 부정할 순 없지…… 그래도 할 때는 하는 남자야."

"본의는 아니지만 동의해요."

레이지가 쓴웃음을 짓자 티타니아는 마지못해 동의했다. 그리고 조금 더 실속 있는 대화를 하자는 듯 화제를 전환했다.

"그건 그렇고 레이지 님, 앞으로는 어떻게 하실 생각이세요?"

"원래 예정은 자치주에 가는 거였지?"

"네. 늘 하던 대로 백성들을 위로하고 병사들을 고취시키기 위해서예요. 그런데 그게 왜요?"

티타니아가 묻자 레이지는 무슨 고민거리라도 있는지 표정이 어두워졌다.

"……응. 생각해봤는데 말이야. 역시 나는 약한 것 같아."

"네?"

"레이지, 무슨 소리야……."

티타니아가 당황한 목소리로 외치자 미즈키도 반쯤 감긴 눈으로 비난 섞인 시선을 보내왔다. 두 사람 다 전혀 예상하지 못한 말을 들었다는 듯한 태도를 보였다.

그러나 레이지는 아주 틀린 말도 아니라며 고개를 저었다.

"아스텔에서 싸웠을 때도 라쟈스에게 압도당했고 엘리어트에게도 쉽게 당했어. 게다가 그라체라 황녀 전하의 마법도 위협적으로 느껴졌어."

"그래서 약하신 것 같다고요."

티타니아가 뒷말을 예측해서 말하자 레이지는 심각하게 고개를 끄덕였다. 한편 두 사람을 보고 있던 미즈키가 질린 목소리로 말했다.

"저기 말이야— 레이지. 나는 제대로 싸우지도 못했어. 제도에서 싸울 때는 겨우 맞설 순 있었지만 거기에 비하면 레이지는 늘 잘 싸워왔잖아."

"미즈키. 나는 영걸 소환의 가호를 받았어. 그런데도 맞서 싸워야 할 적에게 압도당하고 나와 똑같이 영걸 소환의 가호를 받은 사람에게도 뒤처져 있어. 그게 정말 괜찮다고 생각해?"

"레이지……."

레이지가 자신이 부족하다고 생각하는 이유를 거침없이 말하자 미즈키는 걱정스러운 목소리로 이름을 불렀다.

그리고 레이지의 마음속 토로를 조용히 듣고 있던 티타니아는 조금 전과는 다르게 단호한 태도로 물었다.

"다시 묻겠지만 레이지 님은 검술과 마법, 전투와는 무관한 분이셨죠?"

"……그래. 하지만 엘리어트는 꽤 여유가 있었어."

"엘 메이데의 용사님도 원래 세계에서는 이름이 알려진 용사였다고 들었어요. 레이지 님과는 출발선이 다른 사람이죠. 그런데도 그런 상대와 맞선 건, 전 대단한 일이라고 생각하는데요."

"…………."

레이지도 티타니아의 말에는 일리가 있다고 생각했다. 하지만 그것은 변명거리에 불과하다. 불안의 소용돌이 속에 있는 레이지에게 그 말은 일시적인 위안일 뿐이었다.

레이지의 그 마음을 알기에 티타니아도 멈추지 않았다.

"레이지 님의 심정은 알아요. 하지만 하루아침에 강해질 수는 없어요. 강함도, 그 강함에 뒤따르는 위풍도 피나는 노력 끝에 얻어지는 것들이에요. 그렇다면 레이지 님이 강해

지길 원한다면 싸우는 수밖에 없어요. 그리고 그건 앞으로 거듭해나야 하는 거 아닐까요?"

티타니아는 흥분한 마음을 가라앉히고 다시 차분해진 목소리로 말을 이었다.

"조급하게 가려고 하면 길을 잘못 들 수도 있어요. 그러니 지금은 느리지만 정확히 앞을 보고 나아가는 게 레이지 님을 위한 길이라고 생각해요."

티타니아는 말을 마치고도 레이지를 계속 바라보았다.

한편 레이지는 잠시 눈을 감았다가 천장을 올려다보며 말했다.

"······그래. 응. 맞아."

고민을 털어놓아서인지 티타니아의 말에 감동받아서인지 레이지의 표정이 한결 밝아졌다.

두 사람이 서로 고개를 끄덕이자 미즈키가 미간에 주름을 잡으면서 말했다.

"그런데 내가 이런 말을 하기도 뭣하지만 우리 실력이 부족한 건 부정할 수 없다고 생각해. 페르메니아 씨나 레피르 양 아니 레피르 씨 정도로 강하지 않으면 곧 벽에 부딪힐 거라고 생각해."

"그건······."

티타니아도 우려하고 있었다. 스이메이가 힘을 다 빼놓은 라쟈스를 상대로도 레이지와 미즈키는 고전을 면치 못했다. 앞으로 그와 비슷한 힘을 가진 마족이나 그보다 훨씬 강대한 힘을 지닌 마왕이 나타난다면 그때는 속수무책일 것이다.

결론을 내리지 못하고 괴로워하던 레이지가 두 사람에게 조언을 구했다.

"어떻게 하는 게 좋겠어?"

"으—음, 수행 같은 거 아니겠어?"

"꽤 진부하네."

"하지만 우리한테는 그 방법밖에 없잖아."

미즈키가 난문에 괴로워하자 티타니아가 묘안이 있다는 듯 차분한 목소리로 말했다.

"저에게 한 가지 생각이 있어요."

"뭔데?"

"레이지 님과 미즈키의 실력을 쌓는 건 아니지만 사디어스 연합 자치주에 이전에 이세계에서 소환된 용사님이 남긴 무구가 있어요."

그 말에 조금 전까지 늘어져 있던 미즈키가 안색을 바꾸고 반응했다.

"그, 그건 말하자면 전설의 무기 같은 거지? 응?!"

"흔히 말하면 그렇죠."

"그런 게 있어?"

"네. 자치주에서는 아주 옛날 강대한 힘을 지닌 왕이 주변국을 정복하기 위해서 계략을 꾸민 적이 있어요. 그때 위기를 눈치챈 구세교회가 그 폭군을 무찌르기 위해 영걸 소환

의식을 집행했어요. 그 의식으로 불려 온 용사님은 상당한 실력자여서 강력한 무기도 보유하고 있었다고 해요. 자치주에는 당시에 용사님이 사용하시던 무기뿐만 아니라 폭군이 신을 부를 때 사용한 제단과 폭군이 봉인되었다는 서적도 있고 교회에서도 유물을 소장하고 있대요."

"그래서 그걸 구하러 가자는 거지?"

"그걸 손에 넣으면 전력 향상은 기대할 수 있을 거예요."

"좋아! 좋아! 가자! 전설의 무기! 재밌어지기 시작했어—!"

조금 전의 태도와 180도 달라져서 흥분하는 미즈키는 둘째 치고 무기를 손에 넣는 것은 레이지에게도 좋은 방안처럼 생각되었다. 스스로의 실력 향상도 중요하지만 사용하는 무기도 중요한 부분을 차지할 것이다.

이야기가 정리되자마자 누군가가 귀빈실 문을 두드렸다. 손님일까, 성의 사람일까. 레이지 일행이 문 쪽을 바라보자 바깥에서 귀에 익은 목소리가 들려왔다.

"실례. 여기 용사 레이지가 있다고 들었는데…… 있어?"

"아. 엘리어트 목소리네. 응, 들어와."

레이지가 말하자 엘리어트와 수행원 크리스터가 안으로 들어왔다.

"엘리어트. 어쩐 일이야?"

"성에 왔다길래 인사도 할 겸 들렀어."

"일부러 와줘서 고마워."

"그리고 할 이야기도 있고."

엘리어트가 상담할 말이 있다는 분위기를 풍기자 먼저 해야 할 말이 있다며 레이지가 말을 꺼냈다.

"그 전에 이번 건에 대해서는 여러 가지로 신세를 졌어."

"아. 그거. ……흥, 그 남자의 계획대로 되는 건 열 받지만 부탁받으면 용사로서 안 할 수는 없으니까."

"고마워. 덕분에 살았어."

"아니, 넌 신경 쓸 거 없어. 이건 내 오지랖이라고 생각하면 돼. 아, 스이메이를 만나면 빚이 있다고 전해줘. 꼭 갚으라고."

"하하하…… 알았어."

스이메이에게는 가차 없이 대하자는 주의인 듯했다. 레이지는 난처하게 웃으며 승낙했다.

그러자 미즈키가 고개를 갸웃했다.

"급작스러운 질문이긴 한데 엘리어트는 앞으로 어떻게 할 작정이야?"

"응? 아, 우리는 여러 가지로 의논했는데 일단 위문 관련 일에서 벗어나서 각국에서 소환된 용사와 제휴를 맺으려고."

"그래…… 그것도 중요하지."

레이지는 그 일은 깜빡 잊고 있었다. 권유받은 적이 없어서 신경 쓰지 않았던 것도 있지만——.

"이게 오늘 내 용건이야. 마족과 본격적인 전투를 벌이기 전에 서로 연락을 취하고 각국의 군대도 움직일 수 있도록 해야 하니까. 솔직히 말해서 지금은 그런 게 원활하지 않잖아? 교회를 믿고 있는 건지 어떤 건지는 모르지만."

타국에 대한 움직임이 둔하고 제휴가 약한 각국 수뇌를 비꼬는 말일까. 엘리어트는 마족 토벌에 대해서 많이 고민하는 모양이었다.

"그러니까 유사시에 전력을 모을 수 있어야 해. 솔직히 교회의 명령만으로는 불안해. 그래서 나는 우선 여기서 가장 가까운 연합으로 향할 생각이었는데⋯⋯."

엘리어트는 거기서 말을 끊고 어쩐 일인지 떨떠름한 표정을 지어 보였다.

"왜 그래?"

"아니—, 스이메이 일행이 연합으로 갔다잖아. 레피르나 페르메니아하고는 더 이야기를 나누고 싶지만 그 녀석이 있잖아?"

"엘리어트는 스이메이를 만나기 싫어?"

"그 녀석 얼굴을 볼 생각을 하니까 그냥 짜증이 나잖아. 연합에서 소환된 용사는 미인이라고 해서 그건 유감이지만⋯⋯ 아얏?!"

"엘리어트 님?!"

"아—, 농담, 농담이야. 응?"

엘리어트가 당황하면서 크리스터를 달랬다. 한편 레이지와 미즈키의 눈에는 엘리어트의 뒤에 장승이 우뚝 서 있는 것처럼 보였다. 엘리어트는 한동안 크리스터를 어르고 달랜 뒤 이상해진 분위기를 헛기침으로 무마했다.

"크흠! 우리는 이제부터 아스텔을 지나서 용사가 있다는 토리아로 향할 거야. 그래서 너희들 말인데."

"우리는 자치주지요ㅡ."

만세를 하며 이야기를 하는 미즈키를 향해 크리스터가 다시 물었다.

"자치주……요?"

"위문 일정도 겸해서 용사님들이 남긴 전설의 무기를 손에 넣으러."

"전설…… 아아, 그거."

"어라? 엘리어트도 알고 있었어?"

어쩐지 엘리어트는 짚이는 데가 있는 모양이었다. 그러나 엘리어트는 납득한 표정이었다가 갑자기 생각나지 않는다는 듯 미간에 주름을 잡으면서 말했다.

"새크러…… 뭐시기더라? 그런 이름이었지?"

"엥? 시끄러? 뭐가?"

"엘리어트 님, 새크라멘트요."

"그래그래, 그거. 근데 그거 나도 무구라고 해서 보러 갔었는데 놓여 있는 건 푸른 보석이 박힌 장식품이었어."

"혹시 가지러 간 거야?"

"응, 그럴 작정이었지."

엘리어트는 그렇게 말하고 손을 들어올렸다. 실패했다는 뜻인 것은 알겠지만 왜 실패했고 무구가 장식품이라는 건 대체 무슨 말일까. 레이지 일행이 고개를 갸웃하자 크리스터가 대답했다.

"그 장식품이 무기로 전해지는 건 문헌상 틀림없어요. 전승에서는 그 무구에 인정받은 자가 아니면 무구에 변화가 있어나지 않는 모양인데……."

크리스터는 말끝을 흐렸다. 그러자 티타니아가 엘리어트에게 시선을 향했다.

"하지만 엘리어트 님은 그런 무구는 갖고 있지 않네요."

"응, 없어. 시험해봤더니 아무 반응이 없었어."

"그래서 두고 왔다?"

"응."

엘리어트가 시무룩하게 끄덕였다. 자조적인 미소를 띤 엘리어트가 문득 레이지를 보았다.

"그래도 너도 시험해볼 가치는 있잖아? 나는 아니었지만 너는 인정받을지도 모르고."

"그 말은 엘리어트 님의 그릇이 작다고 하는 것처럼 들리는데요."

"특정 조건이라는 가능성도 있는 거니까 일률적으로 그렇다고는 말 못 해."

엘리어트는 시원시원하게 자신감을 내비쳤다. 저도 모르게 고개가 끄덕여질 만큼 설득력 있는 엘리어트의 태도에 레이지는 부러움이 섞인 시선을 보냈다.

"……? 레이지 왜 그래? 그런 눈으로 보고."

"아니, 엘리어트는 미련이 없는 것 같아서."

"안 보이는 데서 필사적으로 발버둥치는 스타일이야."

엘리어트는 사실인지 아닌지 판단할 수 없는 말을 했다.

"하지만 강하잖아?"

"응?"

"나하고 싸웠을 때도 적당히 상대해준 느낌이었고 스이메이에게 들은 이야기로는 그라체라 황녀 전하와 싸웠을 때도 전력을 다하지 않았다던데."

"…………."

"엘리어트 님?"

잠시 말이 없던 엘리어트는 갑자기 차가운 표정으로 콧방귀를 뀌었다.

"그 녀석이 간파하다니. 짜증나."

"그럼 엘리어트 님! 그때는!"

"전력은 아니었어. 장소가 장소였으니까. 그래도 진 건 진거야."

엘리어트는 깨끗하게 패배를 인정했지만 그를 신봉하는 크리스터는 납득하지 못한 듯 몸을 바짝 내밀면서 추궁했다.

"엘리어트 님!! 어째서 전력을 다하지 않은 거예요?! 그라체라 황녀 전하 따위 너덜너덜하게 만들어 버리는 게 좋았어요!!"

크리스터는 엘리어트가 패배한 사실을 참을 수 없는지 발을 동동 구를 기세였다.

한편 그 모습을 보던 미즈키가 경악하면서 말했다.

"자, 잠깐, 여긴 제국의 성이야…… 크리스터 씨, 아무렇지도 않게 굉장한 말을 하네."

"앗?!"

상황을 깨달은 크리스터는 재빨리 주위를 둘러보았다. 아무리 기세였다고는 해도 제국의 성에서 황녀를 무시하는 발언은 위험하다. 실수를 깨닫고 풀이 죽은 크리스터의 모습에 다른 이들의 얼굴에 미소가 번졌다.

이윽고 티타니아가 진지한 표정으로 레이지를 보았다.

"레이지 님. 자치주에 가는 건 어떻게 할까요?"

"응. 가보자. 지금은 힘을 욕심내는 게 좋다고 생각해. 그러니 그 새크라멘트라는 게 날 받아들여줄지 시험해보자고."

"좋았어—! 그럼 우리의 다음 목적지는 사디어스 연합 자치주로 결정—!"

미즈키가 힘차게 주먹을 치켜들자 레이지는 문제가 있다는 듯 곤란한 표정을 지었다.

"하지만 당장은 못 가겠지만……."

"못 간다니 그게 무슨 말이…… 아아!!"

미즈키가 소리쳤다. 드디어 떠올린 것일까. 자신들이 제국에 온 이유를.

"흠. 무슨 일인데?"

엘리어트의 물음에 티타니아가 차분한 표정으로 대답

했다.

"조금 사정이 있어요. 엘리어트 님이 신경 쓰실 정도는 아니에요."

"그럼 다행이고. 갈 거면 서두르는 게 좋아. 마족도 기다려주진 않을 거고."

그렇게 충고한 뒤 문득 무언가를 떠올린 것일까. 엘리어트는 레이지 일행을 향해서 어쩐지 비꼬는 듯한 미소를 띠웠다.

"어쨌든 너희도 진짜 고생이다."

"……? 그게 무슨 말이야?"

레이지의 물음에 이어 미즈키와 티타니아도 고개를 갸웃했다. 어째서 그런 태도로 어깨를 움츠리는 걸까. 진의를 알수 없는 단편적인 말을 남긴 뒤 엘리어트는 발길을 돌렸다.

"뭐 조만간 알게 될 거야. 크리스터, 그만 가자."

"네. 엘리어트 님."

"그럼 잘 있어."

엘리어트는 작별 인사를 한 뒤 크리스터와 함께 서둘러방을 나갔다.

"뭐였어……?"

"그, 글쎄……?"

레이지와 미즈키가 혼란스러워 하고 있자 곧바로 밖에서발소리가 들려왔다. 엘리어트가 돌아온 걸까 아니면 또 다른 방문객일까. 그렇게 생각하고 있자——.

"실례."

문 너머로 들어본 적이 있는 여성의 목소리가 들려왔다. 이쪽이 대답하기도 전에 거침없이 문이 열렸다. 곧이어 안으로 들어온 사람은 지난번 제도에서 소동을 일으킨 상대, 그라체라 필라스 레이젤드였다.

오늘 그녀의 옷차림은 잔뜩 차려입은 군장이 아니라 황녀답지 않은 꽤 러프한 셔츠 차림이었다. 평소에는 이런 차림인 걸까. 앞가슴이 벌어져 있어 선정적이지만 전혀 신경 쓰지 않는 태도 탓에 요염함은 느껴지지 않는다.

그러나 언제나 오만한 빛을 띠던 얼굴은 불만과 짜증이 섞인 건지 뚱한 표정이다. 아무래도 평소 같지 않았다.

한편 천적의 등장에 티타니아의 평온했던 표정이 싸늘하게 굳어졌다.

"그라체라 황녀 전하. 저희에게 무슨 볼일이라도 있으신가요?"

그라체라는 여유가 있는 건지 티타니아의 적의를 숨기려고도 하지 않는 물음에 시원시원한 목소리로 대답했다.

"그렇게 노려보지 마."

"저는 노려보지 않았는데요."

"이런, 꽤 미움을 샀나보네."

그라체라가 일방적인 적의에 다소 질려하자 티타니아는 여전히 험악한 시선으로 물었다.

"그래서 오늘은 대체 어쩐 일로 오셨죠?"

일단 그라체라의 방문 이유에는 짚이는 데가 있었다. 그것을 대변하듯 미즈키가 불안한 표정으로 말을 꺼냈다.

"호, 혹시 지난번 일로……?"

"응? 아아 그건 끝난 일이야. 이제 와서 문제 삼을 생각은 없어. 더욱이 아버지께서 덮어둔 문제를 내가 들춰내는 것도 그 뜻을 어기는 일이고."

"아…….'

우려가 우려에 그친 것에 미즈키는 안도의 한숨을 내쉬었다. 하지만 그라체라는 의외로 뒤끝이 없는 성격인 듯했다. 대부분은 신경 쓰지 않는다고 말해도 조금은 꽁하게 생각하는 것이 보통인데 그라체라에게서 그런 분위기는 느껴지지 않았다.

단순히 내색하지 않는 것인지도 모르지만 어쨌든——.

조금 전 물음에 대한 대답인지 돌연 그라체라는 엄청난 말을 했다.

"그래서 오늘 여기 온 이유 말인데 오늘부터 네놈들한테 신세를 지게 됐어."

"네?"

"에?"

"그, 그라체라 황녀 전하, 그게 무슨 말씀이세요?!"

티타니아가 벌떡 일어나 큰소리로 물었다. 너무나도 갑작스러운 상황에 따지듯 물었지만 그라체라는 지르퉁한 표정으로 대답했다.

"무슨 말이고 할 것도 없어. 말 그대로야. 티타니아 왕녀."

"아니, 그러니까……!"

"즉 네놈들의 여정에 동행한다는 뜻이야."

"＿＿＿＿."

티타니아는 몸에 힘이 빠진 듯 픽, 하고 의자에 앉았다. 무리도 아니다. 레이지 일행은 일제히 '도대체 왜……'라는 경악과 의문을 표정에 드러냈다.

그라체라는 그런 일동을 지적했다.

"그런 표정들 짓지 마. 아주 얼빠져 보여. 이번 일은 내 뜻이 아니야."

"그럼 왜죠?"

"신탁에는 나도 따를 수밖에 없으니까."

"무…… 아르주나의 신탁……!"

"엘리어트, 아까 했던 말이 이거였어……."

드디어 이해가 갔다. 엘리어트는 이 일을 미리 알고 있었서 그런 말을 남긴 것이다. 지금쯤 엘리어트는 이쪽이 당황한 것을 예상하고 사악하게 웃고 있을 것이다. 레이지는 미간을 주무르는 손가락을 멈추지 못했다.

레이지 일행이 여전히 충격에서 벗어나지 못한 와중에 그라체라가 일행을 한 번 둘러보았다.

"이의는 없겠지."

"……이의고 뭐고. 아르주나의 신탁이 있었다면 따르는 수밖에요."

그렇게 말한 티타니아도 복잡한 심경일까. 말은 그렇게 했지만 얼굴은 못마땅한 기색이다. 그런 티타니아를 곁눈질하며 그라체라는 질문의 대상을 바꾸었다.

"네놈들은?"

"난…… 싸우지만 않는다면 괜찮긴 한데……."

미즈키는 아직 상황이 이해되지 않는 듯 당황한 모습으로 말끝을 흐렸다.

한편 레이지는 체념한 듯 한숨을 쉰 뒤 차분한 태도를 보였다.

"그럼 나도 한 가지 조건이 있습니다."

"뭔데? 설마 하룻밤 같이 보내자고 하려고? 의외로 진도가 빠른 남자였네."

"아, 아닌데요?! 밑도 끝도 없이 무슨 소립니까?!"

그라체라의 폭탄 발언에 레이지는 벌떡 일어나 외쳤다. 그런 레이지의 반응을 신경 쓰는 기색도 없이 그라체라는 태연하게 말했다.

"왜? 나는 상관없는데?"

"제가 있어요!"

"나도!"

그것은 용납할 수 없는지 티타니아와 미즈키가 이의를 제기했다. 그러자 그라체라는 어쩐지 시들해진 표정으로 다시 레이지에게 시선을 던졌다.

"그래서 네가 제시하는 조건이 뭔데?"

레이지는 피곤한 듯 한숨을 내쉰 뒤 사뭇 진지한 표정으로 조건을 말했다.

"우리에게 『네놈』이라고 부르지 않는 게 조건입니다."

"흠. 하긴 잠정적이긴 해도 동료가 될 사람에게 그런 호칭은 예의에 어긋나나. 좋아."

그라체라는 쉽게 조건을 수락했다. 오만한 여성이라는 인상이지만 의외로 융통성이 있다. 조금 전 지난 번 일은 신경 쓰지 않는다고 말한 것도 그렇고 생각보다 더 시원시원한 성격인 것이리라.

"그럼 아스텔의 용사 레이지, 티타니아 왕녀 전하 그리고 이세계에 온 손님 미즈키. 앞으로 잘 부탁해."

"네……."

그라체라의 온순한 태도에 의표를 찔려 경계심이 무너진 걸까. 티타니아는 멍한 표정을 지었다. 한편 미즈키는 뜻밖의 전개에 난감한 목소리로 중얼거렸다.

"앞으로 어떻게 되는 걸까……."

분명한 것은 크고 작은 파란이 예상되는 조합이 탄생했다는 것이었다.

★

레피르의 지인을 만나기 위해 스이메이 일행은 연합 종주국인 미어젠의 수도에 도착했다.

여기에 도착하기까지 최초의 지역을 포함해서 큰 지역을 두세 곳 거쳤지만 미어젠의 수도는 종주국답게 이전 지역과 비교해도 규모가 컸다. 거리를 에워싼 성벽은 높진 않지만 바깥 둘레는 필라스 필리아보다 훨씬 크다. 그래서인지 다른 연합과 마찬가지로 거리에 지어진 집집의 간격이 넓어 답답함은 느껴지지 않는다.

그리고 이 지역은 검객 이외에 아인이 많은 점도 특징이었다. 검의 도시로 불리는 만큼 검을 만드는 드워프가 모여 살며 나라의 기풍 때문인지 수인들도 많다.

대낮인데도 불구하고 가게에서 술을 마시는 드워프나 날씨 때문인지 쉼터에서 일광욕을 즐기는 수인들이 사람들이 뒤섞인 제국보다 쉽게 눈에 띈다.

도시에 도착하자마자 스이메이 일행은 땅거미 정으로 향했다. 접수원에게 길드 마스터의 지인이라고 말하자 바로 확인 절차를 거쳐 일사천리로 2층에 있는 길드 마스터의 집무실로 안내받았다.

──방에 들어서자 길드 마스터로 짐작되는 인물이 가죽 소파에 앉아 쉬고 있었다.

성별은 여성. 나이는 묘령에 접어든 정도일까. 젊음이 느껴지고 등이 소파에서 비어져 나올 만큼 몸집이 컸다. 여성은 기모노를 연상시키는 옷차림에 담뱃대를 뻐끔거리고 있었다.

그러나 특징적인 것은 금발에 여우 귀가 쫑긋 달려 있고 엉덩이에서 꽃이 핀 듯 하나, 둘, 셋…… 총 일곱 개의 여우 꼬리가 달려 있다는 것이다.

존재감이 느껴지는 여유와 아름다움, 화려함을 두루 갖춘 여우 수인이었다.

지인을 만난 레피르는 반가운 미소를 지었으며 페르메니아는 다소 긴장한 모습이었다. 한편 리리아나는 "꼬리…… 많아" 하고 넋이 나간 목소리로 말하면서 그녀의 금빛 꼬리에서 눈을 떼지 못했다.

전원이 수인 여성과 대면하고 자리에 앉자 그녀는 기쁨을 참는 것도 한계라는 듯 소리죽여 웃음을 흘렸다. 그리고 잠시 웃음을 멈추고 말했다.

"──레피, 설마 살아 있었을 줄이야. 크, 후후후…… 뭐랄까, 뜻밖의 호사구나."

땅거미 정 미어젠 지부 대표인 루메이어가 뜻밖의 행운이라는 듯 큰 목소리로 외쳤다.

"그동안 안녕하셨어요, 루메이어 님. 갑작스러운 방문에도 흔쾌히 맞아주셔서 정말 감사합니다."

레피르가 격식 차린 말투로 인사하자 수인 여성── 루메이어는 "응……?" 하고 이상한 것이라도 본 것처럼 의아하다는 듯 말했다.

"뭐야? 처음 보는 사이도 아닌데 그 딱딱한 말투는. 장소는 이렇지만 나는 딱히 상관없어."

"오랜만에 뵙는 거니까 첫인사 정도는 제대로 예를 갖추는 게 도리잖아요?"

"딱딱하네! 수인을 상대로 새삼스럽게 무슨."

레피르가 곤란한 표정을 짓자 루메이어가 어깨를 움츠렸다. 좋게 말하면 느긋하고 나쁘게 말하면 대충 대충인 성격으로 알려진 수인은 대부분 인간의 예절을 불편해 한다고 들었다. 그녀 역시 그런 것이리라. 격식 따위는 접어두라는 듯 질린 표정을 지었다.

"그런데 그건 뭐예요?"

레피르는 루메이어 앞에 놓인 도자기 그릇으로 시선을 옮겼다. 그러자 루메이어는 별 싱거운 질문을 다 한다는 듯이 말했다.

"당연히 술이지. 술!"

"지, 지금은 근무 중이잖아요……."

"무슨 상관이야. 이건 네가 살아 돌아온 것을 축하하는 축하주야."

그렇게 말한 루메이어는 술잔을 들어 단숨에 술을 들이켰다. 그러나 기뻐하는 루메이어와는 대조적으로 레피르는 어두운 표정을 지었다.

그러자 그 표정의 의미를 알아차렸는지 루메이어는 얼굴에서 웃음을 지우고 조용히 눈을 감았다.

"……역시 아디파이즈(아버지)는 잘못된 모양이구나……."

"네. 저를 도망치게 하려고 폐하와 단장과 함께 병사를 이끌고 시간을 버셨어요. 아마 살아남지 못하셨을 거예요……."

"아까운 남자를 잃었군……."

"루메이어 님께서 그렇게 말씀해주시니 딸로서 영광입니다."

레피르는 정중히 머리 숙여 인사했다. 레피르와 루메이어가 한동안 침묵한 것은 망자를 위한 묵념이었을까.

한차례 침묵 뒤에 루메이어는 담뱃대를 물고 후우, 연기를 내뿜었다.

"후, 계속 침울해 있을 순 없지. 그럼 슬슬 함께 온 친구들을 소개받을까."

담뱃재를 툭툭 턴 뒤 루메이어는 천천히 스이메이 일행을 둘러보았다. 루메이어의 뜻에 따라 레피르는 스이메이 일행을 간단히 소개했다.

레피르의 소개가 끝나자 한 사람씩 이름을 대기 시작했다.

"처음 뵙겠습니다. 스이메이 야카기라고 합니다."

"페르메니아 스팅레이입니다."

"리리아나 잔다이크입니다."

루메이어가 "호오……" 하고 탄식한 것은 들어본 이름이 있기 때문이리라. 페르메니아도 리리아나도 들어본 이름이었다.

그러자 루메이어는 조금 전에 레피르의 격식 차린 태도를 지적했음에도 불구하고 들고 있던 담뱃대를 놓고 자세를 바로 하고 말했다.

"내 이름은 루메이어. 테일(금빛여우)족인 루메이어다. 이미 알고 있겠지만 이 길드의 마스터고.”

　루메이어의 소개에 페르메이나의 표정이 긴장으로 살짝 굳어지는 것을 스이메이는 알아차렸다. 그 이름만으로도 보통은 위축되는 것이리라.

　한편 이 세계 인간의 명성 따위는 알 리 없는 스이메이는 별다른 감흥을 느끼지 못했다. 그런 스이메이에게 페르메니아가 귓속말로 말해왔다. 루메이어는 박명, 고영과 어깨를 나란히 하는 칠검 중 한 명이며 산다화(山茶花)라고도 불리는 검객이라고.

　“역시 강하네.”

　“산다화 검무후(劍舞后)는 칠검 중에서도 위력이 강한 걸로 유명해요. 잘 모르시겠다면 공주 전하와 동격이거나 그 이상이라고 보시면 돼요.”

　“아, 그래…… 굉장하네.”

　스이메이는 어깨를 바짝 움츠렸다. 이렇게 엄청난 자들의 이름이 나오면 가슴이 이루 말할 수 없이 답답해진다. 실제로 티타니아는 위협적이었고 로그도 상당한 실력자였다. 어쨌든 그들과 동격이거나 그 이상이라는 것은 가공할 만한 실력을 보유한 검객이라는 말이다.

　순간 루메이어의 시선이 스이메이에게 향했다. 그러나 아무 말 없이 루메이어의 시선은 다시 레피르에게로 옮겨 갔다.

　“거기 청년은 못 들어본 이름이지만 꽤 유명한 사람들 두

명을 데리고 왔구나? 아스텔의 천재 마도사에——"

짧은 침묵 뒤에 루메이어의 날카로운 시선이 리리아나에게로 향했다.

"제국 십이 우걸 중 한 명, 고영 검장님의 딸이라니."

"지금은 십이 우걸이 아닙니다. 제국의 군인도 아니고요."

"어떤 사건의 범인으로 몰렸다는 이야기는 들었는데 그 일로 징계를 받고 그만둔 건가?"

"사정은 있지만 비슷하다면 비슷합니다."

"흠, 사정이 있나보군. 뭐 내 구역에서 싸움을 일으키지만 않는다면 아무래도 상관없어."

신경 쓰지 않겠다는 듯 말했지만 실제로는 어떨까. 그 점을 의식해서인지 레피르가 다짐을 두듯 강력히 말했다.

"걱정 마세요. 리리는 저희들의 동료예요."

"후, 그래."

레피르의 단언에서 기풍을 느꼈는지 루메이어가 웃으며 덧니를 보였다. 한편 동료라고 말해준 것에 감동했는지 리리아나는 레피르의 팔에 붙어 그 기쁨을 표시했다.

두 사람의 사이좋은 모습에 다시 루메이어의 표정이 부드러워졌다.

"난 고영님과는 승부를 해본 적은 없어."

"대좌님도 말씀하셨어요. 한번 겨뤄보고 싶다고도 하셨고요."

"그러고 보니 레피, 넌 이미 나보다 검 실력은 좋아졌지?"

"아뇨, 그렇지 않아요. 전 아직 멀었어요."

"흠…… 진짜 그렇게 생각해?"

레피르가 겸손하게 말하자 루메이어는 짓궂은 미소를 지었다. 사소한 동작만 보고 현재 실력을 간파한 것이리라. 베테랑 검객의 혜안은 혀를 내두를 만하다.

어쨌든 레피르가 칠검에 필적할 힘을 보유한 것은 의심할 여지도 없다.

"그러고 보니 왜 레피는 칠검이 아니야? 그 정도로 강하잖아?"

이전부터 품었던 의문을 스이메이가 소리 내어 묻자 레피르가 대답했다.

"북방에서는 5년에 한 번 칠검을 가리는 대회가 열려. 그 대회에 나가서 이겨야 칠검이라는 칭호를 얻을 수 있어."

"그럼 안 나간 거야? 왜?"

"나에게는 스피릿(정령의 힘)이 있으니까. 그러면 시합이 공정하지 않잖아?"

"그런 건 상관없다고 생각하는데. 그런 이유로 레피도 아디파이즈도 대회에는 안 나갔어. 완고한 사람들이지."

루메이어는 또 후, 연기를 내뱉었다. 분명 루메이어가 한숨을 쉰 것처럼 정령의 힘도 실력이라고 간주한다면 불공정한 것은 아니다. 그러나 본인들이 그렇게 생각한다면 어쩔 수 없는 일이라고도 생각한다. 승패를 떠나 결국은 자신이 납득하는 것이 중요하다.

제국에서 레피르의 실력을 목격한 페르메니아가 낮게 신음했다.

"레피르 정도의 실력이면 대회에 나가면 아마 칠검 중에서도 꽤 상위 클래스에…… 아니 칠검의 우두머리가 될 가능성도 있다고 생각해요."

"나도 이길 자신은 있어."

"그렇지."

레피르가 보인 자신감에 이의를 제기할 부분은 없다. 아스텔의 땅거미 정에서 처음 만났을 때부터 레피르의 실력은 상당했다. 라쟈스와 싸웠을 때, 끝에는 라쟈스를 압도할 만큼 힘이 폭발했었다. 몸이 작아졌을 때의 공백기가 있다 해도 그 영향은 오차 범위라 좋을 만큼 미미할 것이다.

칠검에 이름을 올린 검객을 모두 아는 것은 아니지만 지금 그 모두를 불러 승부하게 한다면 순위가 뒤바뀔 것은 틀림없으리라.

스이메이가 그런 생각을 하고 있자 레피르가 쳐다보았다.

"하지만 스이메이도 마술을 쓰면 검술도 비슷하게 흉내낼 수 있는 거 아니야?"

"내가? 아니…… 그건 힘들어. 나 같이 어중간한 검객이 진짜 검객을 이기는 건 무리야."

"어중간한? 검술을 배운 거 아니었어?"

"중간에 제대로 배울 수 없게 됐거든. 거의 초보 수준이야. 뭐 사범님한테 말하면 가르쳐줬겠지만……."

사범님—— 쿠치바 쿄시로. 스이메이가 다닌 도장에서 검술을 가르치던 고무술가이자 일본 유수의 검호다. 스이메이의 아버지와는 오랜 지인이라는 인연도 있어 스이메이도 어렸을 때부터 그의 밑에서 검술을 익혔다.

 마술에 전념하기 위해 도중에 검 훈련을 소홀히 하게 된 것은 스이메이도 아쉬웠지만 그 사정에 대해서는 사범님도 알았기에 지금이라도 **쿠치바의 검**을 가르쳐 달라고 하면 흔쾌히 승낙해줄 것이다.

 ……다만 "한번은 목숨 걸고 싸워보자고" 같은 무리한 조건을 걸어올 것은 눈에 선하지만.

 "흠…… 라쟈스와 싸우던 모습을 생각하면 절대 뒤처질 것 같진 않은데……."

 레피르는 예상과 달리 좋게 평가해 주었다. 한편 그런 대화를 듣고 있던 루메이어는 눈을 껌뻑이며 말했다.

 "뭐야 청년이 스이메이라고 했나? 네가 그렇게 강해? 보기엔 비실비실해 보이는데. 마법사라는 건 알겠지만."

 "으…… 체격에 대해서라면 부정하진 않겠지만……."

 스이메이는 떨떠름한 목소리로 동의로도 해석되는 대답을 했다. 분명 우람한 체격이 아니라서 겉보기에는 믿음직스럽지 못할지도 모르지만…… 아무리 그래도 식사 자리 때부터 굴욕의 연속이었다.

 그러자 어째선지 레피르가 대담히 웃으면서 말했다.

 "스이메이는 강해요."

"정말이야? 이야기를 들은 바로는 마법사 같은데……."

"스이메이 님은 제 실수로 영걸 소환 때 용사님과 함께 소환된 이세계의 마법사…… 마술사예요."

"호오! 이름 높은 용사님들이 있는 세계의 마법사군. 하긴 너희들이 강하다면 강한 거겠지."

루메이어는 감탄한 뒤 술잔에 든 술을 단숨에 들이켰다.

"어쨌든 굉장하네. 이세계에는 전부 강한 인간들뿐인가?"

"아뇨. 그렇진 않습니다."

"흥? 그래? 영걸 소환으로 불려 온 용사들은 희한하게도 대부분 다 상당한 실력자라던데?"

그런 이야기가 있었을까. 스이메이는 처음 듣는 이야기에 손가락을 꼽으며 대조해 보았다.

"……레이지는 제외하고 엘 메이데의 불량 용사는 상당한 실력자였지. 나머지는."

"토리아에서 소환된 용사에 관해서는 나도 자세히는 모르지만 우리(연합) 쪽에 불려 온 용사는 뛰어난 검객이야. 그 덕분에 전장에서 마족 군단을 물리쳤을 정도지. 나는 아직 만난 적은 없지만."

"그러고 보니 처음 갔던 지역에서도 연합의 용사님이 마족을 물리쳤다는 말을 들었어요."

"……역시 영걸 소환으로 불려 온 사람은 다르네."

문득 레피르가 낙심한 듯 중얼거리며 침울한 표정을 지었다. 자신의 나라가 습격 받았을 때와 비교하며 한심함을 느낀 것이리라.

"연합에 쳐들어온 건 노시어스를 습격한 마족의 3분의 1 이야. 안 그럼 나도 지금처럼 태평하게 담배 같은 걸 피우고 있진 못해."

침울해할 거 없어, 라고 루메이어는 레피르를 위로했다.

그 말에 레피르의 표정이 어느 정도 밝아지자 루메이어는 기품 있게 담배를 뻑뻑 피웠다. 그리고 책상 위로 몸을 쓱 내밀었다.

"저기 스이메이. 그래서 넌 얼마나 센 거야?"

"남들에게 자랑할 정도는 아닙니다."

스이메이가 조심스럽게 대답하자 레피르와 리리아나가 질린 표정을 지었다.

"잘도 그런 말을. 여전히 수상한 말씨야."

"정말이에요. 그건 허위 발언이에요."

"야 둘 다 왜 그래?"

레피르와 리리아나의 비난 섞인 발언과 시선에 스이메이는 당황해서 말했다. 그저 겸손했을 뿐인데 그녀들에게는 그렇게 들리지 않은 걸까. 그러자 페르메니아까지 질린 듯 탄식을 내뱉었다.

"제도에서는 공주 전하도 쓰러뜨렸잖아요?"

"호오? 백염님이 공주 전하라고 말한다는 건 박명의 참희 (斬姬) 말인가. 그거 대단한데."

루메이어는 호탕하게 웃음을 터뜨렸다. 루메이어는 티타

니아의 실력도 아는 것이리라.

페르메니아가 다시 비난에 찬 시선을 보내왔다.

"……스이메이 님이 마왕 토벌에 나서면 모든 것이 다 해결되는 거 아니에요?"

"무슨. 아무리 그래도 무리라니까. 수가 너무 많다고 전에도 말했잖아?"

"그거야 병사를 소집하면 해결되는 문제 아닌가요?"

"그러면 지원을 온 병사들은 내 마술에 휘말릴 걸 각오해야겠지."

"으…… 하지만 스이메이 님의 실력이라면."

페르메니아가 가능성을 제시하며 끈질기게 나오자 스이메이는 문득 마술사의 얼굴을 보였다.

"메니아. 전장에서 마술을 사용한다는 건 이 세계 기준으로 생각하는 거지? 지난번에 내가 은비학적 엔트로피에 대해서 설명했었지? 이 세계의 마법사는 엔트로피 증대량이 적은 덕분에 전장 단위에서 마법을 써도 문제없지만 나는 그런 곳에서는 함부로 마술을 연발할 수 없어. 게다가 전장에서 많은 사람이 마구 마술을 쏘게 돼. 절대 제대로 맞물릴 리 없어."

"아……."

"하지만 스이메이 넌 큰 마술을 쓰지 않고도 싸웠잖아?"

"그때 말이구나. 그때는 분명 1만을 쓰러뜨린 모양이지만 그 대신 만신창이가 됐어. 내가 분노 때문에 주위나 나 자신을 신경 쓰지 않았던 것도 있지만 엔트로피의 조정 시간 싸움 탓이야."

그러자 주장을 깨뜨리고 싶은지 루메이어는 기고만장하게 그러나 그런 것치고는 비꼬는 게 느껴지지 않는 조소를 머금으며 말했다.

"후훗. 그럼 그냥 장수만 쓰러뜨리면 되는 거 아니야? 그 것만으로도 싸움은 꽤 수월해질 것 같은데."

분명 루메이어의 말대로 우두머리를 치는 것이 지론이다. 그러나 마족과의 싸움에 한해서는 그 방법은 효과적이지 못하다.

"무리예요. 장군을 죽이면 분명 그 전장에서는 우위에 서겠지만 긴 안목으로 본다면 효과적이지 않아요. 마족 장군을 죽여봤자 금방 사신의 가호를 받은 더 강력한 마족이 나올 뿐이니까요."

"……그게 무슨 말이지?"

"마족은 동체에 지닌 힘 외에도 사신의 힘을 나누어 받고 있어요. 그래서 강력한 마족을 쓰러뜨려도 사신이 힘을 나누어줄 대상이 변화할 뿐 전력이 크게 줄어드는 게 아니에요. 쓰러뜨린 게 엄청난 지혜자라면 달라지겠지만……."

인간의 평균적인 힘과 마족의 힘, 그리고 그 숫자를 비교한다면 변화는 오차 범위에 그칠 정도다. 압도적인 물량과 힘 앞에서는 효과는 미미할 것이다.

"그럼 스이메이 님, 마족의 위협을 제거하려면 어떻게 해야 하죠?"

"추측이지만 단순히 마족의 수를 줄이는 방법밖엔 없겠지."

"마족의 수를요?"

"요컨대 여기서 문제가 되는 건 사신의 간섭 능력과 그 커패시티(용량)이야. 우선 세계의 바깥 측에 존재하는 신격은 세계에 직접적으로 간섭할 수 없다는 대원칙이 있어. 그래서 그 세계에 존재하는 자를 움직여서 자신이 뜻한 바를 대행시키는 형태를 취해야만 해. 뭐 소환이라는 예외는 있지만 그래도 내측에서 간섭이라는 간접적인 프로세스가 필요하기 때문에 일단 신격이 세계를 자신의 것으로 만들고 싶다면 사신의 뜻에 동조한 자를 대량으로 만들어 내는 번거로운 작업을 거쳐야만 해."

스이메이는 한번 말을 멈춘 뒤 나름대로의 설명을 풀어놓기 시작했다.

"꿈이나 위스퍼(속삭임)에 의한 세뇌, 예기치 못한 결과의 잉태. 그런 것들로 신격은 자신의 수하를 늘려. 그렇게 해서 신격이 보유한 힘을 바라는 자가 많아지면 신격도 간섭하기 쉬워지고 그런 만큼 신격이 간섭할 대상이 늘어나고 많은 사람들에게 힘을 나누어줄 수 있어. 그렇게 되면 세계의 내부에 간섭하는 힘도 늘어나고 그 힘으로 부하도 많이 늘릴 수 있고——."

"흠. 반복이군."

루메이어의 신음에 스이메이는 고개를 끄덕였다.

"맞아. 그러니 그런 자가 세계에 많이 존재하는 한 신격의 영향력도 줄지 않아. 그러니 결과적으로 해결을 위해서는 사신에게 직접 손을 쓰든, 사신의 간섭 능력을 위협이 안 될 만큼 줄이기 위해서 사신에 동조하는 자, 즉 마족의 수를 줄여야 해. 그렇게 말해도 갑자기 사신을 상대하는 건 누가 봐도 무모한 이야기니까——."

이 이야기는 장수를 쏘려면 먼저 말을 쏘아라, 라는 말이야. 스이메이는 그렇게 말한 뒤 설명을 마무리했다.

"어디까지나 마족이 가진 힘의 근원이 내가 살던 세계에서 말하는 사신의 범주에 들어간다면, 이라는 이야기지만."

"그러니까 스이메이 님의 말씀을 요약하면 마족을 처리하려면 사신을 처리해야 하고 사신을 처리하려면 마족을 처리해야 한다는……."

"귀찮아요."

"그러니까."

리리아나가 한숨을 쉬자 스이메이도 따라서 한숨 쉬며 맞장구쳤다. 그러나——.

'그렇게 생각하면 영토 싸움으로밖에 생각할 수 없어. 뭐 인간이 신이나 정령에 의존하는 한 결국 그렇게 생각할 수밖에 없겠지…… 응?'

그러고 보니 연합에서 처음 들른 지역에서 그런 이야기를 들은 적이 있다. 반여신 교단이라고 했었나. 분명 그들도 여신에게서 해방되어야 한다고 말했다.

만약 그들이 정말로 그 **진실**을 깨닫고 그런 행동을 하는 거라면——.

'설마, 아닐 거야…….'

스이메이는 지나친 생각을 경계하며 머리를 흔들었다. 그 것은 억측이다. 신격을 다룬 지식이 없는 이 세계에서는 그런 사고를 할 만한 토양 자체가 없기에 신들의 전쟁이라는 해답에 도달할 수 있을 리 없다.

스이메이가 생각을 떨쳐내고 있는데 루메이어가 생각났다는 듯 말을 꺼냈다.

"어째 이야기가 삼천포로 빠진 것 같은데. 처음에 무슨 얘길 했었더라?"

"스이메이가 거짓말쟁이인지 아닌지에 대해서 이야기하고 있었어요."

"야, 리리아나. 은근슬쩍 거짓말하지 마."

"죄송해요. 새빨간 거짓말쟁이를 잘못 말했어요."

"너……."

리리아나가 농담하며 애교 있는 미소를 짓자 스이메이는 난처해하며 고개를 숙였다.

그러자 레피르와 페르메니아도 동조하는 태도를 보였다.

"리리 말이 반드시 틀린 건 아니지."

"맞아요."

"너무하네 다들."

결국 스이메이의 편은 없었다.

"그래서, 아직 안 물어봤는데 너희들은 왜 연합에 온 거야?"

"제가 이세계에서 왔다는 건 아까 말씀드렸지만 여기 온 이유는 원래 세계로 돌아가기 위한 단서를 찾기 위해서예요. 아스텔에서 발견한 고서에 따르면 영걸 소환 의식이 가장 처음 행해진 곳이 이 연합에 있는 지역이라고 해서요."

"직접 알아보러왔단 거네. 분명 의식이 행해진 장소는 남아 있어."

짚이는 데가 있는지 루메이어는 차분한 표정으로 말했다.

"정말입니까?"

"응, 그런데 장소가 장소라. 지금 거긴 마족의 세력권이거든. 마족이 연합에 쳐들어왔다는 이야기는 연합에 왔을 때 어디선가 들었을 테니 자세한 이야기는 건너뛰고, 맨 처음 녀석들이 침공했을 때 꽤 많은 영토를 빼앗겼거든. 의식을 행했던 흔적이 있는 장소도 그때 놈들 손에 넘어갔어."

"그, 그럼……."

"거길 가려면 먼저 마족부터 처리해야겠지."

루메이어는 겁을 주듯 진지한 표정으로 말했다. 그녀 나름대로 고난을 시사하는 것이리라. 그 말을 들은 스이메이는 땅이 꺼져라 한숨을 쉬었다.

"하아…… 역시 이렇게 되는구먼……."

스이메이는 소파 등받이에 머리를 기대고 천장을 보았다. 결국 마족과의 대규모 전투를 피할 수 없다는 사실을 깨달자 기가 빠졌다. 레피르가 그런 스이메이를 알 만하다는 표정으로 바라보며 말했다.

"스이메이 넌 싸움을 피할 수 없는 운명인 거야."

"그만 둬 레피. 그런 말은 이제 지겹다."

"게다가 스이메이 님은 스스로 싸움에 뛰어드는 타입이기도 하구요."

"맞아요."

"으……."

페르메니아의 말과 리리아나의 수긍에 스이메이는 아무 말도 하지 못했다.

……그리고 다섯 명이서 시시콜콜한 대화를 주고받은 뒤 스이메이는 부탁하려 했던 한 가지 사항에 대해 말을 꺼냈다.

"염치없지만 당분간 머물 곳을 소개해주실 수 있습니까?"

"아. 그 정도야 얼마든지. 보자…… 좋은 숙소도 있지만 너희들 주머니 사정도 있을 테니. 땅거미 정의 숙사에 빈방이 있는데 거긴 어때?"

"내어주신다면 감사하죠."

스이메이는 루메이어에게 고개 숙여 감사를 표했다. 그저 숙박 시설을 소개받을 생각이었는데 방을 내어준다고 하니 송구할 따름이었다.

"그런데 미어젠에는 얼마나 있을 예정이야?"

"오래 신세 지진 않을 겁니다. 해결되면 당장이라도 돌아갈 생각이지만……."

"아이쿠. 그런 뜻이 아니라 가능하면 여기서 오래 머무는 게 좋지 않을까 해서 하는 말이야."

"어째서요?"

"그게 아무래도 최근 연합에서도…… 아니 여기뿐만 아니라 아스텔이나 자치주에서도 제국을 향한 감정이 악화되고 있는 모양이라. 여러 가지로 분위기가 안 좋아. 전쟁까진 가지 않겠지만 그래도 제국보다는 여기 있는 게 좋을 것 같아서."

그 뜻이었나. 가장 처음 들른 지역의 식당에서도 가이어스에게 비슷한 이야기를 들었다. 즉, 지금은 네페리아에 대한 연합의 감정이 상당히 악화되어 있다는 것이다. 그렇다고 전쟁이 일어나진 않겠지만 만에 하나의 위험에 대비해 신경을 써주는 것이리라.

그리고 루메이어는 질린다는 듯이 담뱃대를 뻐끔거렸다.

"그것 말고도 반여신 교단? 그런 신적인 패거리도 나타나기 시작했어. 마족 침공에 맞춰서 여기저기서 날뛰니 어처구니가 없어서……."

그것은 땅거미 정의 수장으로서 한 말일 것이다. 그 스트레스야 알고도 남음이 있다.

루메이어가 푸념하자 페르메니아, 레피르, 리리아나가 스이메이를 바라보았다.

지침을 정하는 것은 스이메이다. 그녀들은 스이메이의 결정을 기다리고 있었다.

"그래서 스이메이. 어떻게 할 거지?"

"우선은 상황을 지켜보겠습니다. 어차피 제국에는 여러 가지 도구들을 두고 와서 한 번은 돌아가야 하거든요."

"그래. 너희 정도 실력이라면 걱정할 것도 없겠지."

루메이어는 이 이야기는 지나친 기우였다며 말을 끝맺었다.

그러나 그 후에는 루메이어가 만족할 때까지 여정에 대한 이야기보따리를 풀어놓아야 했다.

★

루메이어의 권유로 땅거미 정 숙사의 빈방을 사용하게 된 스이메이 일행은 각자 배정받은 방에 짐을 풀고 제국에서부터 시작된 긴 여정의 피로를 풀었다.

그리고 식사를 마친 저녁. 스이메이는 방에서 혼자 자료를 작성하고 있었다.

방 안에는 마력등 불빛이 형형히 빛나고 있어 전등을 켜 놓은 방이라고 해도 손색이 없을 정도다. 마력등이 옅은 주황빛인 탓에 사물은 모두 연한 오렌지 빛을 띠고 있지만 특별히 신경 쓰일 정도는 아니다.

그때 치료를 위해 따로 부른 리리아나가 방을 찾아왔다.

"스이메이, 왔어요."

"아. 거기 의자에 앉아."

리리아나가 방문을 열고 들어오자 스이메이는 책상 앞에 놓인 의자를 가리켰다. 두 사람은 책상 옆에 마주 보고 앉았다. 위치로 보면 병원 진찰실에 앉은 의자와 환자 같았다.

"그럼, 안대하고 장갑을 벗어봐."

스이메이가 의사처럼 말하자 리리아나가 고개를 끄덕였다. 그리고 지체 없이 장갑과 안대를 벗었다. 짓무른 것처럼 기포가 생기고 검붉게 변한 가녀린 팔과 검붉은 비늘 같은 것들이 주위에 잔뜩 붙은 오른쪽 눈이 그대로 드러났다. 게다가 금빛 눈동자는 가늘고 길게 세로로 갈라져 있었다.

문득 그 팔을 본 리리아나의 눈이 슬픔으로 가늘어졌다. 리리아나와 함께하게 된 이후로 몇 번인가 치료를 해줬지만 역시 여러 가지 생각이 떠오르는 탓인지 변질된 부분을 볼 때면 늘 슬픈 표정을 지었다. 이것 때문에 긴 세월동안 고통을 받아왔다. 남에게 보이는 것은커녕 본인이 보는 것만으로도 괴로울 것이다.

스이메이는 리리아나의 팔을 부드럽게 잡고 마술을 행사했다. 짓물러 기포가 생긴 피부에 손가락을 얹고 환부를 쓰다듬듯 움직이며 치유의 주문을 읊었다.

"Buzz Bajia tuout Mashiya impose Kashiya Sharurai Arumarai(버즈 바지아 마스 마시야 카스 카시야 샤루라이 아루마라이)."

카발라에서 혹── 즉, 종기나 부스럼을 치유하는 마술이다. 한동안 시행하자 데모나이즈된 부분은 그렇게 생각해서인지 작아진 것 같았다. 스이메이는 계속해서 오른쪽 주변의 피부에도 동일한 치유술을 시행했다.

리리아나는 걱정이 되는지 불안한 목소리로 물어왔다.

"어때요?"

"팔이랑 손은 피부가 조금씩이지만 낫고 있어. 지금처럼 꾸준히 치료하면 완치될 거야. 오른쪽 눈 주변도 마찬가지로 문제없을 거야. 다만——."

"다만, 뭐예요?"

"눈은 완전히 침식당했어. 악의에 너무 심하게 노출돼서 인간의 눈동자가 아닌 다른 것으로 변해버렸어."

스이메이는 가라앉은 목소리로 신음하듯 환부의 정확한 상태에 대해서 알렸다. 여기서 말한 다른 것은 인간이 악이라고 떠올릴 만한 괴물의 형상이 투사되었다고 해야 할 것이다. 그런 나쁜 상상이 굳어진 것을 마법 행사와 함께 받아들임으로써 리리아나의 신체에 그것이 표면으로 드러난 것이다.

스이메이의 말을 듣고 리리아나는 낙담한 듯 고개를 숙였다.

"……그럼 이건 고칠 수 없는 거네요."

"응. 나는 못 고쳐."

"그렇군요……."

리리아나의 목소리가 한층 가라앉았다. 그 목소리를 듣자 스이메이는 자신의 단어 선택이 잘못되었음을 깨달았다.

마술에 집중한 탓에 기계적으로 대꾸하고 있었다.

스이메이는 황급히 말을 수정했다.

"……미안, 표현이 서툴렀어. 내가 못 고친다는 것뿐이지 아주 가망이 없는 건 아니야. 저쪽 세계에는 심령 치료 전문가나 마도 의체 제작 기사도 있어. 저쪽 세계에만 갈 수 있으면 큰 문제는 아니야."

"정말요?! 고칠 수 있는 거죠?!"

좋은 소식을 듣고 리리아나가 소리쳤다. 리리아나의 반응에는 분명 기쁨이 섞여 있었다.

스이메이는 치유술 전문이 아니라서 그렇게 조예가 깊진 않지만 저쪽 세계에는 리리아나의 상태조차 코웃음 치며 고칠 마술사도 있다. 그런 마술사에게 부탁하면 고치는 것은 문제가 아니다.

그러나 스이메이는 어째선지 복잡한 표정을 지었다.

"고칠 순 있는데…… 내가 의뢰하려는 가장 실력 좋은 마술사가 그 요괴 박사라는 게……."

스이메이의 말에 리리아나는 의아하다는 듯이 고개를 갸웃했다.

그렇다. 리리아나의 치료를 부탁하려는 마술사가 스이메이가 드러낸 우려의 정체다.

떠오르는 것은 통통한 체형에 흰 가운을 걸친, 기분 나쁜 경박한 미소를 짓는 그 버섯머리의 괴인. 결사의 본거지인 알트슈로스(고성)의 지하에 터를 잡고 영문 모를 마술을 쓰며 영문 모를 것들을 만들어내려 하는 남자다.

물론 스이메이도 치료를 못할 것이라는 불안은 없다. 마술사 중에서는 최고위에 해당하는 마제스터(수괴) 급에 의술 솜씨는 필시 최고일 것이다. 심령 치료 기술도 전문가를 훨씬 앞지를 것이다. 그렇기에 실패한다는 불안은 눈곱만큼도 없다. 그러나 그 요괴다. 자칫하면 필요 없는 기능까지 우르르 추가하려 할 가능성이 상당히 높다.

좋고 나쁘고는 별개로 했을 때의 이야기지만. 한편 그 사실을 알 리 없는 리리아나는 천진난만하게 좋아했다.

"다행이에요."

"으응. 그래. 걱정 마. 그러니까 앞으로는 돌아갈 방법——저쪽 세계에 갈 방법을 찾기만 하면 돼. 그때가지 피부는 치료해두자."

스이메이는 다시 주문을 읊조리며 치료 마술을 행사했다. 얌전히 치료받는 리리아나의 표정은 조금 전 장갑과 안대를 벗었을 때보다 한결 밝아져 있었다.

"자, 다 됐어."

"고맙습니다."

"오옷……."

리리아나가 기쁜 표정으로 꼭 안겨왔다. 자신들에게 꽤 익숙해진 탓인지 아무래도 리리아나에게는 포옹하는 습관이 붙은 모양이다. 루메이어와 대화할 때 레피르의 팔에 붙어 있던 것도 그렇지만 기쁘거나 쓸쓸할 때 자신을 포함해서 페르메니아, 레피르에게 스킨십으로 감정을 표현한다.

예전에는 사람들에게 배척당하고 로그에게는 제대로 된 응석도 부려보지 못했다는 말을 넌지시 들어 알고 있었다. 그런 만큼 감정이 벅차오르면 그 반동으로 사람을 향해 정을 갈구하게 되는 것이리라.

스이메이가 안겨드는 리리아나의 머리를 다정히 쓰다듬어주자 리리아나는 기쁨으로 눈을 가늘게 떴다.

북쪽 대륙의 북서부에 위치한 사디어스 연합. 5개국이 모여 형성된 이 국가 연합의 명칭은 마족으로부터 북방 지역과 사람들의 희망을 지켜낸 검객의 이름에서 유래한 것으로 알려져 있다. 그중에서도 중앙에 위치한 종주국, 미어젠은 칠검에 이름을 올린 검객을 수없이 배출하는 한편 연합군의 주 전력인 검객도 많이 보유하고 있으며 그들의 실력과 숫자 역시 다섯 나라 중 제일이다.

이름난 용사를 동경한 자들이 수없이 모여들어 영웅의 꿈을 이루기 위해 부단히 검술을 연마하기 때문이다.

그런 이유 때문인지 강을 따라 동서로 나뉜 지역의 서쪽에는 상업 지구 및 시민과 병사에게 검술을 가르치는 거대한 연무장이 있고, 그들이 쓸 검을 주조하는 장인들이 모여 만든 거대한 무기상 거리가 형성되어 있다.

미어젠에 도착한 다음 날. 스이메이 일행은 그 지역의 서쪽으로 갔다.

거리를 반쯤 지나왔을 무렵 스이메이는 감상을 털어놓았다.

"왠지 다들 들떠 보인달까. 즐거워 보이네."

거리는 시끌벅적했다. 여기저기서 즐겁게 떠드는 목소리가 완전히 축제 분위기다. 그뿐 아니라 결투 소동까지 일어나고 있는 형국이었다.

"아침에도 들었지만 용사의 퍼레이드 때문이겠지."

"응, 그러고 보니……."

숙소를 나설 때 루메이어에게 연합 용사의 퍼레이드가 열린다는 것을 스이메이도 들어 알고 있었다. 오늘 미어젠에서 퍼레이드가 급히 열리게 된 것은 연합 용사들이 마족군에게 타격을 입히고 마족 장군을 처단한 사실을 대대적으로 선전하기 위해서인 모양이었다.

그래서 사람들은 흥분을 주체하지 못하는 것일 테지만——.

"퍼레이드는 오후부터 시작된다던데. 어떻게 할까요? 구경하러 갈까요?"

"그래. 가끔은 이런 분위기를 즐기는 것도 좋지."

페르메니아의 제안에 스이메이는 고개를 끄덕였다. 제대로 용사 퍼레이드를 보는 것은 처음이다. 레이지 때는 배웅만 했고, 제국에서 열린 엘리어트의 퍼레이드는 혼수 사건 때문에 보지 못했다.

"그래도 아직 퍼레이드까지는 시간이 남은걸요?"

"그럼 원래 예정대로 시작될 때까지 거리 구경이나 하자."

레피르의 제안에 전원이 동의하고 걸음을 옮겼다. 시간 때우기 좋은 장소가 있나 하고 서쪽 구획의 걷고 있자니 문득 화려하게 장식된 가게가 눈에 들어왔다.

그 가게를 발견하고 제일 먼저 레피르가 흥분해서 소리쳤다.

"오오! 이 가게는!"

가게는 잡화도 함께 취급하는 양복점이다. 선전용으로 가게 앞에 전시된 상품은 아기자기한 것들뿐으로 여성 전문점인 듯하다. 제도에도 비슷한 가게가 있지만 그곳과 비교해도 손색없을 정도의 규모에 상품 종류도 풍부해 보인다.

마찬가지로 그 가게에 시선이 머문 스이메이는 그 가게가 낯설지 않았다.

"아— 여긴 그런 데군. 저번에 갔었던 옷 가게 같은……."

이 가게는 크란트 시에서 들른 옷 가게와 어딘가 흡사했다. 작아진 레피르가 입을 옷을 찾고 있을 때 거기서 사디어스 연합에서 만들어 낸 최신 모델인가 뭔가 하는 여아용 옷을 샀었다. 아마도 이곳이 본점인 듯했다. 이렇게 발달되지 않은 세계에서 타국에 지점을 낼 정도라면 상당히 잘되는 가게라는 것이다.

밖에 전시된 옷—— 구체적으로 말하면 하늘하늘한 소재

의 옷에 시선이 빼앗긴 레피르에게 스이메이가 물었다.

"들어가서 구경하고 싶어?"

"응?! 아니 딱히 그런 건 아니고……."

말은 그랬지만 시선은 여전히 그곳에 머물러 있다. 스이메이는 짓궂은 미소를 띠우며 말했다.

"지금은 어린이 옷은 못 입을 텐데?"

"누가 그런 옷 입고 싶댔어?!"

"그래―? 작아지면 입을 수 있으니까 무리하지 않아도……."

"시끄러워! 아무것도 안 들려!"

두 사람이 한창 그런 대화를 주고받고 있자 뒤에 있던 페르메니아가 불쑥 큰 목소리로 외쳤다.

"스이메이 님! 저 가게에 가 봐요!"

"뭐야, 메니아도?"

"네!"

페르메니아도 전에 없이 흥분한 목소리에 기운이 넘쳤다. 역시 여자아이라면 누구 할 것 없이 저런 아기자기한 분위기를 좋아하는 것이다. 레피르도 저런 가게에는 반응을 하고 페르메니아도 그런 것이리라.

"그럼 가볼까."

"하, 할 수 없지. 다 간다면 나도 가는 수밖에."

더듬거리며 큰소리치는 레피르에 이어 스이메이도 가게로 걸음을 옮기는데 웬일인지 뒤에서 의아한 목소리가 들려왔다.

"······스이메이 님? 레피르? 둘 다 어딜 가는 거예요? 여기예요, 여기."

"응?"

"어?"

페르메니아의 목소리에 스이메이와 레피르가 뒤를 돌아보았다. 같은 방향을 보고 있다고 생각했기에 옷 가게에 가고 싶다고 하는 줄 알았는데 아니었을까.

그러나 돌아본 곳. 페르메니아가 가리킨 방향에는 음산한 분위기를 마구 풍기는 수상한 가게가 있었다.

"얼른 가요!"

한편 페르메니아는 만면에 미소를 띤 채 평소답지 않게 신이 나 있었다. 그러나 가게인 듯한 그 건물에는 여성성을 느끼게 하는 요소가 요만치도 없었다.

"여, 여기? 여기 말하는 거였어? 진짜? 진짜로?"

"네. 보세요. 아스텔에서도 제국에서도 본 적 없는 어두침침하고 무거운 분위기를 풍기고 있어요! 그리고 이 수상쩍은 약품 냄새. 밖에서 보이는 마법 문자가 새겨진 물품들! 정말 두근거리지 않나요?!"

스이메이가 뜻밖의 광경을 목격하고 주춤거리자 페르메니아가 열변을 토했다. 그런 그녀의 말을 듣고 가게를 자세히 살피자 아티팩트(마술품)—— 여기서는 마도구로 불리는 물품을 취급하는 곳이었다.

그러나 그렇다 해도 페르메니아가 보인 흥분은 쉽사리 수궁할 수 없다.

　"스이메이 님? 왜 그런 이상한 표정을 지으세요? 평범한 거잖아요?"

　"펴, 평범해?"

　"아닌가요?"

　"아니 그러니까……."

　더듬거리는 스이메이에게 묻는 것은 요령부득이라고 판단했는지 페르메니아는 질문 대상을 리리아나로 변경했다.

　"리리. 리리는 어떻게 생각해요?"

　"리, 리리아나? 이상하지? 그치?"

　스이메이도 동의를 구했다. 그러나──.

　"아닌데요?"

　"뭐?"

　"페르메니아 말대로 엄청 재밌을 거 같아요."

　어느새 리리아나도 페르메니아처럼 눈동자를 반짝이고 있었다.

　"보세요! 그렇잖아요! 저런 가게를 보고 두근대지 않을 사람은 없어요!"

　"스이메이는 안 그래요?"

　"아니, 나도 관심은 있지만……."

　스이메이도 마술에 종사하는 사람이다. 신비적인 물품에는 적잖이 흥미가 있다. 하지만 아무리 그래도 여자애가 그 정도로 신이 날 정도는 아니라고 생각했다.

스이메이가 혼란스러워하자 누군가가 어깨를 툭 쳤다.

"괜찮아. 스이메이의 반응은 정상이야."

"그, 그렇지?"

이해하기 힘든 난제를 만났을 때처럼 레피르도 못마땅한 표정을 짓고 있었다. 레피르 역시 같은 생각인 걸까. 스이메이는 자신의 상식을 보호받았다는 생각에 안도했다.

"아무튼 스이메이 님! 들어가봐요!"

"빨리요!"

"……그래. 들어가볼까."

스이메이는 페르메니아와 레피르의 손에 이끌려서 가게 안으로 들어갔다.

스이메이도 제국에서 물품을 구할 때 마도구점에는 몇 번인가 갔었는데 이세계의 이런 가게에서는 어째선지 향냄새가 났다. 저쪽 세계의 마도구점에서는 대부분 손님들의 재방문을 유도하기 위해서 좋은 향기를 쓰는 것이 일반적인데 이 세계에서는 그렇지만은 않은 걸까. 저절로 절이나 장례식장을 떠올리게 된다.

한편 점원도 적극적으로 손님을 맞이할 생각은 없는 듯 책에 시선을 고정하고 있었다. 어느새 페르메니아와 리리아나는 상품 진열장과 책장을 끝에서부터 구경할 작정인 듯했다. 약초나 마법 지팡이를 보이는 대로 이것저것 만져보았다.

제국에서도 그랬지만 마도구점에서 파는 마도구는 각각 개성이 느껴지고 패션성이 가해 보인다. 이 세계에서는 보여주기 위한 아이템이기도 하기 때문이다. 그런 관점에서 장식품을 마술품으로 삼는 저쪽 세계와는 다르게 마술품을 장식품으로서 제작하는 측면도 있는 듯하다. 결국은 사소한 의미 차이에 불과하겠지만.

"스이메이 님! 신기한 물건이 있어요!"

갑자기 페르메니아가 소리쳤다. 어느새 페르메니아는 무언가를 한 손에 들고 붕붕 휘두르면서 이쪽을 향해 미소를 보내왔다.

그 모습을 본 스이메이는 피가 빠져나간 것처럼 창백한 표정이 되었다.

"보, 봉제 인형……?"

"왜 그러세요?"

"아니…….'"

페르메니아가 고풍스러운 봉제 인형을 손에 들고 고개를 갸웃하자 스이메이는 끙, 신음을 흘렸다. 스이메이에게는 저쪽 세계의 동료가 『스이메이 인형』이라는 것을 만들어줘서 말도 안 되게 호된 꼴을 당한 기억이 있었다. 그 이후로 데포르메된 작은 봉제 인형을 볼 때마다 떠올리고 싶지 않은 그 소동을 떠올리고 만다.

페르메니아에게 대충 대답한 뒤 스이메이는 레피르와 리리아나의 모습을 살폈다.

마술품은 잘 모르는 레피르는 얼굴을 찡그린 채 끙끙대며 구경하고 있었다. 한편 리리아나는 마도서를 획획 넘기며 훑어보고 있었다.

페르메니아의 시선이 액세서리가 담긴 유리 상자에 잠시 머물렀다. 부적이나 호부 종류일 것이다. 페르메니아는 마법 지팡이를 쓰지 않기 때문에 지팡이보다는 부적 쪽에 관심이 가는 모양이었다.

어느새 페르메니아는 눈을 반짝이고 있었다. 조금 전의 옷 가게에는 별다른 관심을 보이지 않았어도 역시 이런 것에는 제 나이 또래답게 흥미가 이는 것이리라.

"메니아, 갖고 싶으면 하나 사줄까?"

"!!"

"그래도 돼요? 스이메이 님?!"

놀라 묻는 페르메니아에게 스이메이는 응, 하고 말했다. 한편 스이메이는 어쩐지 레피르가 놀란 표정으로 바라보는 느낌이 들어 돌아보자, 기분 탓이었는지 레피르는 다른 곳을 보고 있었다.

"그럼 이걸로……."

"응, 그래."

패르메니아가 조심스럽게 푸른 보석이 박힌 브로치를 가리키자 스이메이는 시원스레 대답했다. 점원을 불러 상자에서 꺼낸 브로치 값을 치르고 페르메니아에게 건넸다.

페르메니아는 두 손으로 브로치를 받아들고 활짝 웃었다.

"스이메이 님이 주신 선물…… 헤헤."

"마음에 들어?"

"헤헤."

"…………어—이."

불러도 대답이 없다. 아무래도 자기만의 세계에 빠진 모양이다.

"……으음, 리리아나는? 갖고 싶은 거 있어?"

"저는 꼭 갖고 싶은 건 없어요."

리리아나는 그렇게 말하고 계속 물건을 구경했다. 그 때—.

기웃기웃.

"……?"

기웃기웃.

어쩐지 레피르가 시선을 끌려 하고 있다는 것을 알아차렸다. 무심한 듯 시선을 돌린 채 스이메이의 주변을 어슬렁거렸다. 스이메이가 뭐지, 하고 의아한 표정을 짓자 레피르는 못 기다리겠다는 듯 먼저 말을 걸어왔다.

"스, 스이메이?"

"응, 왜 그래?"

스이메이가 묻자 레피르는 헛기침을 했다. 그러고는 어쩐지 흥분한 목소리로 말했다.

"그, 그게 스이메이. 페르메니아 양에게만 뭘 사주는 건 불공평한 게 아닐까 생각하는데."

"그래?"

"그래!"

"레피도 갖고 싶은 게 있어? 하지만 전에 크란트 시에서 옷을 여러 벌 샀잖아?"

"그, 그건 그렇지만……."

"내 주머니 사정도 있으니까. 갖고 싶으면 미안하지만 이 번엔 네가 가진 걸로……."

스이메이가 그렇게 말하며 겸연쩍은 듯 머리를 긁적였다. 그러나 레피르는 물러서지 않았다.

"제, 제국을 떠나기 전에 리리에게도 우산을 사줬잖아?!"

"아 그건 암마법을 못 쓰게 됐으니 조금이라도 그걸 커버 하기 위해서였지."

연합으로 출발하기 전, 리리아나의 저하된 자기 방어력을 감안하여 리리아나에게 어울릴 만한 양산을 사주었다. 시술된 양산으로 마법 지팡이 역할뿐 아니라 간단한 마술 행사도 가능한 것이었다. 그런 부분을 챙기는 것은 당연했다.

그러자 레피르가 원망하는 시선을 보내왔다. 왜일까.

"갑자기 왜 그래? 여긴 레피가 탐낼 만한 물건은 없는 거 아니야?"

"아, 아니거든? 구경하다 보니 흥미가 생겼어. 엄청. 엄청 엄청."

"뭐?"

"그, 그래! 이런 건 어때?!"

레피르가 초조하게 말하며 눈앞에 보이는 물건을 집어 들었다. 그러나 말라비틀어진 그것은.

"야 그거 혹시 동물 ○○○ 아니야? 그걸 대체 어디다 쓰려고?"

"뭐? 우아아아아앗?!"

손에 든 물건의 정체를 알고 레피르가 소스라치게 놀랐다. 한바탕 법석을 떨다가 허둥지둥 제자리로 돌려놓더니 그래도 포기할 수 없다는 듯 다른 물건을 집어 들었다.

"그, 그럼 이거!"

레피르가 집어 든 것은 화장품 용기 같은 것이었다. 스이메이는 그것을 받아 냄새를 맡아보았다.

"……이건 아마도 미약 연고."

"…………미안, 원래 자리로 돌려놔줘."

레피르는 고개를 떨구었다. 집는 것마다 이상한 것뿐인 레피르에게 스이메이는 한마디 했다.

"관두라니까. 레피와 이 가게는 궁합이 안 맞아."

"으윽…… 스이메이는 괴팍해."

"무슨 논리야…….""

레피르는 원망하는 표정으로 작아졌을 때처럼 말했다. 왜 그렇게까지 뭔가를 갖고 싶어 하는 걸까.

그러자 그런 레피르의 심정을 깨달았는지 리리아나가 어깨를 톡톡 두드렸다.

"레피르. 다른 가게에 가봐요. 거기서 스이메이에게 사달라고 하면 되잖아요. 그렇죠? 페르메니아."

"그래요~ 헤헤."

페르메니아가 건성으로 대답했다. 당분간은 자신만의 세계에서 빠져나오지 않을 모양이다. 무엇보다 이 중에서 가장 나이가 어린 리리아나가 가장 어른스러운 것은 어찌된 일일까.

"좋아! 다음 가게에서는 기필코!"

한편 레피르는 무언가를 결심한 듯 주먹을 불끈 쥐었다. 어차피 둔감한 스이메이에게는 영문 모를 몸짓에 불과했지만. 그때 스이메이는 바깥의 소음이 커진 것을 알아차렸다.

"소란스러워지기 시작했어."

레피르는 가게 창가로 다가갔다.

"슬슬 퍼레이드가 시작될 모양이야. 사람들이 대로 쪽으로 몰리고 있어."

"그럼 우리도 슬슬 가볼까."

스이메이가 말하자 세 사람이 각자 대답했다. 넷은 가게 밖으로 나와 연합 용사들이 지나갈 예정인 길까지 왔다.

곧 퍼레이드가 시작될 것이다. 축제용 수레와 채리엇(전차)가 지나가기 위해 길 한가운데는 뻥 뚫려 있다. 그 주변에는 어디서 솟아났나 싶을 만큼 사람들이 인산인해를 이루고 있었다.

"우와. 사람 엄청 많다. 제국 때도 굉장했지만 역시 어딜 가나 이렇구나."

스이메이가 눈이 휘둥그레져서 말하자 페르메니아가 대답했다.

"네, 그러게요. 레이지 님의 퍼레이드 때와 비교해도 손색없겠어요."

"응. 그래. 그때도 사람이 꽤 많았지."

레피르가 생각난다는 듯이 말했다. 아스텔에서 용사 퍼레이드가 열렸을 때 스이메이는 성 안에 틀어박혀 있었지만 아직 스이메이와 만나기 전이었던 레피르는 퍼레이드를 보았다. 레피르는 그때를 떠올리며 감회에 젖는 한편 어쩐지 질린 표정을 지었다.

"여러분. 벌써 시작된 모양이에요."

"그래? 리리나아?"

"네. 저기서 들려왔어요. 주인공은 용사와 그 동료를 포함해서 네 명이래요."

스이메이가 묻자 리리아나는 길가의 가게를 가리켰다. 역시 귀가 밝다.

레피르도 뜨거워진 열기를 느꼈는지 햇빛을 가리기 위해 손차양을 하고 용사들이 오는 쪽을 바라보았다.

"소음이 점점 가까워지고 있어. 이제 곧 나타날 거야."

"아! 선두가 보이기 시작했어요!"

페르메니아가 외친 직후 모여든 시민 중 일부가 열광적으로 환호를 보내기 시작했다.

이윽고 선두를 호위하는 전차가 모습을 드러냈다. 그 뒤를 이어 지붕이 없는 축제용 수레가 나타났다. 수레는 카우폰이 끌고 있었으며 군중들이 잘 볼 수 있도록 꾸며져 있었다.

그리고 가장 앞에 위치한 수레 위에서 손을 흔들고 있는 사람은.

"아! 저 남자?!"

스이메이가 아는 사람을 발견하고 놀라 소리쳤다. 연합에서 처음으로 들른 지역에서 만났던 까무잡잡한 장신의 남자. 가이어스 포반이었다.

"저건 포반 씨네요."

"헉…… 저 아저씨, 용사의 동료라더니 진짜였어……."

스이메이는 연신 놀라며 눈을 깜빡였다. 그런 스이메이에게 페르메니아는 의아한 표정으로 물었다.

"스이메이 님. 포반 씨의 말을 믿지 않았던 거예요?"

"그게. 절반은 지어낸 이야긴 줄 알았지."

분명 마족과 싸웠다는 것은 사실이라 생각했지만 설마 진짜 용사의 동료일 거라고는 생각하지 않았다. 기껏해야 용사 가까이에서 싸웠던 병사 한 명이 제멋대로 허풍을 떤 거라 생각했는데——.

"이야— 그건 그렇고 저 아저씨, 꽤 흥분했네."

"그러게요. 엄청 즐거워 보여요…… 참."

페르메니아가 쓴웃음을 지었다. 가이어스는 나이에 걸맞지 않게 익살을 떨어댔다. 갸름한 얼굴에 단정한 용모이기에 그 모습이 이상해 보이진 않지만 나잇살 먹은 아저씨가 수레 위에서 흥분한 모습을 보고 있자니 어쩐지 보는 쪽이 살짝 부끄러워졌다. 식당에서 대화할 때도 느꼈지만 자신감이 강하고 흥이 많은 사람이기도 한 것이리라.

곧이어 가이어스가 탄 수레 뒤로 다음 수레가 보이기 시작했다. 그 수레에는 녹색 후드가 달린 로브를 걸친 인물이 타고 있었다.

얼굴은 후드에 가려 보이지 않지만 몸의 라인으로 봐선 여성일 것이다. 끝에 큰 보석이 박힌 블랙 우드제 지팡이를 쥐고 시민을 향해 한쪽 손을 흔들고 있었다. 그리고 그 옷차림과 거대한 마법 지팡이로 보건대.

"마법사인가?"

"그런가 봐요. 로브를 걸친 것도 그렇고 지팡이도 자치주의 마법사가 즐겨 쓰는 형태예요. 저렇게 큰 보석이 박힌 지팡이는 처음 보지만……."

페르메니아가 동조하며 신기한 듯 쳐다보았다. 그러나 과연 용사의 동료들이었다. 근골이 우람한 무술사부터 마법사까지. 다양한 분야의 실력자들을 모아 힘을 보강했을 것이다.

곧이어 보이기 시작한 다음 수레에는 젊은 남자 검객이 타고 있었다. 나이는 십 대. 이런 행사에는 익숙한지 과하지 않은 미소를 머금고 대중의 환호에 답했다. 고급 옷을 입은 점으로 보아 높은 신분임을 짐작할 수 있었다.

그때 리리아나가 그 졸린 듯한 한쪽 눈으로 스이메이를 보았다.

"미어젠의 제1왕자. 바이처 라퓨젠이에요."

"흠. 칠검 중 한 명이네. 설마 왕자도 용사의 동료로 싸웠을 줄은 몰랐는걸."

리리아나는 본 적이 있고 레피르는 이름을 아는 듯했다.

"미남이네. 미남에, 왕자에, 힘도 세, 유명해. 완전 사기 캐릭터군."

스이메이가 질투 같은 발언을 했지만 그건 그렇고. 이번이 세 번째니 다음이 마지막이다. 그 마지막 수레에 탄 자가 연합에서 소환된 용사이리라.

"과연 어떤 녀석일까."

"가이어스 씨는 아름다운 여성분이라고 했었죠."

"그랬지."

"스이메이 왔어요. 마지막 수레예요."

"오오, 그래……… 응?"

리리아나의 외침에 돌아본 스이메이는 수레 위를 보고 영문 모를 소리를 냈다.

──스이메이는 순간 자신의 눈을 의심했다. 그렇다, 스이메이의 시선이 향한 곳에는 **낯익은 인물**이 타고 있었기 때문이다.

수레 위에 탄 사람은 이미 들은 대로 여성이다.

그러나 스이메이 집 **근처에 위치한 여고** 교복을 입고 짧은 치마 밑에는 흰 가터벨트를 착용했다. 팔에는 붉은색 도깨비 얼굴이 그려진 토시를 꼈고 등까지 내려오는 금발의 한쪽 옆머리만 리본으로 묶었다. 비취색 눈동자에 긴 속눈썹과 쌍꺼풀진 눈은 시원시원하고 앳된 느낌을 주었지만 살짝 올라간 눈꼬리에 다기진 기운을 품고 있었다.

곳곳에서 탄식이 흘러나온 것은 그 아름다운 용모 때문이리라. 날이 휜 장검── 이른바 대태도를 한 손에 쥐고 어색한 동작으로 다른 한 손을 흔들었다.

몇 번을 다시 봐도 떠오르는 말은 '있을 리 없어'라는 한마디뿐이었다. 그렇다, 그녀는 저쪽 세계 사람이니까. 이쪽 세계에 있을 리 없다. 그런 현실 도피와도 같은 생각을 하다가 스이메이는 이내 그 생각을 부정했다. 용사가, 그리고 용사의 친구인 자신까지 소환될 정도라면 있을 수 없는 일도 아니라고. 그러나.

"도대체 어떤 확률인 거야……."

레이지와 미즈키 이외에도 이 세계에 소환된 지인이 또 있었다니. 가능성이 없는 것은 아니지만 그런 일이 실현될 확률은 천문학적인 숫자에 해당한다. 간단히 받아들일 일이 아니었다.

"스이메이 님?"

스이메이의 무시무시한 표정의 변화를 눈치채고 페르메니아가 불렀지만 스이메이는 대꾸할 상황이 아니었다. 스이메이는 주위를 아랑곳하지 않고 수레 위를 향해 큰 소리로 외쳤다.

"야! 하츠미! 나야! 하츠미—! 너무 시끄러워서 안 들리나…… 이런!"

스이메이의 외침은 소음에 파묻혀 그녀—— 쿠치바 하츠미에게는 들리지 않았다. 뜻대로 되지 않자 스이메이는 욕을 내뱉었다. 하지만 그런다고 상황이 나이지는 것은 아니었다. 스이메이가 다시 한 번 외치려 한 순간 그녀와 눈이 마주쳤다.

수레 위와 군중 틈에서 시선이 교차했다.

"하츠미……."

그러나 그녀는 스이메이의 존재를 알아차리지 못하고 다른 쪽을 향해 손을 흔들기 시작했다.

"응……?!"

저쪽도 이쪽의 존재를 깨닫고 경악한 표정을 지어보일 터였다. 아는 얼굴을 발견하고 스이메이, 하고 자신의 이름을 외칠 터였다. 그러나 그런 예상은 허무하게 빗나갔다.

스이메이는 예상치 못한 현실에 넋을 놓고 멍하니 서 있었다.

한편 스이메이의 기행을 지켜보던 페르메니아와 레피르가 물어왔다.

"스이메이 님? 대체 왜 그러세요?"

"엄청 초조한 얼굴로……."

두 사람의 걱정도 현재의 스이메이에게는 들리지 않았다.

어째서. 왜. 스이메이의 머릿속에는 한동안 그런 단어들이 소용돌이치며 사라지지 않았다. 이윽고 조금씩 현실을 받아들이기 시작한 스이메이는 고개를 들었다.

"……응, 일단 땅거미 정으로 돌아가자. 가서 얘기할게."

제2장 소환의 인연

"그럼 아까 퍼레이드에서 본 그 연합 용사가……."

"스이메이 님과 아는 사이예요?!"

레피르와 페르메니아의 경악한 목소리가 실내에 울려 퍼졌다.

용사 개선 퍼레이드가 끝난 뒤 스이메이 일행은 땅거미 정의 길드 마스터 집무실에 모였다.

소파에 걸터앉은 스이메이는 험악한 표정을 더욱 험하게 구겼다.

"그 녀석은 내 소꿉친구 쿠치바 하츠미가 틀림없어. 설마 그 녀석까지 소환됐다니……."

그렇다, 스이메이는 무거운 한숨을 토한 뒤 그녀들의 질문에 대답했다. 연합 용사가 지인이라는 말을 들은 그녀들은 기막힌 우연 앞에 얼빠진 표정을 지었다.

"친구의 소환에 휘말린 데다 소꿉친구까지 같은 세계에 소환되어 왔다. 별 기구한 운명이군."

운명의 장난인지 우주의 계시인 건지, 하며 한쪽 눈을 감은 루메이어가 눈을 동그랗게 뜨며 담뱃대를 뻐끔거렸다. 루메이어의 말 그대로였다. 이 일을 기구하다고 하지 않으면 뭐라고 표현해야 할까. 연고자들이 줄줄이 엮여 이 세계에 내던져진 듯한 기분을 떨칠 수 없다.

그러자 레피르가 퍼레이드 때 스이메이가 한 행동을 떠올렸다.

"그래서 아까 그렇게 불렀던 거구나."

"응. 그런데…… 어찌된 건지 그 녀석은 나를 보고도 반응하지 않았어."

"얼굴이 닮은 다른 사람일 가능성은 없을까요?"

"아니. 그렇다면 얼굴은 그렇다 쳐도 옷까지 똑같은 건 설명이 안 돼. 게다가 이름도 일치하고."

"하츠미 쿠치바. 분명 용사의 이름은 네가 말하는 이름하고 일치해."

"……네."

스이메이가 머리를 감싸 안고 괴로워하자 리리아나가 의문을 던졌다.

"단순히 스이메이의 목소리가 안 들렸던 건 아닐까요?"

"그럴지도 모르지만 그때 나는 그 녀석과 눈이 마주쳤어. 그 녀석은 내 쪽을 바라봤고 시야에 나를 봤어. 그런데도 알아보지 못했다는 게 도무지 납득이 안 가."

"사람이 너무 많아서 못 알아챘을 가능성도 있잖아요?"

"그래…… 역시 그런 거겠지."

스이메이는 스스로에게 되뇌듯 고개를 끄덕였다. 리리아나의 말대로 너무 많은 사람이 몰려 있어서 시야에 들어왔다 해도 인식하지 못했을 가능성은 있다. 그런 문제에 집착하며 입씨름을 해봤자 소용없는 일이다.

어느 쪽이든——.

"나는 그 녀석을 만나러 가야 해."

스이메이의 말에 루메이어는 짐작이 간 걸까.

"그래서 날 부른 거로군?"

"네. 길드 마스터 정도의 위치라면 용사와도 연락이 닿을 수 있지 않을까 해서요."

그렇다, 스이메이가 아무리 그녀의 친구라도 연합 사람들에게는 그저 일반인일 뿐이다. 일반인이 용사를 쉽게 만날 수 있을 거라고는 생각하기 어렵다.

그래서 지위가 높은 루메이어에게 부탁하면 도움을 받을 수 있을 거라고 생각했다. 그러나.

그런 스이메이의 기대에 반해 루메이어는 떠름한 표정으로 고개를 저었다.

"미안하군. 그게 좀 어려워."

"어렵다는 건……?"

"아니. 왕실 사람들 말로는 그 용사는 바깥출입을 꺼린다는 모양이야. 아직 이쪽 세계에 온 지 얼마 안 돼서 익숙하지 않은 거라고. 그래서 용사에게 부담이 되는 알현도 금지되어 있어."

"역시. 그래서 루메이어 님은 아직 용사와 만나지 않았다고 하신 거군요?"

"그래. 용사와 관련해서는 미어젠 왕실이 꽤 예민한 편이거든. 내가 가진 권력을 전부 이용해도 용사와 만나긴 어려울 거야."

"싸울 때나 퍼레이드 때는 참석시키면서 이상한 이야기네요."

"그러게 말이야. 무슨 생각들인 건지."

루메이어는 스이메이의 말에 맞장구쳤다. 루메이어는 그점에 대해서는 적잖이 불신을 품고 있는지 불만스러운 표정으로 담배를 피웠다. 투덜대는 여우라니 어찌된 일일까.

그러자 페르메니아가 어쩐지 쭈뼛대면서 물어왔다.

"연합 용사님은…… 스이메이 님의 친구시니까 걱정되시는 거예요?"

"그야 당연하지."

스이메이가 대답하자 루메이어가 갑자기 히쭉, 기분 나쁜미소를 보내왔다.

"헤에— 호색가. 이렇게 미인 밭에 있으면서 다른 여자한테 작업을 걸려고? 너도 여간내기는 아니군."

"네……? 아, 아니! 저는 그저……."

루메이어가 담뱃대 끝으로 쿡쿡 찔러왔다. 물론 스이메이는 그런 생각이 아니었기에 부정했지만 페르메니아와 레피르는 그렇게 받아들이지 않은 모양이다.

페르메니아가 덥석 달라붙었다. 레피르는 전에 없이 고요하고 무시무시한 표정을 향해왔다.

"스, 스이메이 님?! 그런 거예요?! 그럴 생각이신 거예요?"

"스이메이. 너하고는 차분히 대화할 필요가 있겠어."

"잠깐, 메니아 진정해! ……레피?! 무섭게 왜 그래!!"

스이메이가 갑자기 돌변한 두 사람에게서 뒷걸음질 치자 루메이어가 껄껄, 호탕한 웃음을 터뜨렸다.

"그런 농담은 됐고."

"분란을 만든 사람이 누군데……."

스이메이가 원망 어린 시선으로 바라보자 루메이어는 새로운 장난감을 발견하기라도 한 것처럼 사악한 표정을 지었다.

"스이메이. 넌 꽤 놀리는 재미가 있단 말이야. 원래 살던 세계에서도 의외로 그런 쪽이었던 거 아니야?"

"크윽……."

"크하하하! 반응을 보아하니 정곡을 찌른 모양이군. 당하는 넌 괴롭겠지만."

루메이어는 덕분에 자신은 즐겁다는 듯 웃었다. 스이메이는 적이 늘었다며 내심 한숨을 쉬었다. 한편 루메이어는 금세 장난기를 지우고 진지한 표정이 되었다.

"친구라서 걱정되는 거야?"

"네. 그 녀석과는 아주 어렸을 때부터 친구기도 하고 어떤 상황인지는 확인하고 싶습니다. 억지로 싸움에 동원되고 있을 가능성도 있고요."

"흠……."

그 의견에는 걸리는 부분이 있는 걸까. 이쪽 세계 사람들에게 용사는 자신들의 바람을 흔쾌히 들어주는 존재라는 편향된 관념이 존재한다. 그렇기에 억지로 동원되었을지도 모른다는 억측이 잘 이해되지 않는 것이리라. 그러나 저쪽 세계에서 온 스이메이로서는 충분히 생각할 수 있는 부분이기도 하다.

게다가 레이지나 엘리어트처럼 싸워야 한다고 생각하게 된 그 불가해한 심경의 변화에 대해서도 아직까지 답을 얻지 못했다. 그 모든 문제를 통틀어 생각해보지 않고서는 안심할 수 없는 상황이다.

안정을 되찾은 페르메니아가 고개를 갸웃하며 의문을 던졌다.

"그런데 어떻게요? 공식 접견이 불가능한 거면 스이메이님은 용사님과 만날 방법이 없는걸요?"

"그렇다면 방법은 하나인데……."

스이메이는 턱을 문지르며 창밖으로 시선을 던졌다.

마술사의 시간인 밤은 지금부터다. 정식 루트로 만날 수 없다면 자신의 기이한 능력에 의지하는 수밖에 없다.

──쿠치바 하츠미는 문득 자신의 몸이 흔들리는 것을 느꼈다.

"우우……?"

잠결에 신음하며 눈을 뜨자 동료인 셀피 휘티니의 얼굴이 눈앞에 있었다.

"일어나세요, 하츠미. 벌써 밤이에요."

"밤……?"

졸린 눈을 비비면서 상체를 일으켜 주위를 둘러보았다.

미어젠 궁전 4층에 마련된 자신의 방, 침대 위였다.

필요한 물건들로만 채워진 검소한 방. 마루에는 어두운 색 계열의 융단이 깔려 있고 창문 밖에는 넓은 안뜰이 딸려 있다.

로브 후드를 걸친 채로 셸피가 조용히 위로의 말을 건 넸다.

"수고했어요, 하츠미."

"……셸피. 나, 잠들었어?"

"네. 아주 푹. 좋은 꿈이라도 꿨나 봐요. 자는 얼굴이 무척 평온해 보였어요."

"으우우……."

자는 얼굴을 보였다는 사실에 하츠미는 부끄러움이 폭발했다. 너무 부끄러워 얼굴을 붉혔지만 셸피에게서는 어딘가 모르게 자애로움이 느껴졌다. 후드 그늘에 가려서 얼굴은 보이지 않지만 녹색 후드 밑으로 남몰래 미소 짓고 있는 듯 했다.

"어떤 꿈이었는지 기억나요?"

"꿈……."

셸피의 물음에 꿈의 내용을 떠올렸다.

과연 조금 전까지 꾼 꿈은 어떤 꿈이었을까──.

"……내가 작은 아이가 된 꿈. 여기가 아닌 다른 곳에서 남자아이와 달리기를 하거나 장난을 치면서 놀았어."

"늘 꾸던 꿈이네요."

셀피의 다정한 목소리에 하츠미는 고개를 끄덕였다. 그렇다, 그 꿈은 기억을 잃은 자신이 늘 꾸는 꿈이다. 검도 휘두르지 못할 것 같은 어린 자신이 또래 남자아이와 함께 뛰놀고 있다. 근거는 없지만 과거의 기억처럼 느껴졌고 그것은 기억을 되찾을 실마리이기도 했다.

'다만──.'

다만 늘 중간에서 남자아이가 주문을 외쳐, 넘어져서 생긴 상처를 치료해주거나 들개를 쫓아주는 이상한 내용으로 바뀐다.

그리고 마지막에 이렇게 말하는 것이다.

──네가 위험해지면 내가 반드시 구하러 올게.

남자아이의 얼굴은 어렴풋해서 떠오르지 않는다. 하지만 그가 한 말을 떠올리면 그리운 기억들이 희미해져가는 것처럼 말할 수 없이 쓸쓸한 감정이 차오른다.

……아무튼 잠시 자고 일어날 생각이었는데 깊이 잠이 든 모양이다. 스스로 생각해도 잠이 많다고 생각한 하츠미는 자신에게 질려하면서 셀피에게 물었다.

"그런데 나 얼마나 잔 거야?"

"그러게요. 벌써 밤이 깊었으니 꽤 잔 것 같네요."

"으…… 오래도 잤네. ……분명 잠들기 전에 앞으로의 일정에 대해서 의논하기로 했었지?"

"네. 하츠미의 제안으로요."

"우…….."

그렇다, 퍼레이드와 그 후의 회식이 끝난 후 잠시 휴식을 취한 뒤 다시 모여 앞으로 있을 마족 토벌에 관하여 의논하기로 했었다. 한 시간쯤 뒤에 만나자고 적당히 시간을 정해둔 건 좋았지만 현재 창밖에는 짙은 어둠이 깔려 있었다. 두 시간 이상은 꿈나라를 여행한 듯하다.

"더 있으면 늦어질 것 같아서 지금 깨웠어요."

"더 빨리 깨웠어도 되는데."

"피곤해 보여서 깨우지 않는 게 좋을 것 같았어요."

"고마워, 셀피. 그런데 가이어스하고 바이처는 지금 어디 있어?"

"옆방에서 기다리고 있어요."

"그래, 그럼 빨리 알려서——"

하츠미가 셀피에게 말을 전하기도 전에 복도를 바삐 걸어오는 소리가 들려왔다. 이 발소리는 가이어스일까. 일어난 것을 알고 온 것이리라.

하츠미가 방문자를 파악하는 것도 잠시 노크도 없이 방문이 벌컥 열렸다.

"어이, 일어났어? 우리 잠꾸러기 용사님."

그에게 문은 얇은 판자 한 장인 것이다. 휙, 문이 열리는 소리와 함께 변함없이 허물없는 미소를 띤 건장한 남자가 나타났다.

그가 허락도 없이 안쪽 의자에 풀썩 앉아 제 세상인 양 굴자 셀피가 후드 안에서 비난 섞인 눈초리로 쏘아보았다.

"가이어스 씨. 여자 방에 노크도 없이 들어오는 건 무슨 경우지요?"

"뭐 어때? 어차피 옷 입은 채로 자고 있었잖아? 그리고 혹시 하츠미가 망측한 차림이었으면 네가 뭔가 조치를 취했겠지."

"네, 그래요. 그때는 제일 먼저 당신한테 마법을 퍼부었겠죠."

"하— 무서운 여자."

바로 대답하는 셀피를 보며 가이어스는 겁먹은 듯 양어깨를 감싸 안았다. 사실은 그렇게 생각하지도 않으면서 익살을 떠는 남자다.

한편 하츠미는 가이어스의 무례한 행동을 신경 쓰는 기색도 없이 침대 위에서 가볍게 머리를 숙였다.

"가이어스, 미안. 늦잠을 자버렸어."

"네가 늦잠을 다 자고 별일이군."

"익숙하지 않은 일을 해서 피곤했나봐."

하츠미는 주눅 들어 말했다. 회식은 가끔 했지만 퍼레이드는 처음 해보는 경험이었다. 꼬박 반나절 동안 카우폰이 끄는 높은 수레에 타고 시민들에게 익숙지 않은 아양을 떠는 일은 미즈키가 생각한 것 이상으로 힘들었다.

"아— 무리도 아니지. 무려 이 몸도 어깨가 쑤시는데."

가이어스는 자신도 마찬가지라며 어깨를 주무르면서 괴로운 표정을 지었다. 호방한 가이어스도 그런 연기가 필요한 자리는 고역이었을 것이다. 퍼레이드 때는 꽤 즐기는 것처럼도 보였는데 실제로는 그렇지 않았던 모양이다.

그런 대화를 하고 있자 열린 문으로 고급 기사복을 입은 소년이 나타났다. 그리고 그 소년이 처음으로 한 말은.

"——가이어스. 용사님 방에 허락도 없이 함부로 들어가다니 무슨 생각이야?"

미어젠의 왕자, 바이처 라퓨젠이 무시무시한 표정으로 눈을 부릅뜨고 성난 목소리로 가이어스를 다그쳤다. 그러나 가이어스는 그의 태도나 직위에도 주눅 드는 일 없이 새끼손가락으로 귀를 후비며 거북한 표정을 지었다.

"뭐야, 너도 설교냐…… 뭐 어때. 이야기하는 소리가 들려서 들어온 거라고. 나도 빨리 재미없는 이야기는 끝내고 술이나 마시고 싶다고."

"지금 세계 평화보다 술을 마시는 게 더 중요하다는 거야?"

"당연하지."

가이어스는 가슴팍을 두드리며 여지없이 호쾌함을 드러냈다.

바이처는 가이어스의 불손한 말씨에 질려 이마를 짚었다. 그리고 더 이상의 대화는 무의미하다고 판단했는지 표정을 부드럽게 바꾸고 하츠미에게 가볍게 인사했다.

"용사님, 일어나시자마자 소란을 피워 죄송합니다. 잘 주무셨습니까?"

"응, 고마워. 그리고 기다리게 해서 미안."

"아닙니다. 아직 마족 토벌 후의 피로가 남으셨던 거겠지요. 무리하게 한 저희 책임입니다. 용사님은 신경 쓰시지 않아도 됩니다."

"으응……."

이쪽이 민망해질까봐 자신을 낮추는 자세는 여전히 신사적이다.

그러나 이제부터 진지한 대화를 해야 하는데 계속 침대에 있을 수 없다고 생각한 하츠미는 의자로 자리를 옮기려 했다. 그 생각을 읽었는지 셀피가 손을 빌려주려 하자 어쩐지 바이처가 셀피를 막았다.

"셀피, 여긴 내가."

"……아, 네."

셀피는 바이처의 행동에 잠깐 의아한 반응을 보였지만 곧 뭔가를 알아차리고 조용히 뒤로 물러났다.

그 모습에 이번에는 하츠미가 의아한 표정을 짓자 바이처가 다가왔다.

"바, 바이처?"

"용사님, 제 손을 잡으시지요."

"응? 아, 으응…… 고, 고마워……."

바이처가 손을 내밀었다. 배려가 담긴 부드러운 표정에 하츠미는 부끄러워하며 고맙다고 한 뒤 시선을 피했다. 바이처의 이런 행동은 드문 일은 아니지만 이번은 상당히 부끄러웠다.

일단 바이처의 손을 잡고 몸을 일으켰다.

"오—? 바로 밀어붙이는데?"

"후후후……."

한편 뭐가 웃긴지 다른 두 사람이 웃음을 흘렸다. 그런 그들을 아랑곳하지 않고 바이처는 하츠미를 의자로 안내하면서 물어왔다.

"용사님. 오늘 회식은 어떠셨습니까?"

"으응, 음식은 맛있었어……."

"무슨 불편한 점이라도 있으셨습니까?"

"그런 게 아니라 나는 그런 자리를 별로 좋아하지 않아. 아, 국왕 폐하와 황후님이 싫은 건 아니야. 응?"

두 사람뿐만 아니라 궁전 사람들은 모두 친절하게 대해주었다. 그러나 딱딱한 분위기에서 식사하는 것은 자리가 불편하달까 마음이 안정되지 않았다.

그러나 바이처는 하츠미의 말을 어떻게 해석했는지 이해한다는 표정을 지었다.

"기억을 잃으셔서 그런 생각이 드시는 거겠지요. 마음이 불안하면 그런 자리도 불편하게 느껴지는 게 당연합니다."

"아니, 그런 뜻이 아닌데……."

"조만간 익숙해지실 겁니다. 식사 자리에서 용사님은 언제나 기품이 넘치십니다."

바이처의 칭찬에 미즈키는 겨우 "으응……" 하고 어색하게 대꾸했다. 그런 칭찬을 스트레이트가 하는 건 어찌된 걸까.

겨우 의자에 앉자 유난히 히죽대는 가이어스가 눈에 들어왔다.

한편 셀피도 숨죽여 웃고 있었다. 두 사람은 뭐가 그리 재미있는 걸까.

"……저기 말이야, 두 사람 다 가끔 그러는 것 같은데 도대체 뭐야?"

"아뇨, 아무것도 아닌데요?"

"그래그래, 그냥 흐뭇해하는 거야."

두 사람은 즐거운 듯하지만 어쩐지 바이처는 기분을 해친 표정이다. 그러나 가이어스는 바이처의 그런 모습도 웃긴지 얼굴의 주름을 더욱 깊게 만들며 웃었다.

바이처가 의자에 앉는 것을 보고 가이어스가 물었다.

"그래서 앞으로 어떻게 하지?"

"어떻게 하고 말고도 없을 것 같은데?"

"어이, 그렇게 말하면 대화에 의미가 없잖아? 왜 화가 난 거야?"

"별로."

말은 그렇게 하지만 바이처는 어쩐지 화가 난 듯하다. 그

141

런 두 사람은 상관하지 않고 하츠미가 말문을 열었다.

"마족 토벌은 당연한 건데 앞으로 어떻게 움직일 건지 말이지."

"그거야 늘 하던 대로 병사와 연계해서 행군하는 거 아니야?"

"용사님, 저도 그렇게 하는 게 안전할 것 같습니다."

하던 대로 하자는 가이어스의 제안에 드물게 바이처도 동의했다. 그렇다는 것은 그 방법이 지론이라는 뜻이다. 그러나 하츠미에게는 다른 생각이 있었다.

"그렇긴 한데……."

"하츠미, 뭔가 생각하는 거라도?"

"응, 기껏 우리 같은 독립된 전력이 있는데 좀 더 다른 운용법도 있지 않을까 해서. 병사들은 이미 큰 승리를 거뒀으니 더 고무할 필요는 없잖아? 그렇다면 전장을 각 장군들에게 맡기는 게 좋을 것 같은데."

"뭐?"

가이어스는 잘 이해하지 못하는 한편 바이처는 하츠미의 제안을 제대로 이해했다.

"즉 우리는 독자적인 움직임을 취하는 게 좋겠다는 말씀이시군요."

"응. 그러면 뭔가 할 일이 있지 않을까 해. 마족 장군을 기습한다거나. 좀 위험한 방법일지는 모르지만."

"글쎄요. 하지만 성공하면 전장에서 싸울 병사들의 부담은 현격히 줄겠지요."

그렇다, 전력은 최상으로 갖춰져 있다. 마족과 정면으로 싸울 수 있는 전위가 셋에 그들을 완벽히 지원할 수 있는 후위가 하나. 넷이면 은밀히 행동하기에도 좋고 개별 행동으로 마족 장군이나 유력한 마족을 칠 수 있다면 인간 측이 유리해진다.

"……물론 모두가 위험을 감수하고 싸워준다면 가능한 이야기지만."

걱정하는 대로 위험한 작전이다. 하츠미도 동료들에게 강요하고 싶지는 않았다.

그러나 바이처는 대답은 정해져 있기라도 하다는 듯 말했다.

"물론 저희는 용사님을 따를 생각입니다."

"바이처는 그렇다고 해도 가이어스나 셀피 생각은 어떨지 모르잖아? 두 사람 모두 자기 나라가 있으니까 강요할 수는 없어. 그런 식으로 퇴로를 차단해버리는 표현은 삼가줘. 그리고 이 방법이 반드시 좋다고 정해진 것도 아니고."

"죄, 죄송합니다."

하츠미의 지적에 바이처는 평소답지 않게 쩔쩔매며 사과했다. 바이처가 동요한 이유는 하츠미의 말에서 삼엄함이 느껴지기 때문이다. 실수했다는 생각에 어쩔 줄 몰라 하는 바이처는 안중에 없다는 듯이 가이어스는 믿음직한 말투로 말했다.

"나는 상관없어. 선수를 빼앗기는 것도 슬슬 질리기 시작했고. 모험은 바라던 바야."

"저도 같이 갈게요. 이제 와서 책임을 피할 생각은 없으니까."

"두 사람 모두, 고마워."

두 사람 아니, 세 사람이다. 든든하기 그지없다.

하츠미가 감사의 뜻을 표하자 가이어스가 이상하다는 눈빛으로 쳐다보았다.

"근데 하츠미, 전에는 그러지 않더니 굉장히 의욕적으로 변했네."

그러지 않았다는 것은 갑자기 공격적인 방안을 제시해서일까. 처음에는 기억을 잃은 충격으로 방에 틀어박혀 마족 토벌을 거부했었다. 그때를 말하는 것일 거다. 하지만——.

"그 이야기는 안 하기로 약속했잖아? 진짜…… 싸우다보니 마족은 꼭 쓰러뜨려야겠다는 마음이 든 것뿐이야."

그렇다, 마족과 싸워오면서 언제부턴가 그들은 못 본 척 넘겨선 안 될 해악이라고 생각하게 되었다. 그 악의의 크기를 직접 느껴본 인간이라면 반드시 쓰러뜨려야 한다는 생각이 들어 견딜 수 없는 것이다.

그와 동시에 강하게 지키고 싶었다. 이 세계 사람들도 그렇지만 함께 싸우는 세 동료도 소중한 사람들이기 때문이다.

"——저기 셀피. 앞으로 미어젠에서 꼭 해야 할 일들이 있어?"

"특별한 건 없어요. 다만 밤 연회에는 몇 번 참석해야 할 거예요."

"밤 연회라면…… 파티? 왜?"

퍼레이드는 민심을 위로하기 위해 해야 한다지만 그 이상의 환대는 솔직히 필요하다고 생각되지 않았다.

하츠미가 셀피에게 묻자 거기에는 바이처가 대답했다.

"저희와 친목을 돈독히 해주셨으면 해서입니다."

"너희와라면 충분히 친해졌다고 생각하는데?"

하츠미에게 세 사람은 첫 출전 때부터 함께한 사이다. 아직 만남은 짧지만 전장에서 함께 싸우고 도우면서 허물없는 사이가 되었다. 그래서 그런 자리는 불필요하다고 생각했다.

"다소 어폐가 있었습니다. 저희라는 것은 즉 사디어스 연합의 사람들입니다. 아버지와 어머니, 미어젠의 중진들과 다른 연합국의 관계자들도 잘 기억해주셔야 합니다."

"그건…… 나도 친밀해지는 건 좋다고 생각하지만 서두를 일도 아니고……."

"아뇨, 현재 연합에서는 급한 일입니다. 지금은 용사님이 있어주셨으면 합니다."

"그건 나에게 연합이 하나로 뭉치기 위한 방편이 되라는 거야?"

"──아, 아닙니다! 그런 뜻이 아닙니다!"

"마족에게도 습격을 받고 있고 나도 그런 게 필요하다고는 생각하지만……."

필요하다는 것은 알지만 그래도 가슴속에 응어리가 생겼다.

"아닙니다, 용사님! 이건 결코 용사님을 이용하려는 게 아니라……!"

하츠미가 복잡한 표정을 지었기 때문인지 기분을 상하게 했다고 생각한 바이처는 쩔쩔매며 필사적으로 말을 정정했다.

한편 가이어스가 조금 전과 같은 함축적인 미소를 하츠미에게 보내왔다.

"슬슬 알아주라고, 하츠미. 어?"

"알아주다니 뭘?"

"하츠미, 바이처 왕자의 호의를 말이에요……."

"**호의**라니…… 당연히 바이처가 너무 잘 대해줘서 늘 감사하게 생각하고 있어."

소환된 이후로 바이처뿐만 아니라 궁전 사람들도 친절히 대해주었다. 그들이 소환했기에 당연한 거라고 하면 그만이지만 감사한 마음은 잊지 않고 있다.

그렇게 말했지만 가이어스는 엉뚱한 소리를 들은 양 질린 한숨을 내쉬었다.

"……솔직히 너도 참 둔하다. 어쩐지 저번에 함께 식사했던 비실비실한 남자를 떠올리게 해……."

"……?"

무슨 뜻인지는 알 수 없었지만, 다소 안정을 되찾은 바이처가 체념한 투로 자신의 솔직한 생각을 전했다.

"……분명 용사님이 말씀하신 대로 조금은 연합을 위해서기도 합니다. 하지만 마족을 쓰러뜨린 후, 기억을 잃은 당신이 평온히 지낼 수 있도록 하기 위해서이기도 합니다. 불안하다면 제가 당신을 평생 지켜드리겠습니다."

"하지만…… 난 바이처에게 그렇게까지 폐를 끼치고 싶지 않아."

"저, 저는 폐라고 생각하지 않습니다!"

"하지만……."

간단히는 수긍할 수 없었다. 아무리 그래도 바이처의 인생을 빼앗을 마음은 없으며 그렇게까지 책임지게 할 마음도 없다.

더욱이 자신에게는 돌아갈 세계가 있고 그곳으로 돌아가야만 한다.

그렇다, 꿈에 나타난 소년을 자신은 반드시 만나야 하므로.

"…………."

기억상실로 인한 불안이 머릿속을 점령하게 두어서는 안 된다. 안개에 가려 떠오르지 않는 추억과 떠올려야 하는 누군가만 생각하고 있어서는 아무것도 할 수 없다.

안색을 보고 이쪽의 심경을 알아차렸을까. 바이처는 걱정스러운 눈빛을 보내왔다.

"……용사님."

"미안. 이야기도 끝났으니 잠시 혼자 있게 해줘."

"하츠미."

"응. 괜찮아. 고마워, 셀피."

걱정해주는 셀피에게 괜찮다며 미소를 지어 보였다. 미안해하는 바이처에게 "마음에 담아두지 않아"라고 말하자 그제야 세 사람은 방에서 나갔다.

세 사람이 나가고 얼마 뒤. 하츠미는 의자에서 일어나 침대에 몸을 내던졌다. 그리고 태피스트리가 붙여진 천장을 올려다보며 불현듯 떠오른 말을 소리 내어 중얼거렸다.

"……난 원래 있던 곳으로 돌아가야 해."

동료도 중요하지만 기억을 잃어버린 채로 살고 싶지는 않다. 자신이 누구인지도 알고 싶다. 돌아가야 할 장소와 기다리고 있는 사람이 있을지도 모른다.

그러므로──.

"──웃챠."

생각을 하는데 문득 창가에서 경쾌한 목소리가 들려왔다.

창문은 열려 있다. 밖에서 나는 소리인가 하고 드러누운 채로 고개만 들어 창가 쪽을 보자 녹색 옷을 입은 흑발의 소년이 창살에 기대듯 쭈그리고 앉아 있었다. 그리고──.

"안녕!"

"에?! 에?! 에에에에?!"

갑자기 나타난 소년이 손을 들며 다짜고짜 친근하게 인사해 왔다. 하츠미는 침대에서 벌떡 일어나 경악한 목소리로 외쳤다.

"여, 여, 여기 4층인데!"

"응? 4층 정도야 맘만 먹으면 올라올 수 있잖아? 이런 돌기 같은 걸 잡고 기어오르면. 나는 그렇게 하지 않았지만."

소년은 몸짓을 해보이면서 태연하게 말했다. 분명 올라오는 수단은 여러 가지가 있겠지만 그 전에 문제가 있다.

"어, 어떻게 궁전에 들어온 거야?!"

"그런 건 간단하지……."

그렇게 말하면서 소년은 엄지와 검지를 붙였다 뗐다 했다. 그런 제스처로 침입이 간단했음을 알린 뒤 당연하단 듯이 창문에서 방 안으로 들어왔다.

누굴까. 그런 의문은 잠시 접어두고 근처에 세워둔 칼을 들었다. 그리고 언제라도 벨 수 있도록 자세를 잡았다.

"움직이지 마!"

경고했다. 그러자 소년은 이쪽의 말이 이해되지 않은 건지 잠시 시간이 멈춘 듯 굳었다가 얼빠진 소리를 냈다.

"……뭐?"

"뭐긴 뭐야?! 이 불법 침입자! 칼에 베이고 싶어?!"

소년이 얼빠진 표정을 짓자 칼집을 느슨하게 하면서 다시

한 번 경고했다. 그러자 소년은 잠시 멍하니 서 있다가 이쪽의 살기를 느꼈는지 뒤늦게 허둥대기 시작했다.

"베, 벤다고? 너 뭔 소리야? 너 그런 농담 하는 애 아니잖아?"

"그래, 잘 아네. 농담이 아니야."

"노, 농담이 아니라니 무슨 소릴 하는 거야?! 진짜 날 베겠다는 거야?! 호, 혹시 그거야? 숙녀 방에 불쑥 들어와서 화났어? 그건 분명 내가 미안하긴 한데……."

"아니."

"그럼 왜 그러는데?!"

소년은 세모눈을 뜨고 물었다. 왜 놀라는 걸까. 자신이 한 행동을 생각하면 이유는 명백한데 말이다.

"말 안 해주면 몰라? 생판 모르는 사람이 갑자기 자기 방에 들어왔는데 경계 안 할 사람이 어디 있어?"

"모르는 사람……이라니?"

"적어도 나는 당신을 본 기억이…… 없어."

그렇다. 자신은 이 세계에 와서 이 소년과 만난 적도 사귄 적도 없다. 그런데 어째서 자신을 아는 사람인 양 당황하는 표정을 짓는 걸까. 영문을 알 수 없었다.

그러나 소년은 지금 이 말에 상당히 동요하는 눈치다.

"노, 농담하지 마. 지금은 그런 농담할 상황이 아니잖아."

"농담이 아니라고 아까부터 얘기하잖아? 나는 당신이 누군지 몰라."

"무슨 뚱딴지같은 소리야! 나 스이메이야! 너 쿠치바 하츠미의 소꿉친구! 야카기 스이메이라고!"

"소, 소꿉친구?"

"그래. 소꿉친구. 이제 제발 농담은 그만해……."

소년이 괴로워하면서 머리를 감싸 안았다. 야카기 스이메이라고 했던가. 소꿉친구라는 말은 뜻밖이었으며 분명 소꿉친구처럼 친근한 태도를 보이고 있다. 그러나 그 말에는 아주 이상한 부분이 있었다.

"무슨 소린지 모르겠네. 나는 이세계에서 소환된 용사거든? 이 세계에 소꿉친구가 있을 리 없어."

그렇다, 그것이 이 소년—— 야카기 스이메이라는 자의 말을 부정할 왜곡할 수 없는 사실이다. 분명 자신에게는 소꿉친구가 있을지도 모른다. 그러나 원래 살던 세계에서 이 세계로 소환되어 왔기에 이곳에서 소꿉친구와 만나는 일은 불가능하다. 무슨 목적으로 침입해서 그런 거짓말로 접근하려는 것인지는 모르지만 수법이 지나치게 허술하다.

한편 그런 사실에 부딪친 소년은 마치 믿었던 사람에게 배신이라도 당한 사람처럼 망연자실한 표정을 지었다.

그리고 얼마 뒤 무언가를 알아차렸다는 표정으로 물었다.

"너 혹시 기억을…… 잃은 거야?"

"분명 그쪽 말대로 난 기억상실이야."

"진짜 이게 뭐냐고……."

그 말에 소년은 경악할 사실과 마주하기라도 한 것처럼

눈을 휘둥그렇게 떴다.

★

야카기 스이메이의 집 옆에는 검술 도장이 있다.

그 도장의 사범이 아버지의 친구다. 스이메이가 어렸을 때 아버지의 권유로 옆집에 이사를 와서 그곳에 도장을 열었다.

검술은 구리가라타라니 환영검으로 불리는, 전국시대 이전부터 전해 내려오는 고류(古流)의 검술이다. 부동명왕의 화신 중 하나인 구리가라대룡에서 그 이름을 따왔다. 부동명왕이 악마를 항복시킨다는 유래에서 비롯된 그 검술은 사람을 베기 위해서가 아니라 외법사와 요괴, 괴물을 베는 검으로서 오늘날까지 전해지고 있다.

물론 전해지는 데 그치지 않고 도장의 사범은 검술을 가르치는 한편 은밀히 세상상에 득실대는 괴물들을 은밀히 처단하는 일을 생업으로 삼고 있었다. 그리고 그의 딸인 그녀── 쿠치바 하츠미도 아버지를 따라 저쪽 세계에서 괴물들을 처단해 왔다.

여러 가지 사정으로 스이메이가 마술사인 것과 스이메이가 하츠미 집안의 은밀한 생업을 알고 있다는 것도 하츠미는 몰랐다. 어쨌거나──.

하츠미의 검 실력은 상당해서 아버지인 쿠치바 쿄시로가

여자인 것이 아깝다고 말했을 정도다. 대인전도 포함하여 실전 경험은 적지만 저쪽 세계에 있을 때부터 필시 칠검과 비슷한 실력을 보유했을 것으로 추측된다.

그리고 그런 하츠미가 지금 자신에게 선택을 강요하고 있다.

"──선택해. 사람을 불러줄까? 아니면 지금 바로 베어줄까?"

"나는 둘 다 싫은데. 둘 다 위험할 것 같거든."

"나는 지금이 위험해. 외간 남자가 내 방에 침입했거든."

"진짜 나한테 왜 이러는 건데……."

스이메이는 머리를 감싸 안았다. 이사 온 뒤부터 함께 어울려 놀고 함께 검을 배우던 그녀가 지금은 자신을 향해 금방이라도 허리 옆에 든 칼집에서 칼을 빼내려 하고 있다. 감도는 살기는 그것이 농담이 아니라는 명백한 증거다. 수상한 행동을 하면 칼날을 보게 될 것이다.

그러나 설마 기억상실에 걸렸을 줄이야. 하츠미의 상태를 확인하기 위해서 가능하다면 데려가려고 왔지만 이래서는 어떻게 해야 할지 짐작조차 되지 않았다.

저쪽 세계에서의 기억이 없다면 여기서 자신이 아무리 호소해봤자 믿음을 주지 못할 것이다. 마술의 힘을 빌리려 해도 기억상실을 치료하는 마술 따위는 존재하지 않는다. 뇌에 개입하여 기억을 고치거나 조작하는 기술은 있다. 하지만 그런 방법으로 억지로 기억을 끌어내려고 하면 뇌에 막

153

대한 부담을 줄 것은 명백하다.

머리가 지끈거렸다. 상황을 개선할 수단이 전혀 없었다.

역시 믿어줄 때까지 호소하는 수밖에 없는 걸까──.

"스읍──."

순간 하츠미의 숨소리가 들려왔다.

하츠미의 무기는 도신과 칼자루의 길이가 약 1미터 50센티미터에 달하는 장검이다. 군데군데 독특한 장식이 들어가 있지만 형태를 보니 일본도를 모방하여 만들어진 것이다. 필시 저 붉은 칼집 안에는 휨이 있는 이세계의 금속 도신이 들어 있을 터다.

그리고 지금 자신은 칼끝의 세 마디가 닿을 거리에 있다. 즉 하츠미의 간격 안이다. 아니, 하츠미에게는 그 칼끝이 이 몸에 닿지 않아도 문제되지 않을 것이다.

그렇다, 일정 단계를 초월한 우수한 검호들은 자신의 검과 팔 길이 따위에 구애받지 않는 법이다. 물리적으로는 불가능한 일이지만 흔히 말하는 횡운(橫雲), 횡일문자(橫一文字)와 같은 기술은 칼끝에 있는 모든 것을 베어버린다고 알려져 있다.

그리고 하츠미가 속한 유파야말로 그것을 실현하는 예사롭지 않은 검술을 구사한다.

"구리가라타라니 환영검 쿠치바류. 기억상실에 걸렸어도 검에 대해서는 잊지 않았구나."

"알아?"

"그러니까 아까부터 소꿉친구라고 말했잖아…….."

"그런 말은 못 믿어."

"어째서?"

"어째서고 뭐고 진짜 친구면 왜 이런 식으로 들어오는데? 정식으로 방문하면 되잖아?"

"그럴 수가 없으니까 이 방법을 쓴 건데."

"흥. 그럴 수 없다는 건 켕기는 게 있다는 거 아니야?"

"그건 네 억지야…….."

스이메이가 질린 표정을 지었다. 문지기나 경비병에게 말해봤자 그들이야말로 자신의 말을 믿어줄 리 만무하다.

"그럼 증명할 수 있어? 분명 그쪽은 내 검을 아는 것 같지만 그건 마법사나 마족처럼 어떤 술수를 써서 알아낼 수도 있어. 그러니까 그걸 아는 게 내 소꿉친구라는 증거가 될 순 없어."

"으…….."

하츠미의 주장에 스이메이는 말문이 막혔다. 분명 하츠미의 말대로 지금 당장 이거, 하고 보여줄 만한 결정적인 증거는 없다. 휴대전화에는 하츠미의 가족과 함께 찍은 사진이 저장되어 있지만 휴대전화 배터리는 진즉에 닳아버렸다.

그렇다면 억지로 데리고 갈까. 그러나 그런다고 기억이 돌아오는 것도 아니고 무엇보다 용사를 유괴하면 문제는 걷잡을 수 없이 커진다.

스이메이가 행동에 갈피를 잡지 못하고 있는 그때였다.

복도에서 다급한 발소리가 들려왔다. 누군가가 이변을 눈치챈 걸까. 스이메이가 마술을 걸 틈도 없이 문 밖에서 여자의 목소리가 들려왔다.

"하츠미?! 무슨 일 있어요?!"

"아?! 셀피! 침입자야!"

"침입자라니, 나 보고 하는 소리야?!"

"여기 그럼 그쪽 말고 누가 있어!"

그 말과 함께 칼날이 번뜩였다. 스이메이가 흠칫하며 창가 쪽으로 물러서자 하츠미가 대태도의 궤도를 직각으로 바꾸고 베기 자세에서 찌르기 자세로 급전환했다. 도신이 공기를 가르며 일으키는 날카로운 바람과 함께 홈이 팬 미스릴(부식 은)의 칼끝이 복부를 향해 뻗어왔다.

스이메이는 칼날을 아슬아슬하게 피하고 구석으로 도망쳤다.

"야, 진짜 죽일 셈이야?!"

"그냥 꼬챙이로 만들어주려던 것뿐이야. 안심해. 급소는 피해줄 테니까."

"뭘 보고 안심하라는 거야!"

그 직후, 쾅! 소리와 함께 문이 열렸다. 들어온 사람은 녹색 로브를 걸친 인물이다. 분명 조금 전 하츠미를 불렀을 여성으로 퍼레이드 때 수레 위에 타고 있던 마법사다.

"하츠미! 괜찮아요?"

"응. 이 남자가 침입했어. ──이제 각오하시지."

"당신이 누구고 어떻게 궁전에 침입했는지는 모르지만 더이상 도망칠 곳은 없습니다."

그녀들이 말한 대로였다. 문은 막혔고 창문도 하츠미의 간격 안에 있다. 그리고 칼끝이 닿지 않는 이곳도 절인(絶刃)의 검의 손바닥 안이다.

그러나──.

"도망칠 곳이 없으면 만들면 돼!"

"무슨?!"

"──?!"

주먹에 마력을 모은 뒤 마술 행사와 함께 벽을 내리쳤다. 정권은 주위에 강렬한 충격파와 에테르 윈드를 퍼뜨렸다. 벽은 주먹이 닿자마자 산산이 부서져 날아갔다.

등 뒤에서 욕이 섞인 신음이 들려왔다. 충격파에게 몸을 보호하는 것이 고작이기 때문이다. 스이메이는 그 사이에 스스로 뚫은 큰 구멍을 통해 밖으로 몸을 날렸다.

4층 건물. 그리고 지금 있는 곳은 그 4층이다. 그러나 마술사에게 고도의 높낮이 따위는 사소한 문제일 뿐이다.

어둠 속에 바람을 가르는 소리가 수직으로 흐르고 금세 지면이 가까워졌다. 마술의 힘을 빌려 문제없이 착지한 직후 어쩐지 조금 전 하츠미가 셀피라고 불렀던 여성의 목소리가 귓전에서 들려왔다.

"궁전에 침입자가 나타났습니다. 흑발에 녹색 겉옷을 입은 남자입니다. 용사 하츠미의 방에 침입한 뒤 안뜰로 도주. 경비병은 전원 안뜰로…… 반복합니다…….”

간결한 경보다. 조금 전에 본 로브 차림의 여성은 마법사이고 바람 마법을 구사하는 자이기도 한 걸까. 목소리가 바람을 타고 구석구석까지 전해졌다.

경보를 들었는지 금세 발소리가 들려왔다. 스이메이도 부지 끝을 향해 달렸지만 검을 소지한 병사들이 사방에서 몰려왔다.

“찾았다! 저쪽이다!”

“흩어져서 포위해라! 궁전에 침입한 놈을 절대 놓쳐선 안 된다!”

“쯧…… 많이도 왔네.”

뛰어내린 위치가 나빴을까. 안뜰 한가운데는 몸을 숨길 장소도 없고 다른 건물로 도망치려 해도 거리가 상당하다.

병사들이 스이메이를 에워싸기 시작하자 그 뒤에서 낯익은 남자가 나타났다.

“어라? 너는 그때 그 비실비실한 녀석이잖아?!”

놀란 목소리로 외친 사람은 식당에서 만났던 남자, 가이어스 포반이다.

건물 벽을 등지고 스이메이는 위기감이 느껴지지 않는 말투로 대답했다.

“아— 아저씨, 또 만났네. 오랜만.”

“오랜만도 아저씨도 아니다! 네가 침입자라니 어떻게 된 거야?"

"그게, 거기에는 마리아나 해구보다도 깊은 사정이 있어서 말이야."

"얼렁뚱땅 넘어갈 생각 마라! 맞고 싶냐?"

"아니, 지금 당장은 아저씨한테 맞기 전에 다른 녀석한테 칼을 맞을 것 같은데."

병사들을 흘끗 보자 그들은 검을 빼들고 눈을 번뜩이고 있었다. 궁전, 그것도 용사의 방에 침입한 사실에 모두 흥분한 상태였다.

잠시 후 또 누군가가 나타났다. 병사들 사이로 유유히 걸어 나온 사람은 퍼레이드 때 본 하츠미의 동료 중 한 명이다. 미어젠의 왕자, 바이처 라퓨젠이라고 했던가.

"가이어스. 이자를 알아?"

"안다고 해도 밥집에서 한 번 합석한 사이일 뿐이다."

"그렇군."

그렇게 납득한 그는 검을 뽑으면서 말했다.

"괘씸한 놈. 이 칼나스 궁전에 침입한 것도 모자라 용사님의 침소까지 침입했으니 어떻게 되는지는 알겠지?"

바이처의 고요하지만 압도적인 말투에 스이메이는 크게 한숨을 내쉰 뒤 대답했다.

"저기 말이야…… 나는 친구를 만나러 왔을 뿐이라고."

"네놈의 친구라고?"

"하츠미 말이야. 기억상실에 걸린 모양이라서 전혀 상대해주지 않았지만."

"…………."

"횡설수설도 가지가지군. 용사님은 이세계에서 소환되신 분이다. 이 세계에 아는 사람이 있을 리 없지."

가이어스가 미간을 찌푸리며 수상한 표정을 지었다. 바이처는 스이메이의 말을 한심한 넋두리쯤으로 치부했다. 그런 두 사람의 반응에 스이메이는 어깨를 늘어뜨리고 탄식했다.

"당연히 그렇게 말하겠지……."

가이어스가 주먹을 만지면서 뚝뚝 소리를 냈다.

"어쨌든 너한테는 여러 가지로 물어볼 필요가 있겠군. 그러니까 얌전하게 굴라고."

"얌전하게 굴어도 정중히 대접해줄 분위기가 아닌데."

"당연하지. 침입자에게 베풀 인정 따윈 없다. 몸에 칼집이 나지 않은 걸 다행으로 알아라."

가이어스의 태도가 다소 누그러진 것에 비해 바이처에게서는 칼바람이 쌩쌩 불었다.

주위의 병사들은 이미 임전 태세를 갖추고 험악한 분위기를 내뿜었다.

도망칠 기회를 놓쳤기에 이곳을 빠져나가기 위해서는 우선 눈앞에 있는 병사들과 가이어스, 바이처를 상대해야만 한다.

"할 수 없군……."

스이메이는 뜻대로 되지 않는 상황에 질려하며 한숨과 함께 중얼거렸다.

그러자 스이메이의 주변은 달빛 아래에 있음에도 불구하고 어둠 속으로 가라앉았다.

★

같은 시각. 땅거미 정 미어젠 지부의 길드 마스터인 루메이어는 궁전에 있었다.

스이메이 야카기가 연합 용사를 만나기 위해 궁전에 침입할 거라는 소식을 듣고 때를 맞춰 침입한 것이다.

물론 이유는 단 하나, 재미있을 것 같아서다. 그녀도 길드 마스터라는 지위에 있지만 결국은 수인이다. 다른 수인과 마찬가지로 타고난 충동적, 향락적인 성질을 거역할 수는 없었다.

평소라면 여우 귀에 꼬리가 일곱 개나 달린 외모가 꽤나 눈에 띄겠지만 지금은 테일 족에 전해지는 변신술을 이용해 경비병으로 가장했다.

도중에 스이메이를 놓치고 긴 복도를 두리번거리며 찾고 있자 머지않아 바람을 타고 침입자의 존재를 알리는 목소리가 들려왔다. 그리고 그 목소리는 곧 광범위하게 확산되었고 불빛을 든 병사들이 성난 고함을 내지르며 안뜰 쪽으로 우르르 몰려갔다.

"······이런, 그 철부지가 사고 쳤군."

루메이어는 인상을 찌푸렸다. 스이메이는 이세계의 마법사고 그에 걸맞은 실력도 갖추고 **있는 모양**이었기에 실패할 일은 없다고 생각했다. 그런데 설마 일을 그르칠 줄이야.

'내가 나서야 하나······.'

실력자라는 것은 레피르에게 들어 알고 있지만 궁전의 경비병은 우수하고 더구나 이곳에는 용사의 동료도 있다. 이세계의 마법사라도 상황이 이렇다면 붙잡히고 말 것이다.

그러나 레피르의 은인이기에 나 몰라라 할 수도 없다. 귀찮아질 것 같은 예감에 한숨을 쉬며 안뜰로 향하는데 문득 주변이 어딘가 모르게 달라진 듯한 기분이 들었다.

"······?"

어둠이 더욱 짙어진 것을 알아채고 하늘을 올려다보았다. 구름이 떼를 이루어 중천의 달을 스쳐 지나고 있었다. 야음이 깊어진 것은 구름 때문일까. 그러나 달은 아직 새하얀 얼굴을 내밀고 있기에 이곳까지 어두워질 요인은 아닌 듯한데──.

아니, 그런 생각을 할 때가 아닌가. 루메이어는 서 있는 시간조차 아까워하며 쓸데없는 생각을 떨쳐내고 안뜰로 걸음을 재촉했다. 그리고 도착한 그곳에는 스이메이와 경비병들, 가이어스 포반과 바이처 라퓨젠이 있었다.

배우들은 이미 모여 있었다. 스이메이는 벽에 몰려 있고 무대는 이미 절정에 접어들었다.

"어이쿠――…… . 이거 최악의 상황이군."

경비병들 사이에 섞이면서 표정을 찡그렸다. 쫓기고 있는 상황이라면 몰라도 이래서는 출혈 없이 구해내는 것은 어렵다. 다른 경비병들도 서서히 몰려들어 마침내 스이메이를 둘러싼 반원형의 진이 완성되었다.

이제 간단히는 빠져나갈 수 없었다. 우물쭈물하는 사이에 자치주 최고의 마법사인 『풍설(風雪)』까지 합세할 것이다. 병사들이 체포하려는 틈을 타 난입할까――.

그러나 루메이어의 그런 예상을 뒤집고 이 무대의 제2막은 여기서부터 시작되었다.

경비병들이 스이메이를 체포하려고 달려들기 위해 몸을 움츠린 그때였다. 안뜰에 설치된 조명이 무언가를 예고하듯 깜빡이기 시작했다.

지지직…… 지지직…… 불규칙하게 깜빡이던 조명들은 이윽고 고장이라도 난 듯 서서히 빛을 잃어갔다.

예기치 않은 어둠에 경비병들이 당황하는 것도 잠시, 안뜰의 어둠이 더욱 깊어졌다. 그리고 스이메이의 주위가 보이지 않는 무언가에 의해 흔들리기 시작했다.

하늘하늘. 마치 아지랑이가 피어오르듯이.

한편 스이메이는 요지부동이었다. 얼굴은 앞머리에 가려 보이지 않고 절체절명의 순간임에도 불구하고 그저 우뚝 선 채 아무런 행동도 취하지 않았다.

그러나 아지랑이에 비친 스이메이를 본 순간 그의 몸이

아주 잠깐 부르르, 떨렸다.

　……마족이 지닌 힘이나 외법사가 풍길 법한 악의는 아니지만 지금의 스이메이에게는 뭐라 표현할 수 없는 섬뜩함이 있었다. 그것은 마치 정체를 알 수 없는 공포와 마주한 듯한 느낌을 주었으며 습기를 머금은 어둠이 스멀스멀 새어 나오는 것 같기도 했다.

　별안간 스이메이를 체포하려 했던 경비병들이 스이메이의 주위에서 툭툭 쓰러지기 시작했다.

　"무슨……?!"

　뜬금없는 광경을 목도하고 저절로 그런 목소리가 새어 나왔다. 용사의 동료와 경비병들도 마찬가지인 모양으로 주위가 어두워짐과 동시에 동요하는 모습을 보이기 시작했다.

　그러는 사이에도 뒤에 있던 경비병들도 정신을 잃고 쓰러지기 시작했다.

　남은 사람은 가이어스와 바이처, 경비병 몇 명이다. 용사의 동료인 두 사람에게는 아무런 이변도 없었지만 다른 경비병들은 이 섬뜩한 상황에 온몸에 식은땀을 흘리고 있는 듯했다.

　가이어스는 경계를 늦추지 않고 쓰러진 병사들을 둘러본 뒤 스이메이에게 물었다.

　"……너 무슨 짓을 한 거야?"

　"보시다시피 기절시킨 것뿐인데?"

"기절시켰다……고?"

스이메이의 간결한 대답에 가이어스가 당황했다. 한편 바이처가 다그쳐 물었다.

"무슨 수작이냐! 마법도 쓰지 않고 가만히 서서 기절시킬 수 있을 리 없잖아! 네놈은 대체 뭘 한 거지?!"

"뭘 하긴. 말한 그대로야."

"그런 말로 날 속여 보겠다는 건가? 설마 생각만으로 쓰러뜨렸다고 말하진 않겠지."

"정답. 그쪽이 말한 그 설마야."

젠체하는 기색도 느껴지지 않는 그 말에 바이처가 조금 질렸다는 듯이 말했다.

"황당한 소리도 적당히 하시지. 생각만으로는 사람을 쓰러뜨릴 수 없을 뿐더러 여기 있는 병사들은 연합에서도 손 안에 꼽히는 정예병들이다. 육체적으로나 정신적으로나 막강한 자들이 그런 걸로 쓰러질 리——."

그런 바이처에게 스이메이는 자못 시시하다는 듯 붉게 물든 눈빛으로.

"무슨 소릴 하는 거야 당신? 거기 그들은 **그냥 검을 좀 쓸 줄 아는 평범한 인간일 뿐이잖아.** 그런 녀석들이 어째서 내 생각을 이긴다고 단언하는 거지?"

스이메이가 그렇게 말한 직후 주위의 공기가 싸늘해진 느낌이 들었다. 스이메이가 무언가를 한 걸까. 아니면 어쩐지 두려운 사실을 듣고 멋대로 그렇게 느낀 것뿐일까. 밤공기와는 종류가 다른 시린 듯 싸늘한 바람이 지나가자 북서풍에 몸을 맞은 것처럼 소름이 돋았다.

한편 수수께끼 같은 말과 섬뜩함에 압도당한 남은 경비병들이 뒷걸음질 치기 시작했다. 그러나 이미 늦은 걸까. 또 몇 명이 툭툭 쓰러졌다.

보기에는 기에 눌려 의식을 놓은 것이 아니다. 분명 주위는 이상한 분위기에 감싸여 있지만 그것이 우수한 경비병들이 쓰러진 이유라고 한다면 납득할 수 없다. 그렇다면 정말 스이메이의 말대로 오직 생각에 의해 기절했다는 걸까.

바이처가 스이메이를 노려보았다.

"이 자식이……."

"남은 녀석들은 물러나게 해. 평범한 인간이 우리(마술사)를 이길 도리는 없으니까."

스이메이가 질린 투로 말했다. 그러나 바이처는 무언가를 깨달았는지 여유로운 표정을 지어 보였다.

"하지만 우리는 못 쓰러뜨리나보군."

"그래. 우리는 팔팔한데?"

가이어스도 자신만만한 표정으로 스이메이에게 던지듯 말했다.

분명 그들 말대로 주 전력인 두 사람은 건재하고 경비병도 아직 남아 있다.

그러나 위험에 처한 사실을 어째서 그들은 모르는 것인지 같은 남자를 보고 있는 루메이어는 의아해서 견딜 수 없었다. 자신이 그들의 입장이라면 스이메이의 주위에서 일어나는 불가해한 현상과 섬뜩한 행동, 말할 수 없이 서늘한 이 공기에 꼬리를 말고 달아났을 것이다. 흐름은 이미 스이메이에게 넘어갔다. 그리고 어떤 대책을 세운다 해도 이 흐름을 뒤집을 수는 없다.

……어스름한 달빛 아래 응시하고 있자 스이메이의 모습이 어둠 속에 가라앉았다. 마치 지금은 어둠 속의 주민이라는 듯이 어두운 그림자를 드리워갔다.

"바이처! 가이어스!"

별안간 뒤에서 여성의 목소리가 울려 퍼졌다. 타인을 걱정하는 듯한 부드러운 목소리는 맑고 고운 고음이다. 머지않아 아름다운 용모에 흘러내린 금발, 강한 의지가 담긴 녹색 눈동자를 가진 인물이 나타났다. 눈에 띄게 길고 가는 검을 들고서. 필시 이 소녀가 용사일 것이다.

"하츠미?!"

"용사님!"

"이건, 응──?"

뛰어온 용사 하츠미는 가이어스와 바이처에게 대답한 뒤 눈앞의 참상을 깨달았다. 당황하며 주위를 둘러본 뒤 스이메이를 매섭게 노려보았다.

"그쪽이 한 짓이야?"

"그래. 하지만 걱정 마. 단순히 기절한 것뿐 아무 이상도 없어."

……아무래도 두 사람 사이에 흐르는 분위기가 심상치 않다. 스이메이는 소꿉친구라고 했지만 말투와 태도를 보면 도무지 그렇게는 생각되지 않는다. 무슨 일이 있었을까.

하츠미에 이어 자치주의 마법사인 셸피 휘티니가 나타났다.

"이제 네 명이 모였군요."

용사 일동은 태세를 정비했다. 한편 스이메이는 하츠미에게 나지막이 호소했다.

"하츠미, 얘기 좀 들어줘."

"얌전히 체포된다면 생각해볼게."

"그런 건 취미가 아니라고."

스이메이는 양해를 구하듯 말했다. 분명 이 상황에서 얌전히 붙잡히는 것은 좋은 방법이 아니다. 붙잡혀도 지금의 미어젠 왕실이 정중히 대접해줄 것은 아니므로.

스이메이가 저자세로 호소했다. 그런 스이메이와 하츠미의 대화를 듣고 있던 가이어스가 하츠미에게 물었다.

"아까부터 그렇게 말하던데, 진짜 아는 사이야?"

"몰라. 하지만 이 남자, 내 소꿉친구래."

"뭐?"

가이어스는 얼빠진 소리를 낸 뒤 황당한 시선으로 스이메이를 바라보았다.

"이봐 청년. 뻥을 치려면 좀 더 그럴듯하게 치는 게 어때? 아무리 용사를 만나고 싶었어도 그렇지 요즘은 꼬맹이들도 그런 뻥은 안 친다고."

"그런 식으로 딱 잘라 부정해도 곤란해. 하츠미는 지금 기억상실증에 걸렸잖아? 뻥인지 아닌지 판단할 수 있는 사람은 여기에 없어."

"그래도 소환된 용사의 소꿉친구라는 건 아무리 생각해도 이상한데."

가이어스는 스이메이의 주장을 부정했다. 하지만 스이메이는 그 이상 대꾸하지 않았다. 반론은 하지 않고 마치 멍청이를 상대로 쓸모없는 짓을 하고 있다는 듯이 한숨을 내쉬었다.

그런 스이메이에게 셀피가 물었다.

"그래서 어쩔 거죠? 얌전히 붙잡혀줄 건가요?"

"그건 아까 싫다고 말했어."

"그렇다면 그건 저항으로 받아들여도 상관없는 거겠지요?"

"…………"

스이메이가 말없이 돌아서자 셀피는 이번에는 위협적인 투로 말했다.

"미리 묻겠는데 당신은 우리를 상대할 수 있다고 생각해요? 우리는 이래 봬도 마족군을 물리치고 마족 장군을 무찌른 사람들인데요?"

"그래서 강하다고? 그건 아무래도 자만이 지나친 것 같은데?"

"그럼 확인해볼까?"

가이어스가 도발해왔다. 저항한다는 것은 싸우겠다는 걸까.

그러나 스이메이는 조심성 없이 등을 보였다.

"뭐야?"

"관심 없어. 일단 돌아갈래."

"뭐어?! 어이, 그렇게까지 말하고 도망치는 거냐?!"

"쓸데없이 소란을 일으키고 싶진 않아. 일단 돌아갈 테니까 지금은 조용히 보내줘."

스이메이는 정중히 말하며 일동을 뒤돌아보았다. 상황이 이런데도 뜻밖에 얌전히 물러날 모양이다. 소꿉친구가 보는 앞에서 지나친 폭력은 쓰고 싶지 않은 걸까.

그러자 가이어스가 몸을 움직였다.

"그런다고 네, 그렇습니까, 할 수는 없다고!"

기합을 넣으며 가이어스가 주먹을 뻗었다. 한 걸음에 스이메이에게 파고들더니 내디딘 발로 지면을 짓눌렀다. 완벽히 힘이 실린 주먹이 공기를 가르며 스이메이를 향해 뻗어나갔다.

스이메이는 호리호리한 체격이다. 맞는다면 무사하지는 못할 것이다.

그러나 가이어스의 일격은 지나치게 무모했다.

"흥, 아버지의 주먹에 비하면 너무 시시해――."

콧방귀 소리와 질린 목소리가 귓가에 전해지고, 스이메이는 부드럽게 가이어스의 안으로 파고들었다. 내디딘 오른발은 그 자체만으로 가이어스의 주먹보다 더 큰 위력을 지면에 전달하며 균열을 일으켰다. 자세는 허리를 낮춘 상태다. 쿵―― 하는 강렬한 진동이 땅에서 전해졌다. 땅이 깨져 파편이 날아가는 것도 잠시, 스이메이가 내지른 오른손과 오른팔에 마력과 띠 모양을 이룬 녹색 마법진이 휘감기는 것이 또렷이 보였다.

"뭐야――?"

가이어스로서는 설마 마법사에게 특기를 빼앗길 줄은 몰랐으리라. 가이어스의 경악을 지워버리듯 스이메이의 기합소리가 안뜰에 울려 퍼졌다.

"하압!!"

무술사가 무색할 정도로 스이메이의 정권이 가이어스의 복부에 꽂혔다. 뒤이어 공기가 진동을 일으키며 가이어스의 몸이 궁전 벽까지 날아갔다.

벽이 부서진 걸까. 충돌음과 함께 단단한 것이 부서지는 소리가 주위에 울려 퍼졌다.

"이럴 수가……."

"말도 안 돼! 가이어스?!"

셀피와 용사가 놀라 소리쳤다. 소리는 내지 않았지만 그녀들의 옆에 있던 바이처 왕자도 경악으로 눈이 휘둥그레졌다.

　남겨진 참상은 마치 폭발이라도 일어난 듯 깨진 지면과 스이메이의 마력의 잔재로 구성된 범위. 그리고 자세를 낮춘 채로 주먹을 내뻗은 스이메이 야카기. 일격의 여운일까. 휴, 깊은 숨을 내쉰 그의 얼굴은 조금 전처럼 앞머리에 가려져 읽을 수 없지만 아마도 고요할 것이다.

　스이메이는 자세를 바로 했다. 그리고.

　"어이 아저씨. 살아 있어?"

　"너…… 마법사가……."

　"나는 마술사야. 접근전이 안 될 거라고 생각하고 방심한 건 실수였어."

　스이메이가 담담한 투로 말했다. 아무래도 적당히 봐준 모양이다.

　다른 이들은 대화로 조금 전 일격에 빼앗겼던 마음을 회복한 걸까. 자치주의 마법사인 셀피가 움직이기 시작했다.

　"셀피!"

　"용사 하츠미! 뒤로 물러나세요. 공성(攻性) 마법으로 저 남자를 궁지에 몰아넣을 겁니다."

　"응? 하지만……."

　"용사님, 이쪽으로."

　그녀는 단지 체포하는 것뿐이라고 생각한 걸까. 용사는 공성 마법이라는 말을 듣고 살짝 당황한 목소리로 말했다. 바이처가 그런 그녀를 후방으로 데리고 갔다.

한편 자치주에서는 『풍설』이라는 별칭으로 불리는 마법사, 셀피 휘트니는 마력을 모아 앞으로 나갔다.

"싸우고 싶지 않다고."

"이제 와서 간단히 끝낼 거라고 생각하나요?"

"하아…… 먼저 시작한 건 그쪽 같은데."

스이메이는 한숨을 쉰 뒤 멈췄다. 셀피는 이미 움직이기 시작했지만 스이메이는 어쩐지 느릿한 동작으로 내키지 않는다는 듯이 셀피를 향해 몸을 돌렸다. 마력은 이미 높아져 있는데도 불구하고 주문을 외치지도 않고 도망치지도 않고 대항책을 마련하려 하지도 않았다.

그런 스이메이에게 셀피가 거대한 지팡이를 겨누었다.

"──바람이여! 그대, 유구한 힘으로 진을 이루어라."

셀피가 영창을 개시하자 블랙 우드 지팡이 끝에 박힌 보석이 빛나기 시작했다.

한편 스이메이로 말할 것 같으면.

"노이즈드 타이런트(소란스런 폭군)네. 흥? 규모는 꽤 큰 거고."

영창만 듣고 마법 종류는 물론이고 규모까지 알아챈 걸까. 감탄만 할 뿐 아직 움직이지 않는다. 망설이는 걸까. 아니면 스이메이에게는 서두르지 않아도 되는 것뿐일까.

"──그것은 포악한 진. 공중에 숱한 파괴를 생성하고 정의로 나의 적에게 쇄도하라. 노이즈드 타이런트!"

영창이 끝나고 건언을 외치자 셀피를 중심으로 회오리바람이 일었다. 응축된 공기가 복잡하게 뒤얽힌 듯한 진동이

곳곳에서 발생했다.

　그 수는 열. 아니, 스물. ──계속해서 늘어났다. 그리고 강렬한 바람이 휘몰아치듯 일제히 스이메이에게로 쇄도했다.

　그러나 그때 서서히 스이메이가 무언가를 중얼거리며 손을 치켜들자 붉은 실과 같은 빛줄기가 몇 개나 생성되었다. 그 빛줄기들은 직각을 그리며 여러 번의 굴절을 반복하면서 무서운 속도로 바람을 뚫었다.

　그 모든 빛줄기가 셀피가 있는 곳까지 쇄도하자 바람은 마치 처음부터 없었던 것처럼 흔적도 없이 사라져버렸다.

　"무슨?! ──우읍!"

　셀피의 경악한 목소리와 괴로운 신음이 울렸다. 상쇄가 아니라 소멸당한 사실이 놀라웠을까. 그러나 그 후에 얼굴을 찡그린 것은 통증 때문 같기도 했다.

　그 괴로움에 대해서일까. 스이메이가 말했다.

　"리턴 오버에 대한 대책은 해뒀어야지. 허술하게 준비하면 지금처럼 돼."

　"큭, 뭘 한 거죠?!"

　"술식을 푼 것뿐이야. 그 마법은 전에도 본 적이 있거든. 당신이 지금 험한 꼴을 당한 건 술식을 성립하기 전에 강제로 해제당해서야."

　그렇게 말한 직후 스이메이가 오른팔을 들어올렸다. 그와 동시에 조금 전 가이어스를 상대로 파고들 때 바스러진 모래가 돌연 바로 위로 솟아올랐다. 모래는 바스러뜨린 것 이외에도 지면에서 벗겨진 것도 있었을까. 상당한 양이 공중으로 떠올라 소용돌이치며 꿈틀대더니 반격이라는 듯이 셀피에게로 쇄도했다.

"──큭! 바람이여! 그대는 나를 지키는 견고한 방패가 되어라! 그 가열한 소용돌이 앞에 모든 것을 튕겨내라! 보텍스 옵스터클!"

셀피가 냉정히 외치자 사방에서 불어온 바람이 그녀 앞에서 소용돌이를 이루었다. 그 거센 바람에 차단되고 튕겨나가 대량의 모래가 주변으로 흩어졌다.

"주문 영창도 없이 마법을!"

"방금 그건 술식이라고 말할 정도도 아닌데. 그저 흙덩이를 들어 올린 것뿐인데? 불도저나 파워셔블, 그걸 작동시키는 사람만 있으면 불가능한 것도 아니야."

표현은 아리송했지만 그 말투로 보아 저 정도 기술은 아무것도 아니라는 것이리라.

잠시 공방에 틈이 생겼지만 스이메이는 움직이지 않았다. 가이어스를 쓰러뜨린 자다. 마음만 먹는다면 마법에 의지하지 않고 계속해서 연속 공격을 퍼부을 수도 있었다. 그런데도 적극적이지 않은 것은 역시 싸울 마음이 없기 때문이리라. 스이메이가 기다리는 자세를 취했다. 스이메이의 힘을 경험하고도 셀피는 포기할 생각이 없는 듯하다.

"좋아요. 나도 제대로 하죠."

"그렇게까지 진지하게 나와도 나는 곤란하다고── 진짜, 듣지도 않네."

"──바람이여. 그대 얼어붙은 빙하의 축복을 받은 마풍. 소용돌이쳐서 나의 적을 절가(絶佳)의 우리로 쫓아내라. 떨어진 빙뢰(氷牢)는 누구의 탈출도 허락지 않는 풍설의 세례. ──페뮤르 엘 이레이즈드!"

셀피가 풍설로 불리게 된 그녀의 대표 마법이다. 행사와 동시에 광범위한 곳에서 빙설이 섞인 폭풍이 그야말로 적의를 가득 품고 소용돌이를 이루었다. 그러나 그 효과는 그뿐만이 아니다. 풍설의 우리에 갇힌 마법사는 온몸이 굳어져 영창도 불가능하다고 알려져 있다. 그리고 대항책을 강구할 새도 없이 풍설에 의해 흔적도 없이 사라진다.

우뚝 선 스이메이는 당연하게도 거센 풍설에 휩싸였다. 얼음 알갱이와 눈이 스이메이 야카기 주위에서 회오리를 이루고 거대한 우리를 형성했다. 풍설이 미치는 범위는 한순간에 새하얗게 변했다.

"끝났어요."

그런 셀피의 자비 없는 목소리가 울려 퍼졌다.

"잠깐 셀피! 아무리 그래도 이건 너무 과해!"

"걱정 마세요. 죽지 않을 정도로는 조절했으니."

"그, 그래도……."

"눈이 걷히면 바닥을 기는 남자가 있겠지요. 그 뒤에는 체포하면 됩니다."

셀피는 단언했다. 끝이라고. 그러나 이 광경을 보고도 식은땀이 걷히지 않는 것은 도대체 어떤 이유에서일까.

그 의문대로였을까. 바람과 얼음이 휘몰아치는 가운데 그 안에서 희미하게 들려오는 목소리가 있었다.

"——Fiamma est lego vis wizard(불꽃이여 모여라. 마술사의 분노에 찬 절규와 같이)."

"?!"

"말도 안 돼! 이 빙설 안에서는 말할 수 없을 텐데?!"

용사가 놀라 뒤돌아보았다. 셀피는 경악에 차 외쳤지만 스이메이의 영창은 그치지 않는다.

"Hex agon aestua sursum Impedimentum mors(그 단말마는 형태가 되어 불타오르고, 내 앞을 가로막는 자에게 가공할 운명을)."

주의에 붉은 소마법진이 수없이 생성되고 스이메이가 서 있을 것으로 추정되는 지점을 중심으로 대마법진이 회전했다. 이윽고 풍설 너머로 희미한 그림자가 모습을 드러냈다. 그 그림자가 오른손에 붉은빛을 쥐었다.

——Fiamma o asshurbanipal(빛나라! 아슈르바니팔의 눈부신 돌이여).

불꽃이 폭발했다. 수십 개의 불줄기가 소마법진에서 뻗어나왔다. 고속으로 회전하던 대마법진에서 새빨간 불꽃이

치솟았다. 불줄기와 치솟은 불꽃이 교차한 순간, 그 반응으로 생성된 폭발이 새하얀 풍설을 날려버렸다. 야음에 물든 세상이 온통 붉은빛으로 물들었다.

그 여파로 뜨거운 바람이 경비병 틈에 섞여 있던 루이메이와 용사 일행을 덮쳤다. 그러나 그조차도 조절할 수 있다는 걸까. 그 남자는 충격파가 생성한 강풍은 그대로 두었지만 동반될 터인 불꽃과 고온의 열은 온풍 정도로 강도를 낮추었다.

그리고 붉은 안개가 걷힌 그곳에는 아무 일도 없었다는 듯 스이메이가 서 있었다. 발밑의 지면은 부글부글 끓어올라 마치 철을 녹인 바다 위에 서 있는 듯하다. 폭발의 한가운데에 있었음에도 불구하고 끊임없이 열기가 피어오르는 그곳에서도 태연한 모습이다. 그 모습은 두려움을 자아내기에 충분하다.

"크윽……!"

자신이 자랑하던 일격이 허무하게 날아간 사실에 셀피가 분한 듯 신음했다. 그런 셀피에게 스이메이는 칭찬하는 듯한 투로 말했다.

"셀피라고? 당신은 꽤 유능한 마법사야. 지금 쓴 마법은 마력도 컸고 위력도 있었어. 대상을 구속하는 힘도 영창을 봉인하는 힘도 작용했고. 지금까지 만난 **마법사** 중에서는 상당한 실력이야."

"……그래서 칭찬이라도 한다는 건가요?"

"전혀. 그래도 현재의 메니아나 제국의 위험한 공주님 정
도는 아니니까. 아직 우리와 비교하려면 멀었어——."

스이메이는 말을 마치기 무섭게 다음 수를 생각한 걸까.
갑자기 쓰러져 있던 경비병들의 몸이 공중으로 떠올랐다.

"무——."

셀피의 놀란 목소리가 미처 울려 퍼지기도 전에 공중에
떠오른 경비병들의 몸이 셀피를 향해 날아갔다.

——경비병은 아군이다. 그런 생각이 셀피의 판단을 느리
게 했다. 아군을 다치게 하지 않고 어떻게 피해야 할까 고
민한 몇 초는 치명적이었다.

그 결과 마법을 쓰지 않고 도망치는 길을 선택한 셀피는
몸을 날리는 게 고작이었다. 바닥을 굴러 회피했다. 날아오
는 경비병들의 몸을 하나, 둘 피했다. 셀피의 움직임은 빠
르지 않았지만 날아오는 속도 역시 빠르지 않았기에 충돌은
없었다.

"이런 공격으로 날 쓰러뜨릴 수 있다고…….."

"그래, 생각하지 않아. **이건 공격이 아니야.**"

"뭐——?"

셀피는 몸을 날리면서 스이메이의 정면에서 비스듬히 우
측으로 도망쳤다. 그러나 셀피가 도망친 그곳까지도 스이
메이가 짠 술식의 영향권 안인 듯하다.

마치 도망칠 곳을 직접 지정했던 것처럼 스이메이는 셀피
가 있는 방향을 향해 오른손을 뻗었다. 그 오른손은 마치 손

가락을 튕기기 직전처럼 보였다.

그리고 그대로 셀피에게는 눈길 한번 주지 않고.

탕.

스이메이는 엄지와 중지를 튕겨 밤의 궁전에 자비 없는 소리를 울렸다. 셀피의 눈앞에서 공기가 폭발했다. 셀피는 그 진동으로 머리에 충격을 받았는지 정신을 잃고 쓰러졌다.

"셀피……."

신뢰하던 동료가 전부 패배한 것을 보고 하츠미가 마른침을 삼켰다. 한동안 경악한 채로 굳어 있었지만 이윽고 스이메이를 날카롭게 노려보며 그 앞을 막아섰다.

하츠미가 검을 겨누자 스이메이는 싸늘한 표정을 지우고 떨떠름한 표정을 지었다.

"나는 너하곤 싸우고 싶지 않다고."

난제에 부딪힌 듯 이마에 손을 짚고 인상을 찌푸렸다. 그러나 소꿉친구가 무사하길 바라는 스이메이의 심정을 알아주는 일 없이 하츠미는 분노를 드러내며 말했다.

"동료가 쓰러지는 걸 보고도 가만히 있을 거라 생각해?"

"지금 이거? 이건 정당방위잖아? 먼저 덤빈 건 그쪽이고 살의까지 있었어. 나는 돌아가려고 했다고."

"그건…… 하지만!"

지금 한 말에는 공감 가는 부분이 있는 듯했지만 동료를 쓰러뜨린 것에 대한 반감이 더 컸을까. 하츠미는 다시 매서운 눈빛을 향해왔다. 그러나 난감해하던 스이메이도 이번에는 그냥 넘어갈 수 없다는 듯 말 안 듣는 아이를 호되게 꾸짖을 때처럼 표정을 엄하게 바꾸었다.

"그래서 베겠다고? 지금 네가 휘두르려 하는 검에는 정도(正道) 따위 없는데도? 쿠치바류의 법식을 따르지 않고 검을 휘두르는 걸 쿄시로 사범님이 보면 노발대발하실 텐데?"

"우…… 하지만 난……."

"기억상실이라고 변명이라도 할 작정이야? 그만둬, 내가 아는 넌 그런 심지도 분별도 없는 여자가 아니야."

스이메이의 기백에 눌린 걸까. 아니면 되받아칠 말이 없었을까. 하츠미는 괴로운 듯 얼굴을 일그러뜨렸다. 어느새 자세도 흐트러져 있었다.

그때 바이처가 스이메이와 하츠미 사이에 끼어들었다.

"닥쳐라. 침입자 주제에 용사님을 교사하려 들다니."

"제발 제삼자는 빠지라고……."

스이메이는 질린 투로 말하며 삼엄한 태도를 살짝 누그러뜨렸다. 그러나 바로 다음 순간 날카로운 시선으로 용사와 미어젠의 왕자를 응시했다. 그러나 당연하게도 주위를 둘러보더니 이 이상 소동을 일으키는 것은 곤란한 모양이었다.

──이쯤에서 끼어들까.

지금이 때라고 보고 경비병들을 뚫고 뛰쳐나갔다.

"어이쿠, 잠깐 실례."

"누구냐──큭?!"

뛰어들면서 검을 번쩍였다. 속도를 늦추지 않고 바이처에

게 견제의 검을 휘둘러 거리를 벌린 뒤 용사 일행과 대치하
듯 섰다.

곧이어 바이처의 호통이 메아리쳤다.

"네놈은 경비병이 아니군! 네놈도 저자와 한패냐?!"

"글쎄?"

"뭐?!"

익살을 떨듯 바이처를 놀리는 것처럼 어깨를 움츠린 뒤
스이메이에게 시선을 보냈다.

"어이…… 응?"

스이메이 역시 당황한 표정을 향해왔지만 일단은 눈치채
준 모양이다. "여긴 어떻게"라고 말하는 듯 여전히 멍한 표
정을 지어 보이는 스이메이에게 담담히 작전을 말했다.

"도망치자, 스이메이. 딱 5초만 시간을 벌게. 그 사이에
지붕 위에 올라가서 나를 끌어올려줘. 할 수 있겠지?"

"……알겠어요."

조용히 끄덕이는 스이메이를 배웅하자 그 즉시 바이처가
달려들었다.

"놓칠 줄 알고!"

호통과 함께 칠검에 이름을 올리기에 걸맞은 날카로운 검
격이 날아들었다.

그러나 이 종일섬(縱一閃)의 공격 뒤가 이 남자가 보유한 검
술의 진면목이다. 검은 하나인데도 불구하고 한 호흡 사이
에 그 이상의 검의 쾌선이 날아들었다.

세로, 가로, 사선. 참격은 종횡무진이다. 보통의 검객이라면 검의 괘선을 파악하지 못하고 순식간에 머리와 몸통이 두 동강 나는 아픔을 겪을 것이다. 그러나 마흔을 먹었어도 이쪽도 칠검 중 한 명이다.

"공격적인 검이네…… 윳! 홋!"

그런 가벼운 소리를 내면서 검격을 하나씩 신중히 받아넘겼다. 그리고 답례라는 듯이 **완전히 똑같은 횟수와 완전히 똑같은 궤도의 검격**을 돌려주었다.

"큭! 얄팍한 공격이군!"

"자운으로 불리는 당신한테 그런 소릴 듣고 싶진 않은데── 하아아아아아아아아!"

우렁찬 기합과 함께 기교를 부린 동작에서 수인의 기운을 담은 검격으로 전환, 바이처를 멀찍이 튕겨 보냈다. 자운으로 불리는 남자는 정면으로 맞은 위력을 감당하지 못하고 이쪽이 머릿속에 그린 예상 지점에 착지했다.

"이런…… 이 자식, 네놈은 누구지?"

바이처는 자신의 검을 일개 병졸이 튕겨냈다는 사실에 당혹감을 감추지 못했다. 지금 눈앞에서 벌어진 일을 믿을 수 없다는 듯이 눈을 휘둥그렇게 뜨고 자신의 검과 이쪽을 번갈아 보았다.

그때 준비가 끝났는지 지붕 위에서 달빛을 등진 스이메이의 목소리가 안뜰에 퍼졌다.

"올릴게요."

"부탁해."

경쾌하게 대답하자 곧이어 몸이 붕 떠올랐다. 보이지 않는 힘에 의해 지붕 위로 끌어올려졌다.

그와 동시에 아래쪽에서 바이처의 목소리가 바싹 따라붙었다.

"거기서!"

그런 말을 들어줄 귀는 없다는 듯 등을 돌렸다. 그리고 지붕 위에서 다음 지붕으로 뛰어넘기 직전, 스이메이는 단 한 번 뒤돌아 하츠미를 내려다보았다.

"하츠미, 또 올게. 그때는 오늘처럼 공격하지 마. 알겠지?"

"난⋯⋯."

"간다."

염려가 담긴 마지막 인사를 뒤로 한 채 스이메이는 지붕 위를 날았다. 자신도 그 뒤를 쫓아 지붕을 날았다. 부지 밖으로 벗어나기 위해 지붕의 비탈면을 달렸다. 스이메이가 달리면서 감사의 말을 전했다.

"루메이어 씨, 다시 한 번 도와주셔서 감사합니다. ⋯⋯그런데 여긴 어떻게 오셨어요?"

"결국 침입한 게 됐지만. 재밌을 것 같아서 보러 왔어."

"⋯⋯구경인 거네요."

"감독이라고 해두지. 구경꾼 같아서 남이 듣기에 안 좋잖아."

"방금 자기 입으로 그렇게 말해놓고⋯⋯."

스이메이가 떨떠름한 표정으로 황당하다는 듯이 말했다. 원망하는 표정이 꽤 그럴 듯한 것은 십여 년 간 경험해온 부당함이 쌓였기 때문일까. 어쩐지 지금까지의 고생이 엿보이는 스이메이를 보며 루메이어는 조금 전에 들은 이야기를 떠올렸다.

"그건 그렇고 실패했나 했더니 기억상실이었던 모양이네."

"네. 멍청했어요. 설마 이렇게 된 건 줄은 몰랐거든요."

"그래서 앞으로 어떻게 할 거지? 아무리 기억이 없다고 해도 이대로 둘 수도 없잖아? 오히려 기억이 없는 만큼 걱정거리가 늘어난 거 아니야?"

"네. 하지만 역시 이야기하는 수밖에 없어요. 그리고 신경 쓰이는 점도 있어서 일단 여기 다시 오기 전에 알아보려고요."

"다음에 올 때는 더 힘들 텐데?"

겁을 주듯 충고하자 스이메이는 전혀 개의치 않는다는 투로 말했다.

"그렇겠지만 저(마술사)와 같은 부류인 녀석도 없고 경비병이 늘어나는 것뿐이라면 침입도 어렵진 않겠죠."

"대단한 자신감이야. ……뭐 싸우는 모습을 본 이상 납득할 수밖에 없지만."

"덫도 결계도 쳐놓지 않은 부지에 들어가는 건데 실패 같은 건 하래도 못 해요."

스이메이는 오만과는 다르다고 말한 뒤 "만약 그랬다간

돌아가신 아버지가 뒷목 잡고 쓰러지실걸요"라고 장난스럽게 덧붙였다.

떠나기 전에 스이메이는 마지막으로 한 번 궁전을 뒤돌아보았다. 아쉬운 마음이 든 걸까. 지붕 너머의 어둠을 생각에 잠긴 눈빛으로 바라보았다.

"상당히 신경 쓰는 것 같네. 아무리 아는 사이라도 그냥 친구잖아."

"이상한가요?"

"뭐 우정을 중요하게 생각하는 마음을 모르는 건 아니지만 꽤 마음을 쓰는 것 같아서. 네 애인도 아닌 것 같고 조금 궁금하긴 해."

궁금하다는 뉘앙스를 풍기자 스이메이는 복잡한 표정으로 말했다.

"하츠미는 제 사촌이에요."

"역시 친척이었네…… 그런 거면 걱정도 되겠어."

"네……."

눈을 내리뜬 스이메이에게서 지난번 집무실에서 본 듯한 또래다움은 느껴지지 않았다. 근심으로 눈을 가늘게 뜬 그 얼굴은 마치 고향을 잃은 노병처럼 연민을 불러일으켰다.

고향으로 돌아갈 수 없는 남자이기에 틀린 말은 아니리라. 그러나 미련 없이 달리기 시작한 그 등에 대고 루메이어는 물어보지 않을 수 없었다.

"스이메이?"

"네?"

"너 말이야, 너무 치열하게 사는 거 아니야?"

그 말에 스이메이는 멈춰 서서 뒤돌아보았다. 그리고.

"그거야 당연하잖아요. 지키고 싶은 사람을 지키려면 치열해질 수밖에 없는 거잖아요?"

"……그렇지. 이런 나도 어리석은 질문을 할 때가 다 있군."

그렇게 웃어넘긴 루메이어는 스이메이가 뛰어든 어둠 속으로 몸을 던졌다.

★

──별안간 자신의 방에 들이닥친 흑발의 소년은 병사들과 가이어스, 셀피마저 쓰러뜨리고 동료인 듯한 인물과 함께 궁전 부지를 쏜살같이 빠져나갔다.

그 후 자신이 할 수 있는 일은 없었기에 지금은 혼자 방으로 돌아와 있다.

창문 너머로 보이는 궁전 부지에는 마력등과 횃불이 켜져 있고 경비병과 궁전 관리인이 바쁘게 돌아다니며 삼엄한 분위기를 연출했다. 아니, 오히려 조용한 게 이상할까. 침입자가 절반이 넘는 경비병들을 쓰러뜨린 것도 모자라 유유히 달아나버린 전대미문의 사건이 벌어진 직후인 것이다. 궁전 전체가 발칵 뒤집히고 현재도 밖에서는 고함 소리가 들려왔다.

경비병을 보충하고 침입자를 추적, 수색하기 위해 지금부터 철야에 돌입할 것이다.

그 후 가이어스와 셀피는 곧 의식을 되찾았고 마법으로 치료를 받아 심각한 수준에는 이르지 않았다. 그러나 두 사람 모두 마음——이라기보다는 자존심을 크게 다친 모양이었다. 가이어스는 몸을 회복하자마자 한밤중임에도 불구하고 단련을 해야겠다며 무뚝뚝하게 말한 뒤 뛰쳐나갔다. 셀피는 본디 품고 있던 긍지와 실제적인 결과의 낙차에 자신감을 크게 잃은 듯 오랫동안 실의에 찬 표정을 짓고 있었다.

그리고 무사했던 바이처는 그 후 사실을 있는 그대로 미어젠 국왕에게 보고했다. 국왕은 온화한 인물로 알려져 있지만 그런 그도 과연 이번 소동에는 상당한 위기를 느낀 듯했다. 경비 책임자를 엄히 꾸짖은 뒤 순찰 및 경비를 더욱 강화하라고 엄명을 내린 모양이었다.

그로부터 벌써 한 시간이 지났다. 그러나 침입자를 발견했다는 보고는 아직까지 들어오지 않았다.

그것도 무리는 아닐까. 경비가 삼엄한 궁전에 침입하고 셀피의 입에서 차원이 다른 실력이라는 말이 나오게 할 정도의 인물이다. 마음먹고 도망친다면 찾을 수 있을 리 없고 설사 찾는다 해도 체포는 불가능하다.

바이처의 말에 따르면 그 소년은 선발된 경비병들을 평범한 인간으로 평가했다고 한다. 최소한 자신들이 나서야 싸움다운 싸움이 될 것이다.

그러나──.

"같은 세계 사람이라고……."

그는 분명 그렇게 말했다. 자신과는 소꿉친구 사이라고.

같은 세계 사람. 그들은 아득한 기억 저편에 존재하는 사람들이다. 더욱이 지금은 결코 떠오르지 않는 얼굴들이다. 그도 정말 그중 한 명일까. 의심스럽긴 하지만 그는 자신의 이름과 검술에 대해서도 알고 있었다. 지금은 자신이 모르는 이름도. 타이르는 듯한 말투와 엄한 눈빛도.

그리고 그 모든 것은 어쩐지 그리운 감정을 불러일으키는 그의 말투에서 전해져왔다.

그러나 그것을 확인할 길은 아직 없다.

"…………."

천장을 바라보며 침대에 쓰러지듯 누웠다. 소환 당시의 일은 솔직히 잘 기억나지 않는다. 정신을 차리고 보니 난생처음 보는 가구로 둘러싸인 이 방이었고 지금처럼 이 침대에 누워 있었다.

그날 낯선 장소에서 반쯤 넋을 놓고 있자 방문이 열리고 셀피가 들어왔다. 곧바로 셀피의 설명이 이어졌다. 그녀가 자신을 이 세계로 소환했으며 자신은 지금 이 세계가 아닌 다른 세계에서 소환된 사람이라고 그녀는 말했다.

그러나 거기까지 들어도 머릿속의 안개는 걷히지 않았다. 자신이 누구이며 무엇을 하던 사람인가 하는 간단한 질문에도 대답할 수 없었다. 겨우 기억해낸 것은 자신의 이름뿐이었다.

이름을 제외한 모든 기억이 사라져 있었기에 당시에는 거의 제정신이 아니었다.

셀피와 함께 있던 바이처가 고요하던 표정에 수심을 드리우고 걱정해주던 것을 기억한다.

그것 말고는 특별히 인상에 남은 기억은 없다. 돌아갈 수 없다는 말을 들은 후로는 국왕 부부와 식사를 해야 하거나 셀피와 대화할 때가 아니면 줄곧 방에 틀어박혀 지냈다.

그로부터 얼마 후의 일이다. 마족이 쳐들어왔다는 소식이 궁전에 전해졌다.

천장을 올려다보면서 당시의 기억을 떠올렸다.

그날은 아침부터 바이처가 방을 찾아왔다. 바이처는 매일 자신의 방으로 인사를 하러 왔다. 바이처에게도 일정이 있기에 방문 시간이 정해져 있는 것은 아니었다. 그러나 그날은 아침부터 찾아와 시시한 이야기를 나누었다.

이야기 끝에 바이처가 대뜸 물어온 것을 생생히 기억한다.

"──용사님, 생활에 불편하신 점은 없으십니까?"

의자에 앉아 배려의 말을 건넨 바이처에게 자신은 웃는 얼굴로 대답했다.

"괜찮아. 시녀들이 다 잘 챙겨줘서 불편한 건 없어."

"그렇습니까. 그래도 혹시 있으시다면 바로 말씀해주십시오. 용사님은 국빈이라서 삼가실 필요는 없습니다."

"그럼 그 용사님이라는 말은 안 썼으면 좋겠는데."

"네……?"

설마 자신에게 바라는 것이 있다고는 생각하지 않은 것이리라. 바이처는 당황한 표정을 지었다.

"그건…… 그…….."

바이처에게 「용사님」은 경칭을 포함한 통칭의 개념일 것이다. 왕족이기에 대부분의 상대에게 반말을 쓸 수 있지만 그렇다고 용사를 하대할 수는 없었다. 그래서 「용사님」이라고 부른 것이다.

역시 짓궂었나, 하고 화제를 거두어들였다.

"알았어. 생각만 해줘."

"알겠습니다."

이쪽이 먼저 유야무야 넘어가자 바이처는 가볍게 목례했다. 겸손이라기보다는 역시 존경이 느껴지는 태도다. 자신이 누군지 모르기에 용사라는 이유만으로 이런 대접을 받는 것은 아무래도 어색했다.

그래서 바이처에게 뜬금없는 질문을 던졌다.

"저기 내가 용사라는 게 정말이야?"

무의미한 질문이다. 그러나 바이처는 차분한 표정에 자신감을 비치며 말했다.

"네. 구세교회의 감독 아래 영걸 소환 의식을 거행했고 그때 용사님이 소환되셨습니다. 틀림없습니다."

"그렇게 말해도 선뜻 믿기지 않아."

용사라는 호칭은 너무 추상적이다. 분명 마족을 쓰러뜨리기 위해서라는 확실한 목적이 있지만 그렇다고 아, 그렇군요, 하고 납득할 수 있는 문제도 아니었다.

그러자 바이처가 말했다.

"영걸 소환으로 불려 온 용사는 여신의 가호를 받는 것으로 알려져 있습니다."

"그건 구체적으로 어떤 거야?"

"전해지는 말에 따르면 인지를 초월한 힘을 부여받는다고 합니다. 아마 과장된 부분은 있겠지만 신체에 어떤 변화가 있을 겁니다."

"으음……."

"없으십니까?"

"예전의 나와는 비교할 수가 없으니까. 하지만──."

"역시 뭔가 있으신 겁니까?"

"내 느낌이지만 다른 사람들보다 잘 움직이는 것 같아. 힘도 센 것 같고."

그렇게 말하며 바이처에게 손을 내밀어 악수를 청했다. 내민 손을 바이처가 마주잡자 손에 힘을 주었다.

"……오오."

생각지 못한 악력에 바이처가 놀라움을 표정에 드러냈다. 평범한 소녀에게서는 나오지 않을 악력이기에 그런 것이리라. 그러나 이내 납득한 표정을 지은 것은 이로써 용사라는 확신이 섰기 때문일까.

"분명 이 힘이 여신의 가호인 거겠지요."

"솔직히 잘 모르겠어."

"저희에게는 기쁜 일입니다."

그것은 용사이기 때문일 것이다. 바이처에게 용사는 하늘이 내린 성인(聖人)과 같은 존재일 테지만 이쪽의 심경은 복잡했다.

그런 생각을 하고 있자 바이처는 생각이 있는 듯한 표정으로 말했다.

"——다만 제 개인적으로는 당신 같은 분을 전장에 보내는 것은 내키지 않지만요."

"……응."

이쪽의 표정을 읽고 나름대로 걱정해준 것이리라. 그러나 결국 유쾌하게는 대답할 수 없었다.

그때 바이처의 표정이 굳어졌다. 그가 공무에 임하기 전의 얼굴이다.

"용사님. 송구하지만 오늘은 병사들의 훈련장을 시찰해주셔야 합니다."

"어제 이야기했던 그거 말이네."

"네. 저희 군이 자랑하는 장병들이 용사님께 훈련하는 모습을 꼭 보여드리고 싶다고 합니다."

물론 그런 이유 때문만은 아니다. 병사들을 고무하기 위한 것도 있지만 그 모습을 본 용사가 자극 받기를 노리는 것이다. 이번 시찰은 국왕은 내켜하지 않았지만 주위에서 재촉한 것이라고 셀피가 말해주었다.

그러나——.

'……여자애한테 그런 걸 보여줘서 어쩌자는 걸까.'

남자 용사라면 몰라도 여자가 그 모습을 보고 자극을 받을 거라고 생각하는 것은 무리다. 싸울 의지가 없는 용사를 위한 고육지책이라고 생각할 수도 있지만 아무래도 생각이 빗나간 것처럼 느껴진다.

어쩌면 단순히 멋있는 모습을 보여주고 싶은 마음의 발로인지도 모르지만.

"셀피는?"

"그녀는 다른 용무가 있어서 황공하지만 제가 동행하게 되었습니다."

뜻밖이었다. 평소 같으면 셀피가 동행할 텐데 오늘은 바이처라니.

"그래도 돼? 왕자님은 다른 용무가 있는 거 아니야?"

공무에는 차질이 없는 걸까. 그렇게 묻자 바이처는 고개를 저었다.

"이것이 제 일입니다. 용사님을 호위하는 것은 분에 넘치는 영광—— 물론 일이기 때문만은 아닙니다."

신경 써주는 것이리라. 바이처에게 그럴 책임은 없다. 그저 충실한 성격인 것이다.

"고마워, 바이처."

"그런 말씀은 가당치 않습니다. 이 정도 일은 얼마든지.

용사님을 위해서라면 저는 목숨도 아깝지 않습니다."

"그건 말이 지나치잖아."

"아뇨, 그렇지──."

바이처가 말하고 있을 때 복도 밖에서 다급한 발소리가 들려왔다.

그 발소리는 점점 가까워지더니 방 앞에서 딱 멈췄다.

"무슨 일이 있나?"

"……궁전에서는 웬만큼 긴급한 상황이 아닌 한 뛰는 것은 금지되어 있습니다. 그렇다는 건."

"그만큼 위급한 일이 발생했다?"

눈빛이 날카로워진 바이처가 끄덕인 뒤 문으로 향했다. 그러자 때마침 노크 소리가 들렸다.

이어서 밖에서 대기 중이던 바이처의 호위가 뭐라고 말해 왔다.

바이처는 문을 열고 호위와 작은 목소리로 대화를 주고받았다.

……머지않아 대화를 끝낸 바이처는 호위를 보내고 자신 앞에 무릎을 꿇었다.

"용사님. 죄송하지만 잠시 나가보겠습니다."

차분한 표정으로 도중에 자리를 뜨겠다고 말하는 바이처에게 물었다.

"무슨 일이 있는 거야?"

"아뇨, 용사님이 신경 쓰실 일은 아닙니다."

"……그래."

대답은 했지만 분위기로 보아 무슨 일이 있는 것은 분명했다. 궁금하지만 깊이 캐물을 수도 없다. 그대로 바이처를 배웅했다. 그러나 호위의 심각한 표정이 아무래도 마음에 걸려 뒤늦게 바이처를 쫓아갔다.

도중에 시녀들에게 바이처가 지나간 곳을 물으면서 갔다. 도착한 곳은—— 알현실이었다.

문지기에게 가볍게 목례하는데 별안간 안에서 호통 소리가 들려왔다.

……누군가가 마구 떠들어대는 모양인데 문이 닫혀 있어서인지 제대로 들리지 않았다. 그러나 문 너머로 소리가 들려올 만큼 실내는 시끄러운 듯하다.

경비병에게 물었다.

"무슨 일이죠?"

"그게…… 저희 입으로는…….."

경비병이 난처한 표정을 지었다. 요령부득이었기에 그들 앞에 섰다. 그리고.

"열어요."

"하, 하지만 지금은!!"

"부탁해요."

경비병은 어쩔 수 없다는 듯 양 문을 열어주었다. 용사의 부탁은 거절할 수 없는 것이리라.

두 경비병에게 무리한 부탁을 한 것을 사과하고 고맙다고 말한 뒤 알현실로 들어갔다.

피부가 까무잡잡한 근육질의 남자가 미어젠 국왕을 향해 필사적으로 무언가를 호소하고 있었다.

"——지금 이 시간에도 랄심은 공격당하고 있다고!"

"알고 있네. 하지만 갑자기 군대를 달라고 해도 네, 그렇습니까, 라고 할 수는 없지 않는가."

"그래서 직접 부탁하러 온 거 아닙니까!"

남자는 그야말로 달려들 기세였다. 그만큼 절박한 사정이 있는 것이리라. 일국의 왕에 대한 말씨치고는 불손했지만 자리에 있던 누구도 그 점을 지적하지 않은 것은 그 사정을 알기 때문일까. 국왕도 난처한 표정으로 그러나 국왕다운 엄정한 태도로 대답했다.

"포반. 당신의 심정은 이해하네. 하지만 조금만 진정하게."

"그렇다면!"

남자는 무언가를 부탁하는 듯하고 국왕은 들어주지 않고 있다. 그래도 남자는 포기하지 않고 국왕에게 무언가를 요구했다.

대신과 장군 옆에서 함께 대기 중인 셀피를 발견했다. 조용히 셀피에게 다가갔다.

"하츠미?! 여긴 어떻게 왔어요?!"

"바이처가 심상치 않은 분위기로 나가길래 걱정이 돼서."

대강 설명한 뒤 여전히 놀란 표정인 셀피에게 물었다.

"셀피, 그런데 무슨 일이야?"

"……아무래도 마족이 랄심에 쳐들어온 모양이에요."

"마족이……."

연합의 북쪽으로 가면 마족령도 인간령도 아닌 공백 지대를 끼고 마족령이 있다. 그곳에서 북부에 위치한 랄심을 마족이 습격한 듯했다. 그러나 마족은 노시어스를 습격한 이후로 이렇다 할 움직임을 보이지 않았을 터다.

"잠잠해진 척했다가 연합까지 군을 끌고 온 모양이에요."

"그래서 저 사람은 누군데?"

"랄심의 장병이에요. 랄심과 인접국의 병사만으로는 부족해서 원군을 요청하러 여기까지 왔대요."

"하지만 국왕은 들어주지 않는 것 같네."

그 지적에 셀피는 수긍했다. 남자는 연신 부탁하지만 국왕은 진정하라고 하면서 유야무야 넘기려는 것처럼도 보였다. 하지만 원군을 보내지 않아도 괜찮은 걸까.

"이 사디어스 연합은 북방 국가들이 서로 협력하기로 성명을 낸 이른바 공동체잖아. 이럴 땐 도와야 하는 거 아니야?"

"맞아요. 타국이 위기에 처했을 때는 하츠미의 말대로 도와야 하죠. 하지만 군대는 당장 움직일 수 있는 조직이 아니니까요."

"그래……."

미어젠 역시 예외는 아닐 것이다. 움직여야 하는 것이 군대라는 큰 조직이기에 움직임이 둔해지기 마련인 것이다.

……그러나 남자는 국왕에게 더욱 강력히 호소했다. 그때 바이처가 끼어들었다. 포효하는 듯한 목소리에 바이처의 냉정한 목소리가 파고들었다.

도와줘, 손을 빌려줘. 남자는 상처투성이였다. 몸에는 임시로 붕대가 감겨 있었다. 이곳에 오기 직전까지 전장에서 싸우다 온 것이리라.

"아……."

그때 국왕과 중진의 시선이 문득 이쪽을 향했다. 용사인 자신에게 향한 것은 매달리는 듯한 시선 같기도 했지만 이내 그 시선은 거두어졌다. 사정을 아는 만큼 의지할 수 없다고 결론 내린 것이리라.

남자는 더욱 호소했다. 주위에 있던 경비병이 제지에 나섰지만 거구에 근육질인 남자를 끌어내는 것은 역부족이었다.

"우……."

날아드는 외침이 머리를 흔들었다. 마치 내부의 자신이 남자 대신 머릿속에서 소리치듯, 소리는 거대한 종 안에서 무겁게 울려 퍼졌다.

그리고 그 환영이 보인 것은 바로 그때였다.

"어……."

현기증처럼 눈앞이 흔들리는가 싶더니 잿빛 배경 위로 검은 모래 폭풍이 이는 듯한 영상이 나타났다.

어느새 사방은 사라지고 보이는 것은 눈앞의 영상뿐이다.

이윽고 영상 속의 모래 폭풍은 그치고 눈앞에 형상이 되살아났다.

보이는 것은 고성이 오가는 알현실이 아니다. 분명 다른 어딘가에서 이루어지는 장례식 풍경이다.

움직일 수는 없었다. 마치 시각만 다른 곳으로 이동해 그 풍경을 보고 있는 듯했다.

참석자들은 모두 검은색 옷을 입고 실의에 빠진 모습으로 조용히 그 자리를 지켰다. 장례는 서양식이었다. 내, 외국인을 불문하고 많은 사람들이 참석했고 모두가 망자와의 이별을 슬퍼했다. 망자가 누구인지는 지금의 자신은 모른다.

그러나 한 가지는 분명히 알 수 있었다. 많은 사람 앞에서 조문을 읽는 사람이 꿈에 자주 나타나는 소년이 성장한 인물이며 떠난 사람과의 이별에 누구보다 괴로워할 사람이 그라는 사실이었다. 조문을 낭독하는 그의 입에서 아버지라는 말이 흘러나왔다. 그리고 단 하나의 가족이라는 말도. 그렇다면 그 슬픔이야 오죽할까. 그 나이에 육친을 잃은 슬픔은 한 마디로 표현할 수 없을 것이다.

그러나 그는 기운을 잃지 않았다. 앞으로 혼자서 살아가야 하기에 시선을 떨구지도 오열로 조문 낭독을 망치지도 않았다.

회색빛 흐린 하늘을 향한 것은 그렇다, 결연하게 빛나는 검은 눈동자였다.

다만 모든 것이 끝난 뒤 어느 집 거실에서 선잠을 자던 그가 중얼거린 말이 있다.

　──나는 앞으로 나아가야 해. 아버지가 내게 말해준 꿈을 찾기 위해서. 멈추면 거기서 끝이야. 그러니 나는 구하러 가야 해.

　그래서 슬픔을 애도하는 장례식장에서도 약한 모습을 보이지 않은 걸까. 앞을 향해 의연히 걸어간 걸까. 문득 결심하고 물어보려 했을 때는 그는 이미 곤히 잠든 뒤였다.

　장례식과 고별식, 고인의 죽음을 애도하기 위해 참석한 사람들에게 일일이 감사 인사를 하느라 지친 것이다. 들여다본 평온한 얼굴에는 한 줄기 눈물이 흘러내렸다.

　……과연 그 장면은 자신이 가진 기억일까. 다시 모래 폭풍의 환영 뒤에 모든 소리가 되돌아 왔다.

　랄심에서 온 남자가 고함을 치고, 바이처가 끼어들었다.

　조금 전과 같은 알현실의 풍경이었다.

　"아…….."

　"하츠미, 괜찮아요? 왜 그래요?"

　"아, 으응. 괜찮아……."

　잠시 정신을 잃었던 탓인지 옆에 있던 셀피가 걱정스런 목소리로 물어왔다. 그러나 바이처와 남자의 대화 내용으로 볼 때 영상으로 단절되었던 세계는 전부 합쳐 1초도 되지 않는 회상이었다는 것을 깨달았다.

다만 짧은 대화가 오가는 순간 자신은 마음을 굳혔다.

셀피에게서 떨어져 앞으로 나갔다. 그리고 바이처와 남자가 있는 곳으로 걸어갔다.

"······제가 가겠습니다."

"뭐? 너는 누구지?"

남자는 갑자기 끼어든 여자에게 의아한 눈빛을 보냈다. 그리고 스스로 이름을 밝힐 것도 없이 바이처가 경악한 목소리로 하츠미가 누구인지를 밝혀주었다.

"용사님?!"

"뭐? 용사라고?"

"그래. 내 이름은 쿠치바 하츠미. 연합에 소환된 용사래."

그렇게 말하자 남자는 표정을 일그러뜨리며 비웃듯 콧방귀를 뀌었다.

"흥! 분명 소환된 용사는 불려 온 뒤로 꼼짝도 하지 않는 겁쟁이 녀석 아니었나?"

"이 자식! 용사님에게 무슨 말버릇이냐!"

"쳇! 사실이잖아? 그런 게 아니면 어째서 이 위급한 순간에도 여기 있는 거지?"

"그, 그건 용사님께는 사정이······."

남자의 지적에 바이처의 기세가 순간 약해졌다.

"겁쟁이······ 말이지."

분명 이 남자가 말한 대로다. 설령 무리한 상황에 놓인다 해도 무언가를 해야 했지만 자신은 아무것도 하지 않았다.

안전한 장소에서 부담스러운 일들이 전부 끝날 때까지 앉아서 기다리려고 했다. 그 사람은 달랐는데. 당당히 맞섰는데.

분명 그 사람이 이런 자신의 모습을 본다면 나약하다고 할 것이다.

남자를 바라보자 짜증스런 투로 다그쳐왔다.

"뭐야? 불만이라도 있어?"

"응, 물론. 그러니까 내가 싸울 수 있는지 없는지 지금부터 확인해볼래?"

"하츠미?!"

"용사님?!"

"너 이 자식⋯⋯."

셀피와 바이처가 경악한 목소리로 외쳤다. 한편 남자는 분노로 이를 드러냈다. 전장에서 곧장 달려와 국왕에게 달려들더니 꽤 흥분한 모양이었다.

남자는 경비병을 힘껏 밀쳐냈다. 애초에 버거운 상대였는지 경비병들은 간단히 튕겨나갔다. 남자를 향해 유유히 걸어 나가── 바이처가 허리에 차고 있던 검을 뽑았다.

천천히 검을 눈앞에 들었다. 칼끝을 상대의 눈을 향해 겨누었다. 그것만으로도 검술이 머릿속에 되살아났다.

"무──?! 내 검이⋯⋯."

뒤늦게 바이처의 목소리가 들려왔다. 칼끝이 마력등 빛에 비친 것을 보고 나서야 검을 빼앗긴 사실을 깨달았을까. 느린 걸음으로 조용히 그러나 신속한 동작으로 검을 뽑는 것에 속아 유능한 바이처도 알아채지 못한 것이리라.

바이처가 말릴 새도 없었다. 남자도 순식간에 벌어진 일에 당황하는 것이 고작이었다. 그런 남자에게 자세를 취할 틈도 주지 않고 한 걸음에 품을 파고들었다.

순식간에 좁혀진 간격에 남자가 눈을 번쩍 떴다.

그러나 가로로 휘둘러진 칼날은 남자가 아닌 공중을 갈랐다. 남자의 품을 파고든 뒤 오른쪽 옆으로 스쳐 한 발을 더 내디뎠기 때문이다.

"이거면 되겠어?"

그렇게 묻자 남자는 일련의 동작을 파악하지 못한 사실에 분노로 이를 갈았다.

"이 공격으로 나는 죽었다 이건가? 과연 용사지만——."

충고라도 하려는 걸까. 남자가 말하는 그때 쿵, 묵직한 소음이 그의 뒤에서 울려 퍼졌다.

뒤편. 알현실 입구 근처에 있던, 깃발을 장식하기 위해 세워진 돌기둥이 두 개로 갈라져 무너졌다.

머릿속에서 기술의 이름이 되살아났다.

"——구리가라타라니 환영검, 절인의 태도."

뒤늦게 소음의 진원지를 확인한 자들은 경악으로 입을 다물지 못했다. 멀리 떨어진 곳에 있는 돌기둥을 직접 베지 않고 두 동강 냈으니 놀라는 것도 당연하다.

"기, 기둥이!"

"설마 지금 한 번의 공격으로……?!"

주위의 술렁임과 동시에 마른침을 삼키는 소리가 들려왔다. 그런 **어긋난** 경악을 보이는 그들에게 대뜸 물었다.

"저게 **내가 쓰러뜨려야 하는 괴물인 거지?**"

순간 털썩, 무너져 내리는 소리가 알현실에 울려 퍼졌다.

다시 그 방향—— 돌기둥으로 시선이 쏠렸다. 그러나 그곳에는 절단된 이형(異形)의 형체가 있었다.

마치 전설 속에 등장하는 데몬이나 괴물을 본뜬 것처럼 추악한 형상을 한 생물이었다. 날개가 달리고 피부는 붉으며 내뿜는 피도 붉은색이다. 그 생물은 눈을 부라린 채로 죽어 있었다.

"마족이라고?!"

"설마 여기까지 침입했다니……."

바이처의 경악에 찬 목소리와 자신의 실책에 괴로워하는 남자의 목소리가 들려왔다.

이윽고 바이처가 물었다.

"알고 계셨던 겁니까?"

"검을 뽑았을 때 알았어. 바이처도 검을 잡으면 감각이 예민해지잖아?"

"그건 그렇지만……."

비유로서는 조금 극단적이었을까. 망설이며 대답하는 바이처를 두고 남자에게 물었다.

"아직도 내 실력이 못 미더워?"

"……아니. 과연 용사**님**이다. 내가 졌어. 조금 전에 한 말

205

은 전면 철회하지.”

남자는 탄식을 흘린 뒤 지금까지 온몸으로 드러내던 적의를 해제했다. 한편 하츠미는 아직 방심하는 듯한 바이처에게 검의 자루 부분이 향하도록 건넸다.

그리고 미안한 표정으로.

“멋대로 써서 미안.”

“아닙니다, 용사님! 훌륭한 기술, 아니, 신기(神技)에 감복했습니다!”

“신기라니, 너무 지나치잖아.”

“그렇지 않습니다! 마법도 쓰지 않고 평범한 공격 한 번으로 저 거대한 기둥을 베는 건 도저히 불가능한 일입니다.”

드물게 흥분한 바이처에게 저도 모르게 입을 열었다.

“무슨 소리야? 간격 안에 있는 것만 베는 검객 따위…….”

“……?”

“응? 아……!”

정신을 차리자 어느새 입이 움직이는 대로 맡기고 있었다. 그 이상 말하면 상당히 곤란해질 것 같은 기분이 들었다.

말을 하다 만 자신을 바이처가 의아한 눈빛으로 바라보았다.

“왜 그러십니까?”

“아, 으응. 아무것도 아니야. 그것보다.”

거기서 말을 멈추고 잠시 침묵했다.

괜찮을까. 이 싸움에 스스로 발을 들여도 괜찮은 걸까. 후회는 없을까. 그런 질문들을 떠올리며 스스로에게 물었다.

그리고 꿈속에서 그가 했던 말을 다시 한 번 떠올린 뒤 말했다.

"──그래서 구해야 하는 사람들은 지금 어디에 있어?"

그렇다, 그런 말이 그날 경악으로 얼어붙은 알현실에 메아리쳤다.

……그것이 과거를 잃어버린 자신── 쿠치바 하츠미가 이세계에서 첫 전투에 발을 들인 순간이었다.

꿈속에 나오는 그의 말을 떠올린 뒤 자신은 나아가기 시작했다. 다시 그를 만나게 되었을 때 부끄럽지 않도록.

나아가야 해. 그가 말한 것처럼.

문득 거기서 한 가지 사실을 깨달았다.

"……그래. 말투."

떠오른 것은 어제 방에 침입한 그 소년이다.

그렇다, 그의 말투에서 왠지 모를 그리움을 느낀 것은 그의 말과 말투가 꿈속의 그와 판박이였기 때문이다.

──현재, 스이메이 일행은 가벼운 식사를 제공하는 찻집에 모여 있었다.

일행이라고 해도 모두 모인 것은 아니다. 자리에 있는 것은 스이메이, 페르메니아, 레피르 셋뿐이다. 리리아나만 만나기로 약속한 시간에 늦어 이곳에 없다.

스이메이가 옆에 앉은 페르메니아에게 물었다.

"그래서 메니아 쪽은 어때?"

"……도움이 될 만한 이렇다 할 정보는 없었어요."

"그래. 2, 3일 만에 뭘 알아낸다는 건 당연히 어렵겠지……."

그러자 레피르도 미간을 찌푸리며 말했다.

"나도 궁전에 도둑이 침입했다는 이야기밖에 못 들었어. 용사에 관해서도 다들 똑같은 이야기만 했고."

스이메이가 미어젠 궁전에 침입한 다음 날부터 스이메이는 하츠미 그리고 미어젠에 관한 정보를 수집하기 위해 그녀들에게 도움을 요청했다.

하츠미의 상황을 확인하기 위해서 스이메이가 다시 궁전에 침입하는 것은 이미 확정된 일이었다. 하지만 그전에 알아볼 수 있는 것은 알아보고 싶었다. 무엇보다 염려되는 것은 하츠미의 상태였다.

그날 밤 하츠미는 대화 중간에 기억상실증에 걸렸다고 고백했다. 그래서 어떻게 그리 되었으며 정말 그것은 기억상실이 맞는지 미리 알아보기로 했다. 2, 3일에 걸쳐 탐문 수사에 시간을 할애했지만 결과는 신통치 않았다.

용사의 정보에 대해서는 함구령이라도 내려졌는지 다들 강하다, 미인이다 따위의 간단한 정보만 알고 있었기에 전혀 참고가 되지 않았다.

스이메이는 늘어져서 테이블에 턱을 댔다. 그리고 난감한 표정으로 한숨을 쉬었다.

"아무리 그래도 이렇게 소득이 없을 줄이야……."

"정말. 보통은 누구든 소문 정도는 알고 있을 텐데……."

이상하다. 이세계 주민에게 용사는 자신들의 세계를 구할 영웅이기에 분명 무척 궁금한 존재다. 그래서 보통은 용사의 정보를 알고 있는데 레피르 말대로 탐문 수사에서는 소문 하나 듣지 못했다.

침입 사건에 대해서도 마찬가지다. 정보 통제가 철저히 이루어지고 있는 모양으로 도시의 주민들은 사건에 대해 몰랐다. 궁전에 도적의 침입을 허용한 것도 모자라 놓쳤다는 추문을 확신시키고 싶지 않은 것이리라. 한편 거리를 순찰하는 병사의 수는 현격이 늘어난 듯했다.

스이메이 일행이 한창 대화를 나누고 있는데 찻집의 도어벨이 울렸다.

세 사람이 동시에 입구 쪽을 바라보았지만 입구에는 아무도 없었다. 그리고 기척을 더듬었을 때 비로소 그 정체가 판명되었다. 기척이 난 쪽으로 눈을 돌리자마자 의자가 끌리는 소리가 났다. 마지막 일행인 리리아나가 자리에 앉았다.

"왔구나."

"네. 다녀왔어요. 그리고 스이메이가 준 **메모장**은 무척 편리했어요."

표정에 드러난 감정은 약하지만 리리아나는 감탄한 듯했다. 분담하여 정보를 찾아 나서기 전에 전원에게 백지 노트를 나누어주었는데 아무래도 도움이 되었던 모양이다.

 "세 사람은 어땠어요?"

 리리아나의 물음에 각자 대답했다.

 "나는 별다른 소득은 없었어. 결국 오늘도 허탕이야."

 "나도 마찬가지."

 "이야기는 들을 수 있었지만…… 대부분이 신빙성이 없거나 황당하게 각색된 이야기뿐이었어요. 마지막 희망이었던 구세교회에서도 별다른 소득이 없어서 포기했어요."

 기대했던 대답은 없었다. 한편 리리아나는 성과가 있었던 모양이다.

 "저도 많이 듣지는 못했지만 몇 개는 건졌어요."

 "정말이야?"

 "네, 필요한 정보를 모았어요."

 스이메이가 되묻자 리리아나가 고개를 끄덕였다. 리리아나는 평온한 표정으로 대답한 뒤 돌연 표정을 굳히고 메모장을 꺼내 적어온 정보를 알렸다.

 "──역시 용사 하츠미 쿠치바에 관한 정보는 사람들에게 거의 알려지지 않은 것 같아요. 그건 이미 여러분도 느꼈겠지만……."

 "이상하단 말이지."

 "네. 스이메이 말대로 용사를 다룬 정보가 시정에 나돌지 않는 건 이상해요. 주민들이 모르는 건 백번 양보해서 그렇다 쳐도 교회가 용사에 관한 정보를 갖고 있지 않다는 건 말이 안 되니까요. 보통은 용사에게 교회 사람을 붙이거나 교회에 연고가 깊은 사람이 용사를 수행하게 되어 있어요. 그래서 활동 보고가 상세히 이루어지기 때문에 구세교회는 용사에 관한 정보를 많이 가지고 있어요. 레이지 씨는 그런 상황이라 다소 예외적인 부분이 있었지만 이번 경우는 미어젠 왕실이 하츠미 쿠치바에 관한 정보를 독점하고 있기 때문이라고 생각돼요."

"나라가?"

"아마도 교회의 참견이 없는 상태에서 하루라도 빨리 공을 세우고 싶은 거겠죠. 미어젠의 의도가 빤히 보여요."

그래서 평소라면 정보 수집에 능한 페르메니아가 빈손으로 돌아온 것일까.

한편 오늘의 리리아나는 평소와 다르게 언변이 좋다. 평소에는 더듬거리는 말투지만 어쩌면 업무 보고를 할 때는 이것이 보통인지도 모른다.

"그래서 하츠미 쿠치바에 관해서 말인데요, 마법은 쓰지 않는 것 같고 스이메이는 알고 있을 거라 생각하지만 검 실력이 상당한 모양이에요. 검기가…… 분명 구리가나다라니환……환환환?"

스스로 한 말이 못 미더운 리리아나는 눈썹을 모으고 인상을 썼다. "응? 응?" 하고 고개를 두세 번 갸웃했다.

"구리가라타라니 환상검 말이지."

"그거예요. 그리고 역시 스이메이가 말한 대로 하츠미 쿠치바는 기억상실에 걸린 것 같아요."

"증거를 잡은 거야?"

"함께 싸웠던 병사들이 그녀가 자주 동료들에게 자신의 기억에 관해 말하거나 불안해하는 걸 들은 모양이에요. 그러니 기억에 문제가 발생한 건 분명해요. 스이메이가 말한 대로 세뇌일 가능성도 생각해야겠지만 여신의 가호를 받은 용사를 마법을 써서 세뇌시킨다는 건 기술적으로 생각하기 어려워요."

"그래. 마법보다 상위의 힘을 부여받은 용사가 마법으로 조종당한다는 건 아무래도 무리가 있는 얘기야."

고개를 끄덕이는 리리아나에게 스이메이가 기습 질문을 던졌다.

"그런데 병사들은 잘 말해준 것 같네."

"병사들에게 마족 토벌에 관한 무용담을 들었어요. 기본적으로 말하기를 좋아하는 사람은 어디에나 있고 그런 사람은 한 번 이야기에 불이 붙으면 다른 것까지 털어놓으니까요."

"역시. 치켜세워서 스스로 말하게 한 거네."

"제 또래 아이들을 상대로는 경계심도 약하고요. 고약한 술 냄새는 참아야 했지만요."

리리아나는 새치름한 표정으로 말했다. 자신의 외모를 이용하는 것은 완전히 일류 스파이이다. 어쩐지 무서운 소녀다.

어쨌든 충분히 얻어냈다고 생각한 스이메이가 리리아나에게 고맙다고 말하려 한 순간.

"그럼 이제는 하츠미 쿠치바의 각 동료들에 관한 정보예요. 일단 랄심의 무술사인 가이어스 포반이에요. 그는 원래 이름이 알려져 있으니 능력에 대해서는 나중에 다룰게요. 얼마 전 랄심이 마족의 습격을 받았을 때 미어젠 궁전으로 달려와 국왕에게 직접 파병을 요청했어요. 그때 국왕에게서는 좋은 대답을 듣지 못했지만 하츠미 쿠치바가 돕겠다고 한 이후로 그녀의 좋은 동료가 되었다고 해요. 두 번째는 자치주의 마법사인 셀피 휘트니예요. 그녀에 대해서는 수수께끼가 많지만 하츠미 쿠치바를 소환하기 위해서 자치주에서 불려 온 마법사이고 바람과 얼음의 마법이 특기라서 자치주에서는 풍설이라는 별칭으로 불리고 있어요. 그리고 이건 개인적인 생각이지만 단편적인 정보들로 추측해볼 때 하프 엘프가 아닐까 해요. 엘프와 하프 엘프의 구분법은 대좌님 방식을 따른 것이지만 아마 맞을 거예요."

"…………."

용케도 그런 정보가 술술 나왔다. 아니, 이 경우라면 용케도 조사해왔다, 라고 하는 편이 옳을까. 어느 쪽이든 스이메이도 페르메니아도 레피르도 입을 딱 벌린 채 멍한 표정으로 그 말에 끼어들지 못했다.

"──세 번째, 그녀의 마지막 동료인 바이처 라퓨젠이에요.

213

미어젠의 제1왕자로 왕위 계승 순위 1위예요. 『자운(紫雲)』이라는 별칭을 가진 칠검 중 한 명으로 전년도 칠왕 검무 의식 때는 티타니아 루트 아스텔 전하와 치열한 접전을 펼치다 선전 끝에 패배한 검객으로 유명해요. 소문으로는 하츠미 쿠치바의 검술 실력에 반해 수행원처럼 그녀를 따라다닌다고 해요."

리리아나가 하츠미의 동료들의 정보까지 알아온 사실에 스이메이는 놀라움을 드러냈다.

"……그런 것까지 알아왔구나."

"필요할 것 같아서요."

태연하게 말하는 모습은 과연 전직 정보부 소속이다. 새삼 리리아나가 십이 우걸에 이름을 올렸던 까닭을 알게 되었는지도 모른다.

"이런 거였군요……."

"응."

대충 얻은 정보는 이 정도일까. 그렇게 생각한 페르메니아와 스이메이가 대화를 마무리하려 하자 리리아나가 조심스럽게 말했다.

"아뇨, 아직 남았는데요……."

"아, 그래요? 어떤 정보인데요?"

"네. 궁전 경비 상황에 관해서요."

"하……!"

"에?!"

215

페르메니아가 놀라 입을 딱 벌렸다. 스이메이도 경악으로 이상한 소리를 질렀다. 한편 레피르가 리리아나의 능력에 반쯤 질려 얼굴을 찡그렸다.

"……리, 리리, 그런 것도 알아냈어?"

"……? 이게 가장 필요하고 중요한 정보라고 생각하는데요?"

"…………그, 그렇지. 확실히 그래."

레피르가 동의했다. 그 지적은 너무나도 옳은 것이라 모두 아무 말도 하지 못했다. 그도 그럴 것이 그것은 애초에 알아내지 못할 거라고 선을 그어놓은 정보였기 때문이다. 그런데 설마 알아냈을 줄이야.

"역시 지난번 스이메이가 궁전에 침입한 이후로 경비는 강화된 모양이에요. 각처마다 아침에는 두 명 밤에는 세 명을 증원하고 수시로 교대가 이루어지고 있어요. 수상한 사람과 교대하는 것을 방지하기 위해서죠. 궁전 주위 순찰도 늘었고 야간에는 실력이 뛰어난 검객과 마법사를 다수 배치하고 있는 모양이에요. 물론 스이메이에게는 상대가 안 되겠지만요……."

"그건 별문제가 없을 것 같네."

"네. 그리고 하츠미 쿠치바의 경호 상황인데요, 그날 이후로 늘 경호가 따라다니는 모양이에요."

페르메니아와 레피르가 그렇겠지, 하고 수긍했다. 그날 밤의 실패로 예견된 것이지만 역시나일까──.

"살짝 귀찮게 됐네."

"그러게요."

스이메이가 앓는 소리를 하자 페르메니아가 동조했다. 경호가 있으면 방심할 수는 없다. 이쪽은 대화하러 가는 것뿐이지만 상대는 적으로 간주할 것이기에 만난다면 즉시 공격할 가능성도 있다. 스이메이도 그다지 난폭한 수단은 쓰고 싶지 않은 만큼 대화의 성공 난도는 상당히 높아졌다고 할 수 있다.

그러자 리리아나는 붉은색 왼쪽 눈을 가늘게 뜨면서 말했다.

"다만 이유는 알 수 없지만 그전부터 하츠미 쿠치바는 늦은 밤 혼자 있을 때가 있다고 해요."

"그거 진짜야?"

"제가 알아낸 정보에 한해서는 그래요. 만약 지금도 그렇다면 두 사람만 만나는 것도 가능할 거예요."

"그래……."

분명 그렇다면 만남부터 대화까지 안전히 끌고 갈 수 있다. 물론 하츠미가 저항할지도 모르지만 폭력 행위로 번질 가능성은 크게 줄어든다.

하지만——.

"…………."

"……왜 그러세요?"

뚫어져라 응시하는 세 사람을 이상하게 바라보며 리리아

217

나가 물었다. 그러나 묻고 싶은 쪽은 이쪽이다. 어떻게 하면 그런 정보까지 알아낼 수 있는 걸까.

"아니―. 과연 전문가는 다르구나 싶어서."

스이메이가 찬사를 보내자 페르메니아도 동의하듯 말했다.

"앞으로 이런 일은 리리에게 맡길까봐요."

"그게 좋겠다. 리리아나, 뭐 마실래?"

"네. 간만에 잔뜩 말했더니 목이 타네요……."

확실히 오늘의 리리아나는 어느 때보다 말을 많이 했다. 정보 수집을 하느라 지치기도 했을 것이다.

스이메이가 점원에게 꿀차를 주문하자 리리아나가 망설이며 물어왔다.

"저기 스이메이, 도움이 됐어요?"

"응, 넘칠 만큼 도움이 됐어. 고마워."

"다행이에요."

기뻐하는 리리아나 앞에 꿀차가 도착했다.

스이메이 일행은 잠시 가게에서 쉰 뒤 계산을 하고 밖으로 나왔다.

하늘은 꼭두서니 빛으로 붉게 물들어 있었고 서쪽 해가 강렬한 빛을 내뿜고 있었다.

해가 지기 전에 숙사에 돌아가기 위해 담소를 나누며 걸어가다가 문득 낯익은 두 얼굴을 발견했다.

전방에서 나란히 걸어온 사람은 수도복 차림에 머리카락

이 복숭아색인 고양잇과의 수인 여성과 리리아나나 작아진 레피르 정도의 키에 남색 머리카락, 뺨에서 목덜미에 걸쳐 문신 같은 선을 가진 소녀였다.

"어?"

"어머나?"

스이메이와 수인 수녀의 시선이 마주쳤다. 그와 동시에 뜻밖의 조우라는 듯한 반응이 터져 나왔다.

그렇다, 그 여성들은 제국에서 만난 구세교회의 수녀 크라리사와 드워프 여성 질베르트 그리거다.

아는 얼굴을 발견하고 스이메이가 반사적으로 말을 걸었다.

"크라리사 씨 아니세요?"

"어머, 스이메이 씨. 이런 곳에서 만나다니 우연이네요."

"오랜만입니다."

스이메이는 크라리사에게 가볍게 목례했다. 그녀에게 예의를 갖춰 인사한 뒤 그 옆을 보았다.

"합법……이 아니라 질베르트도 있네."

"여봐 이 음침한 소아 성애자 자식아. 방금 뭐라 그러려던 거야? 그리고 왜 반말 짓거리지? 어?"

스이메이의 말투가 마음에 들지 않은 질베르트가 노려보면서 쏘아붙였다. 그런 질베르트가 거북하다는 듯 스이메이는 손을 팔랑팔랑 흔들었다.

"네네, 거 참 시끄럽네."

"너 크라라하고 나를 대하는 태도가 완전 다르잖아?"

"먼저 변태로 몰아붙인 게 누군데. 그래서? 네가 여긴 어쩐 일이야?"

"네가 무슨 상관이야. 너야말로 뭐하는데?"

"아앙?"

"오오?"

스이메이와 질베르트가 세모눈을 뜨고 서로를 노려보았다. 그들이 으르렁거리는 것을 무시하고 페르메니아가 크라리사에게 인사했다.

"수녀님, 오랜만에 뵈어요. 지난번에는 감사했습니다."

제국의 땅거미 정에서 도움받은 일에 대해 고마움을 전하자 크라리사가 우아하게 인사했다.

"아니에요. 은발 아가씨도 오랜만이에요."

"페르메니아 스팅레이라고 해요. 크라리사 수녀님. 기억해주세요."

여전히 기 싸움 중인 두 사람과는 대조적으로 이쪽의 분위기는 평화 그 자체였다.

그러던 중 무슨 이유에서인지 갑자기 질베르트가 눈을 휘둥그렇게 떴다. 그 시선은 스이메이의 뒤쪽을 향해 있는 듯한데──.

"레피……르?"

"……으응. 오랜만이네, 질."

레피르가 어정쩡하게 웃으며 질베르트에게 인사를 건넸

다. 그러고 보니 제국에서의 사건이 끝나기 얼마 전부터 그녀들과는 만나지 않았다.

크라리사도 눈치챘는지 이상한 것이라도 본 것처럼 고개를 갸웃했다.

"어머? 어머머?"

"오랜만이네요, 수녀님."

레피르가 크라리사에게 인사하자 질베르트가 혼돈의 끝이라는 듯 흥분해서 소리쳤다.

"너, 너 역시 레피르구나?! 어떻게 된 거야?! 왜 이렇게 커진 거야?"

"아, 그게 그러니까."

"레피르. 못 본 동안 많이 자랐군요."

"아니오. 수녀님 그게 아니라……."

크라리사가 얼빠진 사람처럼 양손을 맞대며 성장을 축하했다. 크라리사의 반응에 레피르가 난처해하자 틈을 두지 않고 질베르트가 지적했다.

"이 멍청한 고양아! 성장 차원의 문제가 아니잖아! 아무리 그래도 너무 커졌다고! 그보다 레피르 이건 도대체……."

"이건 사정이 있어서……라기보다 질 너한테는 몇 번 이야기한 것 같은데?"

"어? 으─……아아! 그러고 보니 분명 원래 모습이 어쩌고 했었어. 어린애가 헛소리하는 건 줄 알고 흘려들었는데……."

레피르에게 들었던 이야기를 떠올리며 질베르트가 아무

렇지도 않게 내뱉었다. 흘려들었다고 말하는 그녀의 태연한 태도에 레피르는 어깨를 축 늘어뜨렸다.

"너무하네……."

"신경 쓰지 마! 원래 모습으로 돌아와서 잘됐다…… 뭐 나는— 레피르가 커져서 신경이 쓰이지만……."

질베르트는 쾌활함을 지우고 눈에 띄게 침울해했다.

"어째서?"

"하아…… 그야 나의 귀여운 레피르가 나보다 커졌잖아?…… 말로 표현할 수 없는 포옹의 기쁨을 누릴 수 없다니……."

"나보고 변태라더니 그러는 자기는……."

스이메이가 질린 투로 투덜댔다. 만날 때마다 유아 성애자로 몰아붙이더니 자신의 부정한 마음은 덮어놓고 있었을 줄이야.

그러자 질베르트는 험악한 표정으로 쏘아붙였다.

"시끄러 변태! 나는 괜찮아! 나는 너처럼 마음이 더럽혀지지 않았으니까. 쯧…… 그보다 레피르! 지금 당장 예전처럼 작아져! 작아져서 나에게 꼭 안겨!"

"질! 억지 부리지 마!"

"억지가 아니야! 어서, 빨리!"

"지, 질……."

질베르트가 종종걸음으로 엉겨 붙으면서 생떼를 쓰자 레피르는 거의 울먹거렸다. 딱하다.

한편 딱히 숨을 생각 없이 스이메이의 뒤에 서 있던 리리아나가 강 건너 불구경 하듯 그 모습을 바라보았다.

"레피르, 불쌍하네요……."

그러자 리리아나의 존재를 알아챈 듯 크라리사가 고개를 갸웃하며 들여다보았다.

"어머? 그쪽 분은……."

"아, 그러니까 이쪽은……."

순간 적당한 말이 떠오르지 않아 스이메이는 말을 더듬었다. 크라리사도 제국 사람이기에 뭐라고 말해야 하나 망설인 것인데 뜻밖에도 크라리사는 리리아나를 아는 모양이다.

"제국군 로그 대좌님의 따님이죠?"

자신을 알아본 사실에 리리아나가 놀란 표정을 지었다.

"저를 아세요?"

"늘 아버님께서 기도하러 오셔서 알고 있답니다."

"대좌님이……."

기도에 대해서는 리리아나도 몰랐던 모양이다. 그러고 보니 처음 제국에 있는 교회에 갔을 때 레피르와 함께 로그를 본 기억이 있었다. 크라리사가 아는 것은 그것과 관계가 있을 거라고 스이메이는 생각했다. 그런데──.

질베르트도 리리아나와 사건에 대해서 아는 모양인 듯 할 말을 망설이면서도 리리아나에게 배려의 말을 건넸다.

"음─ 뭐냐, 그 사건은 유감이야."

"아뇨……."

"나도 제국에 살아. 혹시 무슨 일이 있으면 도울 테니까 언제든지 말해."

"……고맙습니다."

질베르트도 사정을 헤아려준 걸까. 어깨를 다독이는 질베르트에게 리리아나는 감사의 뜻으로 머리를 숙였다. 어딘가 어색한 대화가 오간 뒤 질베르트가 스이메이를 올려다보면서 물었다.

"그래서? 너희들은 왜 연합에 있는데?"

"관광이야. 사건도 잠잠해졌고 기분 전환 겸 다 같이 떠나보자 싶어서."

"헤에? 네가 생각해낸 것치고는 꽤 기특하잖아."

"너는 하나하나……."

질베르트가 입꼬리를 말아 올리며 비웃자 짜증이 난 스이메이는 관자놀이를 실룩거렸다.

그냥 넘어가는 법이 없는 짜증나는 여자라고 생각하는데 레피르가 말했다.

"수녀님과 질 씨는 연합엔 어쩐 일이시죠?"

"우리는 업무 겸 관광이랍니다."

"크라라하고 나는 예전부터 사이가 좋거든. 나는 무기상 거리에 아는 드워프가 있어서 인사를 하느라고."

"저는 연합의 구세교회에 시찰이 있어서 일정을 맞춰서 미어젠에 함께 방문했답니다."

"그랬군요……."

두 사람의 설명에 레피르는 호오, 하고 감탄했다.

한동안 길가에서 잡담을 나눈 뒤 두 사람은 스이메이 일행이 왔던 방향으로 걸어갔다.

해 질 녘을 배경으로 멀어지는 그녀들을 배웅한 스이메이는 뜻밖이라는 표정으로 말했다.

"참 별난 우연도 다 있네……."

"그러게요. 미어젠에서 수녀님 일행을 다 만나고. 인연이네요."

스이메이가 중얼거리자 페르메니아가 끄덕이며 수긍했다.

그때 레피르가 어두워지기 시작한 동쪽 하늘을 올려다보았다.

"우리도 슬슬 돌아가자. 벌써 저녁이야."

"네."

리리아나가 대답했다. 스이메이 일행은 더 늦기 전에 숙사로 향하는 발걸음을 재촉했다.

★

크라리사와 질베르트는 스이메이 일행과 헤어진 뒤 무기상 거리 안쪽에 위치한, 고철을 일시적으로 보관해두는 공터에 와 있었다.

스이메이 일행과 헤어질 무렵 이미 해가 지기 시작하고

있었기에 지금은 땅거미가 내려앉아 어두워졌다. 건물은 아직 점등의 경계에 있었고 마력등이 드문드문 켜져 있는 정도다.

희미한 향수를 불러일으키며 완전한 어둠을 허락하지 않은 남빛 하늘과 어슴푸레함 속에 질베르트가 쇠 냄새 밴 빈 상자 위에 폴짝 올라타 앉았다.

"웃차!"

안락한 장소를 발견한 질베르트가 기분 좋게 빙긋 웃었다. 시꺼먼 매연을 뿜어내는 공장의 굴뚝을 바라보다 크라리사에게 눈을 돌리자 어째선지 우울한 표정을 짓고 있었다.

"……여기는 그다지 마음이 놓이지 않네요."

"그래? 나는 좋은데? 쇠를 때리는 소리나 풀무질하는 소리도 들리고."

"당신에게는 익숙해서 편한 장소겠지만 나에게는 그렇지 않아요."

크라리사는 그렇게 말하며 귀를 막고 꼬리를 둥글게 말았다. 금속성 소음이 쉴 새 없이 울려 퍼지는 대장간은 귀가 밝은 수인에게는 지나치게 시끄러울 것이다.

그 모습이 낯설어 큭큭 웃던 질베르트는 문득 그녀를 향해 안도의 표정을 지었다.

"다행이야. 고영의 딸 말이야."

"……네, 그러게요."

"아까는 갑자기 깨달은 척하고 말이야. 처음부터 알고 있었으면서 일부러 시치미 뗀 거지?"

"당연하죠. 수인의 눈썰미를 얕보지 마세요. 그래도 건강해 보여서 살짝 안심했어요."

질베르트가 리리아나의 무사를 기뻐하자 크라리사는 잠깐 놀란 표정을 보인 뒤 안도의 미소를 지었다. 그러자 질베르트는 기쁨의 미소를 싱긋, 짓궂은 미소로 바꾸었다.

"뭐야. 죄악감이라도 느꼈던 거야?"

"그러는 질이야말로 조금 전에 어둠── 리리아나 잔다이크에게 말을 걸었을 때 속죄라도 하는 듯한 말투였잖아요?"

"흠. 우리의 부주의로 피해를 입었는데 결국 우리는 아무것도 안 했어. 그러니 그 정도야······."

질베르트는 주눅이 들어 눈을 감았다. 로미온 건으로 리리아나에게 그런 일을 당하게 할 생각은 없었기에 그녀에게는 가책을 느꼈다. 죄의식을 갖기에는 뒤늦은 감이 있고 이기적인 생각이지만 할 수 있는 것이 그 정도뿐이다.

그 부분은 크라리사도 수긍했다.

"분명 그래요. 하지만 우리의 걱정은 아마 기우겠죠."

"어이, 그거 혹시 그 자식이랑 같이 있었기 때문이야?"

크라리사가 "네" 하고 시원하게 대답하자 질베르트는 생각났다는 듯 그녀를 흘겨보았다.

"근데 어째서 고영의 딸이 그 자식이랑 같이 있지? 네가 뒤로 손을 쓴 거야?"

"아뇨, 저는 아무것도 안 했어요."

"그럼 어째서지?"

"고영님의 말씀으로는 로미온을 쓰러뜨린 사람이 스이메이 씨라고 해요."

"뭐? 그 녀석이? 농담이지? 그런 평범해 보이는 자식이 말이야?"

"네."

크라리사가 대번에 대답하자 질베르트는 쉽게 믿기지 않는다는 듯 잔뜩 인상을 썼다.

그러자 어디선가 목소리가 들려왔다.

"──호오? 그 소동의 종지부를 찍은 사람을 만난 거야?"

젊은 남성의 목소리다. 소리가 들린 방향으로 눈을 돌리자 공터 입구에 드래고뉴트(용인, 龍人)인 인르가 서 있었다.

밝은 녹색 장발을 미풍에 휘날리며 귀밑에 난 은색 뿔 두 개가 뒤로 뻗어 있었다. 기모노를 떠오르게 하는 흰색 기조의 옷을 입었고 넓은 소매 안에 팔을 찔러 넣고 있다.

"저 자식은 늘 불쑥 나타나는군. 그것보다 늦었다고!"

질베르트가 비난 섞인 시선을 보내자 인르는 전혀 주눅드는 기색 없이 늘 그랬듯 쾌활하게 웃음을 터뜨렸다.

"아아, 미안미안. 볼일이 있어서 말이지. ──근데 방금 무슨 이야기야?"

"그 녀석 일이야?"

"방금 크라리사가 말한 대로 분명 고영은 예의 그 남자를 스이메이…… 뭐시기라고 하던데?"

"드래고뉴트. 지금 한 말, 진짜야?"

질베르트가 눈을 가늘게 뜨고 날카로운 시선을 보내자 인르는 고개를 끄덕였다.

"고영의 말대로라면. 그 남자는 로미온이 사용한 기술을 전부 간파하고 하늘에서 별을 쏟아지게 해서 놈을 둘러싼 어둠을 통째로 날려버렸대. 고영은 그 이상 자세한 이야기는 하지 않았어."

만나지 못한 것이 유감이라는 말을 인르는 마지막에 덧붙였다. 어느 정도 생략되고 간추려진 설명을 듣고 질베르트는 감탄한 표정을 지었다.

"하아―…… 그 자식이 폭주했다는 그놈(로미온)을 쓰러뜨렸다 이거지. 보기에는 영 어설퍼 보이는데."

"그렇지 않아요, 질. 스이메이 씨는 제국의 땅거미 정에서 엘 메이데의 용사와 대치했을 때도 그를 압도했으니까요."

"엘 메이데의 용사를? 그 용사, 분명 꽤 강한 거 아니었어? 온 지 얼마 안 돼서 마족들을 날려버리고 활약하고 있다고 했잖아?"

소환되자마자 입지를 굳힌 엘리어트의 무용담을 떠올리고 질베르트는 귀를 의심하듯 회의적인 시선으로 크라리사를 바라보았다.

"어머, 질은 내 눈을 의심하는 거예요?"

"용사는 영걸 소환의 가호를 받은 자잖아? 그걸 뛰어넘는 힘을 가진 인간이 그리 쉽게 있을 리 없어."

"어머, 그럼 우리들은 대체 뭘까요."

"우리는 예외야."

"그렇다면 또 다른 예외가 있어도 이상하지 않잖아요?"

"…………."

질베르트가 궤변에 얼굴을 찌푸리며 그럼에도 당장은 믿을 수 없다는 반응을 보이자 크라리사는 고개를 가로저었다.

"스이메이 씨가 품은 마력은 엘 메이데의 용사가 가진 마력보다 훨씬 강력했어요. 그가 엘 메이데의 용사보다 강한 건 틀림없어요."

크라리사는 자신이 잘못 본 것이 아니라고 못 박았다. 그 말은 어딘가 스이메이를 칭찬하는 것처럼 느껴지기도 했다.

거기서 질베르트는 문득 깨달은 것이 있었다.

"저기 크라라. 혹시 네가 동료로 영입하려고 했다던 녀석이……."

"네."

크라리사가 말 그대로라는 반응을 보이자 질베르트는 한쪽 손으로 머리를 감쌌다.

"어이…… 그 자식인 거냐……."

"어둠의 힘을 받아들인 로미온을 쓰러뜨렸다면 실력은 문제없다고 생각하는데요?"

"그건…… 분명 나무랄 데 없지만……."

"난 강한 녀석이면 상관없어."

인르는 단순 명쾌했다. 한편 질베르트는 납득할 수 없는지 여전히 인상을 쓴 채 석연치 않은 표정을 짓고 있었다.

크라리사는 그런 질베르트의 표정을 보고 말했다.

"질, 그렇게 스이메이 씨가 싫어요?"

"그렇게까지는 아니지만 그 녀석은 레피르하고도 친하고 지금은 고영의 딸까지 데리고 있잖아? 무슨 일이 생기면 그 녀석들이 불쌍하다고."

"어머, 다정하셔라."

"따, 딱히 그런 거 아니야!"

크라리사가 미소 지으며 지적하자 질베르트는 당황하며 앉아 있던 의자를 덜컹덜컹 울렸다. 그리고 얼굴이 빨개져서 시선을 돌렸다. 그러나 곧이어 태도를 바꾸고 수상쩍다는 듯 추궁했다.

"그래도 크라라. 넌 왜 그렇게 그 녀석을 미는 건데? 우리가 해야 하는 일은 강하기만 해서는……."

"물론 처음으로 그분을 눈여겨본 건 엘 메이데 용사와의 사건 때였지만 이렇게 말하는 건 그 이유 때문만은 아니에요. 질도 알다시피 로미온 사건이죠. 내가 알게 된 건 사건이 해결된 뒤였지만요."

그렇게 전제한 뒤 크라라사는 말을 이었다.

"처음으로 스이메이 씨가 사건에 관여한 건 여신의 불가해한 뜻으로 인해 작아진 레피르 씨를 지키기 위해서였어요. 그래서 스이메이 씨로서는 사건의 범인인 리리아나 잔다이크를 체포하면 그것만으로 모든 일이 끝나는 거였지만 스이메이 씨는 눈앞의 이익에 흔들리지 않고 자신의 정의를 지켰어요. 자신이 해야 할 일을 정확히 알고 고난의 길도 마다하지 않고 피해자였던 그녀를 구했어요. 솔직히 그런 사람이 이 세상에 있다는 건 놀라운 일이에요."

"뭐 분명 그건 훌륭하다고 생각해……."

"그 말은 진심인가요?"

크라리사가 다소 쌀쌀맞은 투로 묻자 질베르트는 말이 막혔다. 방금 크라리사가 언외로 던진 것은 너는 아무것도 보지 못했느냐는 물음이었기 때문이다.

"질. 당신은 못 느꼈나요? 조금 전 스이메이 씨 일행이 맞은편에서 걸어올 때 느껴지던 따뜻함 말이에요. 레피르 씨도 스팅레이 씨도 리리아나 잔다이크도 모두 웃고 있었어요. 저는 그 모습이 정말 눈부시다고 생각했어요."

"그건……."

그 인상은 처음 그 남자에게 가졌던 인상과는 상반되었다. 그러나 상반되는 만큼 공감 가는 부분이 분명히 있었다.

조금 전 스이메이 일행은 담소를 나누면서 걷고 있었다. 시시한 대화를 주고받는 그 모습은 마치 평화로운 일상에서 오려낸 한 장면 같았다.

특별할 것 없는 흔한 풍경이다. 그러나 과연 그 모습은 제국에서의 고난 끝에 분명히 존재하는 것이라고 장담할 수 있을까. 그렇게 묻는다면 쉽게 끄덕여지지는 않는다.

그 즐거워 보이는 무리 속에는 어둠에 시달리던 소녀가 있었다. 소문에 그 소녀는 그대로 어둠에 침식당해도 이상할 것이 없는 삶을 살아왔다고 한다. 그런데 어째서 그렇게 웃을 수 있게 되었을까.

그때 자신들이 본 미소는 오직 평안을 얻은 자만이 지을 법한 미소였다. 몸 안에 어둠이 있다면 결코 지을 수 없는 가슴이 후련해지는 미소였다.

분명 그 미소는 몇 갈래로 묶인 운명의 끈, 그것들이 만들어낼 어둠 속에 파묻힌 단 한줄기의 가느다란 빛 안에 존재했을 것이다.

그 이외의 모든 것에는 더도 덜도 없는 절망이 기다리고 있었을 터다.

그러나 그 남자는 그 빛에 도달했다. 여신을 상대로 기적과도 다름없는 결과를 얻어낸 것이다.

그 과정을 더듬어 밝혀낼 능력 따위는 지금의 자신들에게는 없다.

그러나 그것을 해내보인 그 남자는 분명 그때 등 뒤로 보이던 저녁놀, 그보다 더한 빛과 눈부심, 고귀함을 품고 있었다고 생각한다.

"……하지만 난 역시 별로야."

"그걸 알면서도 말이에요?"

"그래서야, 크라라. 나도 그 녀석이 드러내놓고 나서는 인간이 아니라는 건 알아. 우리처럼 음지에 존재한다는 것도.

하지만 그 녀석에게는 우리와 결정적으로 다른 게 있어. 그 녀석은 지나치게 눈부셔. 우리가 세상의 어둠이라면 그 녀석은 어둠 속에 존재하는 빛이야. 어둠 속에서 더욱 빛나는 가장 눈부신 빛. 너도 나도 그렇게 느낀 인간이 어떻게 우리와 같다고 말할 수 있어? 그 녀석은 우리와 결코 섞일 수 없는 곳에 있어."

"그건…… 분명 그럴지도 모르겠네요."

그렇게 긍정한 것은 그녀에게도 똑같은 예감이 있었기 때문이다.

그런 두 사람의 대화에 찬물을 끼얹듯 인르가 끼어들었다.

"두 사람 다 그렇게 고민하고 생각할 필요는 없을 것 같은데. 강한 자들의 톱니바퀴는 맞물리게 돼 있어. 너희들이 그 남자를 알고 있고 그 남자가 로미온을 쓰러뜨린 거면 이미 휘말린 건지도 몰라."

"그런 말을 하는 게 아니야, 드래고뉴트. 넌 진짜 분위기 파악을 못 하는군."

"나는 가능성을 말했을 뿐이다."

"그게 틀려먹었단 거야."

"그럼 난 말 안 한다?"

"그렇게 극단적으로 말하지 마."

한 명은 진지한 표정으로 한 명은 어이없는 표정으로 말다툼을 하고 있자 크라리사가 본론이라는 듯 말을 꺼냈다.

"그런데 인르. 예의 그 건은 어떻게 됐죠?"

"응? 아아, 그러고 보니 그냥 두고 있었군."

"뭐?"

"지금 내 뒤에 있어. **토리아에서 소환된 용사다.** 적상(赤傷)이 데려온 걸 오늘 아침 고영에게 넘겨받았어."

간략한 설명을 마친 뒤 인르는 살짝 옆으로 비켜섰다. 그러자 그의 뒤에서 갈색 로브를 살짝 걸친 소녀가 나타났다. 쭉 그곳에 세워둔 것일까. 인르가 토리아에서 소환된 용사라고 말한 대로 그 모습은 이미 들어 알고 있던 특징과 일치했다.

그 모습을 본 질베르트가 못마땅한 투로 말했다.

"적상 그놈. 뒤에서 이런 일을 하고 있었단 말이지. 크라라, 너는 못 들었어?"

"제가 들은 건 제국을 떠나기 직전이었거든요."

미리 전달받지 못한 사실에 대해서도 크라리사는 불만이 없는 듯하다. 차분한 크라리사를 흘겨보며 질베르트는 나무 상자에서 내려와 네 번째 용사의 얼굴을 들여다보았다. 그리고.

"본인의 의사를 불문하고 모든 용사를 끌어들인다……. 그래서 이 녀석은 어느 쪽이야?"

승낙한 건지 아닌지, 질베르트가 묻자 인르가 대답했다.

"이 여자는 거부해서 의식은 빼앗았대."

"역시. 너도 고생이군."

질베르트는 토리아의 용사를 향해 동정 어린 한숨을 흘렸다. 그러나 용사는 행동마저 지배당하게 되었는지 전혀 대꾸하지 않았다.

그런 그녀와 상대하는 것은 무의미하다고 판단한 질베르트는 노골적으로 불만을 토로했다.

"그래도 이런 일을 할 거면 미리 가르쳐달라고. 모처럼 제국에는 용사가 둘이나 있었다고? 그쪽에 먼저 손을 쓰는 게 빨랐을 텐데…… 물론 용사 두 명 이외에 다른 전력까지 적으로 돌리게 될 가능성은 있었지만……."

"하지만 결과적으로는 잘된 일 아니야? 놈(로미온)을 쓰러뜨린 남자는 아스텔의 용사와도 친분이 있는 모양이던데. 만약 이세계에서 소환된 용사와 그 남자가 의리로 맺어진 사이라면 그 남자까지 상대해야 했겠지. ──나는 원하는 바지만."

"네네, 그렇죠─."

질베르트가 딴 곳을 바라보며 인르의 말에 건성으로 동의했다. 그러나 분명 인르의 말에도 일리가 있었다. 물론 셋 다 상대하고 싶다는 말이 아니다. 크라리사도 질베르트도 **만약 스이메이가 레이지에게 협력할 만큼 친해졌다면** 제국에서 작전을 수행하는 것은 어려웠을 거라고 생각한다. 물론 이번 일은 용사 두 명과 그 주위의 전력을 상대하는 것을 피하기 위한 것이겠지만.

"너희는 말하지 않아도 움직일 것 같으니까."

"빈정대는 거야?"

"유능하다는 소리야. 사소한 일로 간주하면 너희가 바로 해결했을 거잖아?"

"분명 미리 들었더라면 움직였을 가능성은 부인할 수 없어요."

크라리사도 인르의 말에 동의했다. 그녀들에게 용사의 신병을 확보하는 일은 말하자면 큰일을 위한 작은 일인 셈이다. 가능하면 지장이 없도록 처리해두어야 한다.

그때 인르가 생각났다는 듯이 입을 열었다.

"그리고 또 한 가지 고영의 보고인데 아스텔의 용사가 자치주로 떠났대."

그 말에 질베르트는 괴상한 소리를 내질렀다.

"뭐어?! 그 용사는 제국에서 움직일 수 없는 거 아니었어?"

"그랬을 텐데 움직였대. 아무래도 예상 밖의 일이 발생한 것 같다."

"괜찮은 건가."

질베르트는 인상을 찌푸렸지만 크라리사는 꼭 그렇지만은 않다는 듯 말했다.

"아마 문제없을 거예요. 그 정도라면 변동 폭의 범위 안이라고 생각해요."

"아니면 질베르트 너는 그분이 하시는 일을 못 믿는 거야?"

인르가 비꼬듯 말하자 질베르트는 난처한 표정을 보였다.

"그런 건 아니지만……."

"그분은 남한데 설명하는 게 귀찮은 거야. 공연히 우리와는 머리 자체가 다른 만큼── 아니 애초에 다른 차원에 있기 때문이라고 해야 되나."

"알아. 새삼스럽게 말 안 해도 돼."

"그럼 됐고. ──그럼 크라리사, 이 여자를 부탁해."

"인르─, 당신은 어디로 가죠?"

"다음은 연합의 용사니까. 지금부터 준비해야 해."

인르는 그렇게 말한 뒤, 뒤에 있는 토리아의 용사를 두고 무기상 거리에 위치한 공터를 벗어났다.

인간이 사는 땅에서 산을 넘고 하늘 높이 치솟은 북쪽의 절벽보다 더 북쪽에 위치한 험준한 극한의 땅에, 도무지 인간의 손으로는 지을 수 없을 것 같은 성이 있다.

터무니없이 거대한 위용, 인간의 감성과는 도무지 양립할 수 없을 듯한 세부. 주위를 에워싸듯 농밀한 기운이 꿈틀대는 건축물이다.

그곳이 현재의 마왕, 나크샤트라가 본거지로 삼은 성이다.

마왕성의 어느 방, 그곳에 놓인 네모난 탁자에 각각 이질적인 부분을 지닌 인형(人型)의 생물이 모여 있다.

방의 가장 안쪽 자리. 탁자에 앉은 모든 이가 보이는 곳에는 화려한 옷차림에 흑발과 갈색 피부를 가진 소녀가 있다. 그 옆에 대기하듯 선 이는 금발의 앞머리를 얼굴에 드리운 남자다. 그곳부터 순서대로 긴 백발과 붉은 눈을 가진 선이 가는 남자. 박쥐처럼 검은 날개를 가진 묘령의 여성. 의자에 앉을 수 없는지 고깃덩어리에 손발을 달아놓은 듯한 물체가 탁자를 길게 점유하고 있다. 맞은편에는 큰 어둠이 로브를 걸친 채 인형의 모습을 유지하고 있다.

이윽고 가장 상석에 앉은 흑발의 소녀가 거만한 투로 입을 뗐다.

"——마우하리오가 당했다지. 비슈다."

비슈다. 그렇게 불린 자는 고깃덩어리 맞은편에 앉은 로브를 걸친 어둠이었다.

그녀의 물음에 실제로 실체가 없는 듯한 그것은 얼굴 부분인 듯한 어둠을 향하면서 대답했다.

"예. 나크샤트라 님 말씀대로 마우하리오 장군은 연합 용사와의 전투에서 전사했습니다. 연합에 남은 것은 제 군단과 무라 장군의 군단뿐입니다."

로브 안에서 튀어나온 목소리는 젊은 남성의 것이다. 그 목소리는 소녀—— 나크샤트라에게 패전 사실을 보고했다. 그러나 그다음 음성은 동료의 죽음과는 무관한 대담함으로 채워져 있었다.

"하오나 폐하께서는 안심하셔도 됩니다. 연합 용사를 무찌를 계획은 이미 세워두었습니다. 가까운 시일 내에 제가 짠 책략으로 반드시 용사의 목을 가져오겠습니다."

"그래. 생각이 있다면 됐다. 그 일은 너와 무라에게 일임

하지.”

“예!”

나크샤트라를 향해 고개를 숙인 것일까. 로브의 정수리가 앞으로 기울어졌다. 비슈다의 목소리는 자신에 차 있었지만 그 자신을 과신으로 의심하는 목소리가 이어졌다.

“하지만 그렇게 간단한 일일까요.”

“……리샤밤 장군. 그건 무슨 뜻이지요?”

비슈다가 나크샤트라의 옆에 대기하고 있던 남자, 리샤밤에게 물었다.

“아니, 라쟈스 각하도 그렇게 되었으니 살짝 불안한 것뿐입니다. 용사가 넷이나 있는 현재 어디에서 발을 걸릴지 모를 일이니까요.”

“저는 계획에 만전을 기했습니다. 무라 장군의 대군단을 이용해서 전력을 분산시키고 다른 전력을 끌어들인 뒤 용사들을 유인, 섬멸할 것입니다.”

“하지만 용사가 간단히 말려들까?”

목소리가 난 곳은 고깃덩어리 쪽이다. 몹시 시끄러운 목소리로 신빙성을 추궁하자 비슈다는 여전히 자신에 찬 목소리로 말했다.

“분명 용사나 연합병들은 지금 우리 군단 중 하나를 괴멸하고 승리감에 젖어 흥분해 있을 겁니다. 이쪽 전술에 말려드는 것은 시간문제이지요.”

“호. 적의 기세를 살려주고 그 기세를 이용한다는 거군요.”

"바로 그겁니다. 리샤밤 장군."

비슈다의 긍정에 이어 백발에 붉은 눈을 가진 남자——일자르가 회의적인 투로 말했다.

"죽은 마우하리오를 이용한다라……. 아니 비슈다 자네, 마우하리오를 미끼로 삼은 건가."

비난처럼 들리기도 하는 발언에 비슈다는 마치 책략을 칭찬받았다는 듯 히히히, 소리 죽여 웃었다.

"터무니없는 말씀입니다. 저는 그저 용사와 정면 승부를 하고 싶다는 마우하리오 장군의 청을 무라 장군에게 전했을 뿐입니다."

"역시. 마우하리오 녀석은 좋은 사석이 된 건가."

"각하는 바람을 이루었으니 만족했을 것입니다."

"그렇겠지."

일자르는 조용한 목소리로 동의했다.

한편 그들의 대화를 듣고 있던 나크샤트라가 일자르에게 싸늘한 시선을 보냈다.

"흠? 설마 일자르, 너는 마우하리오의 죽음에 불만이 있다고 말하는 거야?"

"내가? 그거야말로 터무니없다, 나크샤트라. 마우하리오는 실력이 부족해서 진 거야. 단지 그것뿐이다. 지금 물어본 건 단순히 흐름을 확인하는 차원이었다."

"훗, 그럼 다행이고. 설마 나나 너 같은 자가 정에 치우친 줄 알고 살짝 초조했잖아?"

"있을 수 없는 일이다."

일자르는 재미없는 이야기라는 듯 흥, 콧소리를 냈다. 그런 주종도 무엇도 없는 대화가 오간 뒤 박쥐 날개를 가진 여성이 비슈다를 향해 불만스런 시선을 던졌다.

"그건 알겠는데 그래서 비슈다는 연합 용사를 쓰러뜨릴 수 있는 거야?"

"내 실력을 무시하는 겁니까? 라툴라."

"연합 용사는 여성이잖아? 나라면 잘할 자신 있는데? 노시어스였나? 그 귀여운 여자애처럼 말이야. 우후훗―."

라툴라는 그렇게 말하며 별안간 음탕한 웃음을 흘렸다. 한편 라툴라의 발언에 반응한 것인지 비슈다의 앞을 점거한 고깃덩어리가 거슬리는 소음을 내뱉었다.

"정령인 무녀 말이지. 단번에 죽였으면 좋았는데."

"그러면 재미가 없잖아? 아―아, 라쟈스는 그런 부분에는 관용적이었는데―. 적은 일단 마음을 꺾은 뒤에 죽인다는 신념이 있었지."

라툴라는 들으라는 듯이 유감을 드러냈지만 고깃덩어리는 반응하지 않고 입을 다물었다.

두 사람의 대화가 끊기자 비슈다가 라툴라에게 대답했다.

"문제없습니다. 나에게 용사의 공격 따윈 통하지 않아요. 히히히, 리샤밤 장군의 기술을 훔친 나에게는 말입니다."

웃음소리가 거슬린 건지 아니면 이의 제기인지 고깃덩어리가 쓴소리를 했다.

"빌린 기술로 잘도 큰소리치는군."

"그렇게 말하면 어쩔 수 없지만 나는 그 기술을 승화시켜 강력한 것으로 만드는 데 성공했습니다. 그렇게 되면 이미 그것은 내 기술인 거지요."

"흥."

비슈다가 뻔뻔하게 대답하자 고깃덩어리는 콧소리를 낸 뒤 **금속 파편**을 몸에서 날렸다.

그러나 비슈다는 날아오는 파편을 피하려고도 하지 않았다. 파편은 비슈다에게 적중하나 했더니 비슈다 뒤로 **빠져나갔다.**

"히히히……."

기분 나쁜 웃음소리를 무시하고 고깃덩어리는 리샤밤에게 물었다.

"리샤밤, 당신은 괜찮은 건가?"

"상관없습니다. 각하에게 도움이 되었다면 그것으로 만족합니다."

리샤밤은 비슈다를 향해 고개를 숙였다. 표정은 앞머리에 가려져 보이지 않았지만 그 모습에 기분이 좋아졌는지 비슈다는 더욱 크게 기분 나쁜 웃음을 흘렸다.

이윽고 대화를 매듭지을 때를 본 비슈다가 리샤밤 쪽으로 향했다.

"계획은 이상 말한 대로입니다. 리샤밤 장군. 어떠십니까?"

"잘 알았습니다, 각하. 제 근심 해소에 도움을 주신 점 깊이 감사드립니다. 그럼 폐하."

"이야기는 정리된 것 같군. 그럼 비슈다. 출발해라."

나크샤트라가 명령하자 비슈다는 깊이 머리를 숙인 뒤 주위의 어둠 속으로 사라졌다.

그 뒤 지금까지 대화가 진행되는 대로 지켜보던 나크샤트라가 입을 뗐다.

"그럼 너희들에게 지령을 내리겠다. 라툴라, 그라라지라스, 너희들은 스트리거와 합류해, 네페리아라고 했나? 거기까지 가는 길을 열어라. 연합은 비슈다와 무라의 군이 있으니 거기까지는 공략하기 쉽겠지."

"앗싸―. 그 중간 국가에 소환된 용사는 여자애지? 기대되는걸. 어떻게 괴롭혀줄까―?"

"분부 받잡겠습니다. 좋은 소식을 기대해주십시오."

덧니를 드러내며 환호하는 목소리와 불온하고도 나지막한 목소리가 울렸다. 라툴라와 그라라지라스는 각자 대답한 뒤 자리에서 일어나 어둠 속으로 사라졌다.

한편 명령을 받지 못한 한 명이 의문을 드러냈다.

"이봐, 나크샤트라. 나는 제외인 거야?"

일자르가 미심쩍어하며 물었지만 그 말에는 리샤밤이 대답했다.

"죄송합니다. 일자르 각하에게는 따로 드릴 지령이 있습니다."

"네놈의 계획으로 나만 별도 행동인가."

"네. 일자르 각하께서는 앞으로 자치주로 가시어 용사가 남겼다는 무구를 탈취해 오셨으면 합니다."

"무구라고? 그런 걸 뭣 하러? 여신의 가호를 받은 자라면 몰라도 그가 쓰던 무기 따위는 별 위협이 못 돼."

"일자르. 이것은 리샤밤의 간청이다. 나도 허가를 했어."

나크샤트라의 말에 일자르의 눈썹이 움찔했다. 그리고 천천히 리샤밤을 보았다.

"……청이라니 별일이군. 그 정도로 위협적인 거야?"

"새크라멘트(현사상병장 現事象兵裝)라고 불리는 무기입니다. 실제 용도는 전혀 다른 것이지만 필시 우리의 신 제카라이아에게 인간이 직접 대항할 수 있는 수단 중 하나가 아닐까 합니다."

"호오? 그런 거면 재밌겠군. 좋아. 네놈 계략에 어울려 주지."

"정말이지 감사합니다."

리샤밤이 나긋하게 고개를 숙여 인사했다. 그러나 일자르는 그의 말이 마음에 들지 않은 걸까 아니면 겉치레라는 것을 간파한 걸까. 대꾸도 하지 않고 불만스럽게 자리에서 일어났다.

그리고 뒤돌아 방을 나가려다 문득 걸음을 멈추었다.

"각하?"

"──리샤밤. 너에게 한 가지 묻는다는 걸 깜빡했다."

"무엇인지요?"

"라쟈스를 쓰러뜨린 자가 누구지?"

그 물음에 리샤밤의 얼굴에 험악한 미소가 번졌다.

"인간들 사이에서는 아스텔의 용사가 쓰러뜨린 걸로 되어 있습니다만?"

"아니군."

"어째서 그렇게 생각하시지요?"

"감이다."

"농담도."

리샤밤이 싱겁다는 듯 웃어넘기자 일자르가 이번에는 험악한 기운을 내뿜으며 추궁했다.

"……라쟈스 정도로 제카라이아의 가호를 받은 녀석이 아직 불려 온 지 얼마 되지 않아서 여신의 힘에 익숙지 않은 용사 따위에게 졌을까."

"처음부터 그만한 힘을 가진 자라면 불가능한 일도 아니라고 생각합니다만?"

"불가능해."

"어째서 단언하시지요?"

"**경험담이다.** 이제까지 제카라이아의 뜻과 싸운 용사는 네놈들과 싸울 수 있게 될 때까지 어느 정도 시간을 가졌으니까."

"그래서 라쟈스 각하가 용사에게 진 것은 이상하다고요?"

"그래. 아무리 그래도 너무 빨라."

"그렇다고 저에게 물으셔도…… 이거 참 곤란하군요."

그렇게 말했지만 리샤밤에게서 난처한 기색은 느껴지지 않는다. 강한 마족 장군을 쓰러뜨린 존재가 나타났는데 아무런 위기감 없이 웃는 모습은 마치 가면을 쓴 듯하다.

"여유롭군. 역시 넌 라쟈스를 쓰러뜨린 녀석이 누군지 알고 있는 거 아니야?"

"그럴 리가요. 현재 조사 중에 있습니다."

"그렇게 얄팍한 웃음을 지으면서? 너야말로 농담도 정도 껏 하라고."

리샤밤이 아첨하는 태도로 일관하자 일자르가 싸늘한 시선을 던졌다. 일자르의 싸늘한 눈빛에서 벗어날 수 없다는 것을 안 리샤밤은 체념한 듯 한숨을 쉰 뒤 아첨꾼의 가면을 벗어던졌다.

그러자 별안간 실내의 온도가 변하기 시작했다. 모든 것을 얼려버릴 듯이 실내가 싸늘하게 얼어붙었다. 파지직, 금이 가는 소리가 울려 퍼졌다. 그 소리가 여지없는 이변을 알린 것도 잠시 마족조차 불쾌하게 만드는 공기가 주위를 에워쌌다.

──지금 마왕성의 어느 방을 가득 메운 싸늘한 공기는 그렇다. **마술사**가 발산하는 형태의 사이킥 콜드(심령 한기) 그 자체였다.

"죄송한 말씀이지만 각하, 역시 라쟈스 각하를 쓰러뜨린 자는 용사라고 보는 것이 이치 아닐까요? 방금 각하의 말씀대로라면 설령 처음부터 상당한 힘을 가진 자라고 해도 라쟈스 각하를 쓰러뜨리는 것은 불가능하고 여신의 가호를 받은 용사만이 라쟈스 각하를 쓰러뜨릴 수 있다는 것이 됩니다."

"그래서 그게…… 흥, 그래서 용사가 쓰러뜨릴 수 없다는 말은……."

"──그렇습니다, 각하. 그렇게 되면 모순이 발생합니다."

"……그럼 방금 한 말은 철회하지. 여신의 힘이 없어도 쓰러뜨릴 기술은 있다고."

리샤밤은 그 말이 듣고 싶었던 걸까. 지금까지 본 적 없는 불쾌한 미소가 리샤밤의 입가에 번졌다.

그리고.

"──라쟈스 각하를 쓰러뜨린 자의 이름은 야카기 스이메이. 마술왕 네스테하임이 일으킨 마술 결사에 소속된 슈피리어 위저드(현대 마술사)이며 그 위계는 하이 그랜드(위업자 급)에 해당합니다. 마술사 중에서도 다양한 마술 계통을 다루며 그중에서도 우리의 신 제카라이아와 동격의 신성(神性)을 세계의 틈새로 내보낸 아브라크 아드 하브라(신성한 번개), 종말을 부르는 괴물을 단칼에 베어 쓰러뜨린 블레스 블레이드(푸름으로 정화된 도신), 적룡의 포효를 견딘 금색 마그나리아(방패)와 그것을 흔적도 없이 날려버린 엔스 아스트랄레(별하늘의 마술) 이 대마술의 네 가지 경이적인 힘을 이용하여 수많은 마술사를 쓰러뜨려왔습니다. 라쟈스 각하를 쓰러뜨린 마술은 성수호천사의 힘을 이용한 신성한 번개가 틀림없겠지요. 그 마술이 우리에게는 가장 유효합니다."

"……너 이 자식."

"도중에 그 남자를 만난다면 조심하시기를. 일자르 각하라면 상성이 맞겠지만 그 남자는 꿈을 깨뜨리지 않는 한 몇 번이고 다시 일어서는 사람입니다. 결코 변할 수 없는 무자비한 현실을 보여주지 않는다면 저와 같은 전철을 밟게 되겠지요."

리샤밤의 발언에는 예사롭지 않은 인연을 예감케 하는 감정이 포함되어 있었다. 원한이나 분노뿐만이 아니다. 동경인지 뭔지 모를 희열마저 느껴졌다.

그런 만감이 뒤섞인 목소리는 다른 마족 장군들이 사라져 간 어둠에 녹아들었다.

제3장 신월의 밤에

별들이 희미하게 빛나는 밤하늘에 옻칠을 한 쟁반처럼 둥근 물체가 가장자리에 푸르스름한 빛을 띤 채 떠 있다.

——초승달이 뜨는 밤에는 절대로 검객과 싸우지 마라.

마술사로서 검호와의 전투에도 연이 깊던 아버지가 반드시 기억하라던 충고가 떠올랐다. 도검은 달빛을 잘 튕겨낸다. 따라서 달이 뜬 밤에는 살의를 비추듯 번쩍번쩍 빛나는 검의 궤도를 파악할 수 있다고 하셨다. 그러나 초승달이 뜬 밤은 예외다. 설령 전등 빛은 있다 해도 기계의 빛은 살의까지 비추지는 않는다. 신비가 낳은 빛도 그 존재 방식 탓에 살의를 흐릿하게 만들고 만다.

물론 빛이 적은 이 이세계의 밤은 그마저도 없으며 하물며 초승달이 뜬 밤이라면 어떨까. 그것은 짐작하기 어렵지 않다.

오해가 풀리지 않은 채로 하츠미와 만나 그런 식으로 싸우고 싶진 않아. 그런 생각으로 스이메이는 어둠이 깊어진 밤하늘을 올려다보며 근심에 잠겼다.

초승달이 뜬 미어젠의 수도. 이 밤, 스이메이는 혼자서 이 수도에 위치한 궁전에 다시 침입하는 데 성공했다.

뾰족한 철책이 솟은 높은 담을 넘어 사뿐히 수풀 위에 착지했다. 다시 봐도 궁전이라는 곳은 광대한 부지다. 본관과

별관 외에 정원이 세 개 있고 경비병의 숙사와 숲을 사이에
둔 예배당이 있다. 한 바퀴를 다 둘러본다면 상당한 시간이
소요될 것이다.

지난번처럼 목적지가 정해져 있다면 좋겠지만 오늘 밤은
그렇지 못하다. 그리고 오늘도 하츠미가 혼자 있어줄까 하
는 걱정도 있었다. 지난번 일로 경계가 강화되어 그럴 가능
성은 희박해보이지만 이것은 직접 확인하는 수밖에 없다.

"밤에 혼자서 우물이 있는 장소에 간다고……."

리리아나가 알려준 정보다. 그것이 정확하다면 어려울 것
은 없다.

그러나 궁전에는 귀찮게도 우물이 두 개 정도 설치되어
있는 모양으로 어쩔 수 없이 두 군데를 탐색해야 한다. 그
러나 그중 한 곳이 지금 착지한 장소에 있었다.

무심코 나무 그늘에 몸을 숨기고 들여다보았다. 마술로
형체를 알아보기 힘들게 했기에 그 행동은 무의미했다. 그
러나 분위기에 몸이 먼저 반응하는 것은 인간이라는 업보
때문일까.

우물가에는 경비병이 몇 명 있고 시녀가 물을 긷고 있다.
아무래도 이용이 많은 곳인 듯하다.

그러므로 이곳일 가능성은 일찌감치 사라졌다. 혼자 있고
싶은 사람이, 사람이 많은 곳에 올 리 만무하다.

그러나──.

"우물가라…… 그런 곳에서 뭘 하는 거지?"

가장 먼저 생각할 수 있는 일은 물을 마시는 것이지만 소환 용사로서 극진히 대접받는다면 물을 뜨러가는 허드렛일은 조금 전에 보았듯이 시녀가 할 일이다.

따라서 달리 생각할 수 있는 일은——.

"물을 사용한 검 연습……?"

검의 이치는 잘 모르지만 물이 필요한 단련법이 있어도 이상하지 않다. 물의 저항을 이용한 단련도 있을 수 있다. 더욱이 검술을 숨겨야 한다고 생각하고 있다면 혼자가 되는 것도 납득이 간다. 분명 그런 이유 때문일 것이다.

그러나 그렇다면.

"자칫하면 공격당할지도 몰라…… 모처럼 둘이 될 기회인데……."

다분히 이중적인 의미로 해석되는 말을 흘리면서 스이메이는 지붕을 옮겨 뛰었다. 비행 마술을 응용하면서 조용히 지붕에 착지한 뒤 아래쪽 시선으로부터 몸을 숨기고 이동했다.

궁전 본관인 듯한 장소에서 왕족만이 사용하는 예배당 근처로 향했다.

주위는 울창한 나무숲을 이루고 있어 다른 곳에서는 보이지 않는 듯하다. 분위기는 고요하고 적막하다. 이곳은 순찰도 적어 혼자가 되기에는 최적의 장소다.

남은 것은 이 근처에 있다는 우물을 찾는 일인데——.

"이런, 이쪽으로도 오네."

여성 경비병 한 명이 이쪽으로 들어서는 모습이 보였다. 지붕에서 뛰어내리자마자 황급히 몸을 숨겼다. 잠들게 할까도 했지만 혼자서 꽤 넓은 범위를 순찰하고 있기에 그렇게까지 할 필요는 없다고 판단하고 마술을 사용하는 것은 보류했다.

그러나 착지한 곳 근처에 우물이 있을 듯한 장소는 없다.

"그렇다는 건 예배당 뒤편인가?"

혼잣말을 한 뒤 경비병의 눈을 피해 뒤쪽으로 돌아가자 예배당 건물과는 성질이 다른 돌로 만들어진 벽이 나타났다. 가림 벽일까. 그러나 옆은 뚫려 있기에 그럴 용도로 지어졌다면 상당히 허술하다.

벽 너머에서는 생각보다 물소리가 크게 들려왔다. 그만한 양의 물을 뿌리는 듯한 소리다. 쏴아, ……쏴아, 간격은 일정하지 않지만 누군가가 무언가에 쓰고 있는 것은 틀림없다.

스이메이는 주위에 아무도 없는 것을 확인하고 미끄러지듯 벽 건너편으로 들어섰다.

석벽 뒤편은 배수를 고려하여 바닥은 돌로 포장되어 있었다. 여러 명이 동시에 사용할 수 있도록 한 배려했는지 우물은 여러 개가 설치되어 있다. 그 위에는 들보가 건너질러 놓여 있고 나무통을 걸어두는 쇠장식이 붙어 있다.

그러나 그곳에 있던 사람은——.

"……응?"

"응……?"

실오라기 하나 걸치지 않은 쿠치바 하츠미다.

얼빠진 소리를 낸 뒤 한동안 넋이 나간 듯 얼어붙었다.

격세 유전의 영향으로 동양인이 아닌 듯한 금발은 물에 젖어 있으며 시각의 대부분을 차지하는 것은 방울져 떨어질 만큼 물기가 남은 그녀의 건강한 피부다. 몸은 그야말로 안 보는 게 약일 만큼 매혹적인 곡선을 그리고 있으며 여성적인 풍만함이 강한 인상을 남겼다.

하츠미는 눈이 마주친 채로 얼빠진 표정을 하고 물통의 물을 어깨부터 끼얹고 있었다.

──다시 생각하면 그 상황은 아주 시의적절했다. 이곳은 예배당 뒤편이다. 몸을 깨끗이 하기 위한 목욕재계 시설이 있는 것도 염두에 두어야 했다.

이세계에서는 목욕 문화가 일부 지역에만 침투되어 있다. 그래서 몸을 씻을 때는 더운 물수건으로 몸을 닦는 것이 일반적이다. 그러나 자신들처럼 목욕에 익숙한 사람들은 그렇게 해서는 씻은 것 같지 않다. 이런 목욕을 생각하는 것은 충분히 가능하다.

"아, 그러니까 어떻게 된 거냐면 그……."

스이메이는 당황하며 변명을 늘어놓기 시작했다. 오해하지 마라, 딱히 훔쳐보려던 건 아니다 등등. 물론 그럴 상황이 아니었지만 그것은 하츠미가 비명을 내지르려 할 때 깨달았다.

"──이 변태……."

"자, 잠깐만—!"

비명을 듣고 사람이 오면 끝장이라고 생각한 스이메이는 하츠미를 향해 돌진했다. 하츠미가 던진 물통을 쳐내고 순식간에 다가섰다.

"읏!"

"자, 잠시만 조용히 해줘! 제발!"

스이메이는 능숙하게 하츠미의 등 뒤로 돌아서서 껴안듯 단단히 붙잡고 소리를 지르지 못하도록 오른손으로 입을 막았다. 갑작스러운 상황에 균형을 잃고 두 사람이 함께 엉덩방아를 찧었지만 그런 것을 신경 쓸 데가 아니다. 무엇보다 아직 근처를 순찰하는 경비병이 있기에 여성의 새된 비명을 차단하는 것이 먼저였다.

여기서 하츠미가 소리를 지른다면 경비병이 뛰어올 것이다. 다른 병사도 몰려들 것이다. 그렇게 되면 지난번의 전철을 밟게 된다. 애써 잡은 기회를 무용지물로 만들게 된다. 그렇게 되는 것만은 피하고 싶었다.

물론 하츠미는 저항했다. 팔에서 벗어나려 버둥댔다. 스이메이는 하츠미를 껴안은 왼팔에 더욱 힘을 줘서 빠져나가지 못하게 했다. 마술은 무엇보다 결계 형성에 시간이 걸리기에 이런 방법을 취할 수밖에 없었다.

"으—! 우읍—!"

"그러니까 제발 얌전히 있어주라고……."

——꽈악!

"읏! 히읍……."

"젠장! 이제 조금만 더……."

초조함에 마술을 시행했다. 미리 결계를 치지 않은 것은 불찰이었다. 이제 와서 후회해도 소용없지만 지금은 서둘러 팬텀 로드를 형성할 필요가 있었다.

……결계 형성에 집중하느라 그것이 완성될 무렵에는 하츠미도 어느 정도 안정되었는지 날뛸 기세는 보이지 않았다. 주위로부터 자신들이 있는 장소를 격리하는 결계가 완성되자 스이메이는 안도의 한숨을 내쉰 뒤 하츠미의 입에서 손을 떼어냈다.

"미안. 이럴 수밖에……."

"뭐가 이럴 수밖에야! 이 변태!"

아직 스이메이에게 붙잡혀 있는 하츠미는 물 듯한 기세로 이를 드러냈다.

"그, 그래도 설마 이러고 있을 줄은……."

"됐으니까 놔주기나 해! 언제까지 가슴을 잡고 있을 작정이야, 이 멍청아!!"

"응──?"

가슴을 잡고 있다. 그 말로 말미암아 스이메이는 비로소 자신이 무엇을 하고 있었는지 깨달았다. 물론 안아서 움직이지 못하게 한다는 의식은 있었지만 왼손으로 그녀의 가슴을 함부로 움켜쥐고 있다는 의식은 전혀 없었다.

그 말을 듣고 몇 초. 머릿속으로 정리하고 몇 초. 그렇게 꽤 뒤늦게 생각이 미친 스이메이는 얼굴이 새빨개져서 손을 떼고 흠칫 뒤로 물러섰다.

그러고 보니 조금 전에 세게 붙잡을 때 부드러운 것을 강하게 쥔 것 같았다.

"미미미미미미미미, 미안!"

"미안하다면 다야? 이 변태! 저번엔 남의 방에 함부로 들어오더니 이번엔 목욕하는 데 들어온 것도 모자라서 남의 가슴을 만져? 이거 완전히 스토커 아니야?!"

"히익!! 이, 입이 열 개라도 할 말이 없어……."

스이메이는 바보 같은 소리를 내지른 뒤 그 어느 때보다 얌전히 무릎을 꿇었다. 한편 하츠미는 경계와 몸을 가리는 것을 동시에 하기가 어려운지 몸이 팔과 손만으로는 다 가려지지 않아서 난감한 듯했다. 팔로 감싸긴 했지만 분홍색 끝부분 한쪽이 팔 위로 보이는 것도 깨닫지 못하고 있다.

하츠미가 창피함에 얼굴을 붉히고 노려보자 스이메이는 그제야.

"……자, 이, 이거."

그렇게 말하며 여전히 무릎을 꿇은 자세로 걸려 있던 하츠미의 옷을 집어 건넸다. 머리를 숙이고 있어서 눈을 떠도 땅밖에 보이지 않을 텐데 스이메이는 얼굴이 찌그러질 만큼 눈을 질끈 감았다.

하츠미는 경계를 늦추지 않고 스이메이에게 옷을 받아들었다.

스이메이는 옷이 스치는 소리가 잠잠해질 때까지 기다렸다가 시선을 들었다. 최악을 생각한다면 칼이 날아들 수도 있는 상황이지만 아무래도 검은 두고 온 모양이다. 목욕 중인 것이 어떤 의미로는 행운이었다.

그러자 하츠미는 무언가를 깨달았는지 의아한 표정으로 급히 주변을 돌아보았다.

"이렇게 소리를 지르는데도 사람이 안 와……?"

"이 주변은 마술로 격리되어 있어. 아무리 소리 질러도 그 소리가 밖으로 새어 나갈 리는 없으니 아무도 오지 않아."

"그 말인즉슨 나는 너한테 붙잡혔다는 거야?"

하츠미는 날붙이처럼 날카로운 시선을 향해왔다. 목소리도 상당히 살벌하다. 그런 하츠미에게 스이메이는 두 손을 들어 해할 뜻이 없음을 나타냈다.

"아― 그, 그게 나는 너에게 해를 끼칠 생각은 없어. 응?"

"……지금까지도 꽤 끼쳤다고 생각하는데."

"미안. 잘못했어. 용서해줘. 그건 진짜 불가항력이었어."

스이메이는 넙죽 엎드려 몇 번이고 사죄했다. 지난번에 침입했을 때와는 전혀 다른 분위기에 하츠미는 마음이 누그러졌는지 크게 한숨을 내쉬었다.

"……그래서? 오늘은 왜 또 온 거야?"

"전에도 말했듯이 이야기를 하러 왔어."

"그 소꿉친구인가 뭔가 하는 얘기?"

하츠미의 물음에 스이메이는 "그래" 하고 진지한 표정으로 끄덕였다. 그러나 하츠미는 그때도 지적했다며 지난번 대화를 끌어내며 말했다.

"그 얘기라면 그때도 부정한 것 같은데? 어떻게 소꿉친구가 이세계에 만나러 올 수 있다는 거야?"

"나도 이 세계로 불려왔으니까. 그것 말곤 다른 가능성은 없잖아?"

"어떤 확률이야…… 그러니까 너도 용사라는 말이야?"

"아니, 나는 레이지…… 친구의 소환에 말려들어서 여기로 오게 됐어. 아스텔 왕국에서 소환 당시에 사고가 있었다는 말 못 들었어?"

"그러고 보니 들은 적 있어…… ."

"그래서 내가 여기 있는 거야."

스이메이는 기묘한 운명에 넌더리가 난다는 듯이 말했다.

그러나 하츠미는 여전히 의심하는 눈초리로 바라보았다.

그런 하츠미에게 스이메이는 인상을 쓰며 소리치기 시작했다.

"그럼 무슨 말을 하면 믿어줄래? 너희 가족 이름? 특기? 취미? 좋아하는 거? 아니면 또 그래, 사람들한테는 말 못할 비밀이나 부끄러운 과거라도 읊어주랴?"

"부끄러운 거라니?! 부끄러운 게 뭔데?! 사람들한테 말 못할 비밀 같은 것까지 알고 있단 거야?!"

"그야 어렸을 때부터 알았으니까. 넌 우리 옆집에 살던 사촌이라고!"

"뭐? 사촌이라니…… 정말이야?"

친척이라는 말을 듣고 하츠미가 놀라 묻자 스이메이는 고개를 끄덕였다.

한편 하츠미는 스이메이 진지한 말투와 친척이라는 고백에 어느 정도 의심을 지운 듯하지만 아직 표정에는 불안한 빛이 남아 있었다.

"역시 못 믿는 거야?"

"……쉽게 믿을 수 있는 입장이라고 생각해?"

"하긴……."

지금의 하츠미는 기억상실증에 걸린 용사다. 위험한 것은 물론이고 여러 세력의 표적이 되거나 이용당하기 쉬운 위치에 놓여 있기에 자연히 경계심이 강해진다. 믿으라고 해도 간단히 믿을 수 있는 것도 아니다. 타인을 판단할 재료가 없어서 하츠미도 애를 먹고 있다.

스이메이는 어깨를 늘어뜨리고 난처한 듯 머리를 긁었다. 말해도 소용없다면 더 이상은 증명할 길이 없었다. 물증이라도 있다면 몰라도 그렇지 않은 이상 하츠미의 기억이 돌아오기를 바라는 수밖에 없다.

생각을 하며 팔짱을 끼고 신음하는 스이메이를 하츠미는 똑바로 응시했다.

그리고 어딘가 체념한 듯한 목소리로 말했다.

"──좋아. 믿어줄게. 나를 위험에 빠뜨릴 작정이었다면 이런 번거로운 짓은 하지 않을 테니까."

"정말이야?"

"나에게 해를 끼칠 생각은 없는 것 같고 또 그쪽은 나밖에 모르는 사실이나 내가 모르는 사실까지 알고 있었어. 또…… 그래. 내 이름을 풀 네임으로 불러줄래?"

"쿠치바 하츠미."

"그쪽 이름은?"

"야카기 스이메이."

"야카기, 스이메이……."

"왜 그러는데?"

스이메이가 의아한 표정을 짓자 이름을 중얼대던 하츠미는 역시, 라는 듯이 인정할 수밖에 없다는 표정을 지어 보였다.

"……확실히 전해져."

"뭐?"

"네가 말하면 확실히 전해진다고. 이 세계 사람들이 부르는 내 이름보다 많이 불러본 것처럼 발음이 자연스럽고 나도 그쪽 이름을 부르기 쉬워. 무엇보다 입모양이 귀에 들리는 단어와 정확히 일치해. 같은 인종인 것도 그렇고. 곰곰이 생각해보면 믿어야 할 요소가 압도적으로 많았어."

하츠미는 잠시 말을 끊은 뒤 다시 말하기 시작했다.

"저번에 내가 의심했던 건 그쪽이 너무 많은 걸 알고 있어서 받아들일 시간이 부족했기 때문이라고 생각해. 또 그쪽이 허락도 없이 침입해서 놀란 상태였으니까."

분명 그렇다. 멋대로 방에 쳐들어온 낯선 녀석을 믿으라고 하는 것은 어려운 일이다.

그래도 겨우 여기까지 왔구나, 하고 스이메이는 안도의 한숨을 내쉬었다. 이로써 진작 다루었어야 할 본론을 다룰 수 있게 되었다.

그러나 하츠미는 다시 차가운 눈빛을 보내왔다.

"──하지만 그쪽에 대한 경계심이 완전히 풀어진 건 아니야."

"응?"

"당연한 거 아니야?"

"뭐……?! 내 말을 믿어준다면서? 그런데 왜?!"

"당연하잖아? 나와 그쪽이 아는 사이고 그쪽이 내게 호의를 품고 있다 해도 내가 그쪽을 신뢰했었는지 아니었는지는 모르는 일이잖아?"

확실히 그런 걸까. 설령 아는 사이, 친구, 사촌이라 해도 신뢰할 만한 인물인가에 대해서는 아직 확신할 수 없는 것이다. 경계를 풀 수 없는 것도 무리는 아닐까.

그러자 하츠미는 살짝 다그치는 투로 물었다.

"그래서? 우선 왜 궁전에 침입한 거야? 나를 찾아올 방법이 그것밖에 없는 건 아니잖아?"

"그거 말이네. 용사를 면회하는 건 그리 쉬운 일이 아닌 모양이야. 땅거미 정이라는 모험자 길드의 길드 마스터가 도와줘도 어렵다던데."

"그래?"

"응. 왕실이 연결해주지 않는다고."

스이메이가 곤란한 일이라며 어깨를 움츠리자 하츠미는 의아한 듯 미간을 찌푸렸다.

"··········왕실 사람들은 다들 잘 대해주는데."

"난 그런 건 몰라. 하지만——."

스이메이는 고민하는 표정으로 머뭇거렸다. 과연 다음 말을 해도 괜찮을까, 하고. 다음 말이라는 것은 왕실이 그녀를 이용하고 있을 가능성이 있다, 는 것이다. 확정적인 것은 아니고 그녀를 보호하는 거라고도 충분히 생각할 수 있다. 그래서 지금 꼭 그 말을 할 필요가 있을까 망설인 것인데——.

"나도 짚이는 데가 없는 건 아니야. 어느정도 이용당한다는 느낌은 있어."

미묘한 표정을 읽은 걸까. 하츠미는 스이메이가 품은 의구심을 대신 말했다.

"하지만 그렇게 따지면 용사 소환이야말로 이용의 끝이야. 따지자면 끝이 없어."

"그렇지. 아무튼 그런 이유 때문에 나는 이 방법을 쓸 수밖에 없었어."

스이메이가 이렇게 된 경위를 간략하게 설명하자 하츠미가 대뜸 물어왔다.

"······너, 내가 걱정된 거야?"

그 물음에 스이메이는 당연한 걸 다 묻는다는 표정으로

말했다.

"당연하잖아. 가족이니까."

"가족⋯⋯."

혈연으로 따지면 어차피 사촌지간이다. 그 거리감은 집집
마다 다르겠지만 가족이 없는 스이메이에게는 가까이에 살
고 어릴 때부터 알고 지낸 친척은 가족이나 다름없었다. 하
츠미의 부모님은 자신의 끼니를 걱정해서 저녁때가 되면 함
께 먹자 불러주었고 하츠미도 가끔이지만 요리를 만들어 주
었다. 스이메이는 도저히 그런 사람을 나 몰라라 할 수 없
었다.

가족이라는 말까지 나와서일까. 하츠미는 놀라 눈을 끔뻑
거렸다.

"뭐야?"

"뭐, 뭐가! 아무것도 아니야!"

스이메이가 묻자 하츠미는 부끄러운 듯 시선을 피했다.
그리고 어느 정도 부끄러움이 가신 뒤 쭈뼛거리면서 물어
왔다.

"⋯⋯네가 가족이라고 단정하는 건 그렇다 치고 나한테
다른 가족은 있어?"

"응, 아버지인 쿄시로 사범님하고 어머니인 유키오 아주
머니, 남동생 하세토가 있어. 갑자기 사라져서 다들 걱정하
고 있을 거야."

"⋯⋯그래. 그렇겠지."

가족이 있다는 말을 듣고 역시 느끼는 것이 있는 걸까. 기다리는 사람은 사정을 모른다. 쓸데없는 걱정을 끼치고 있다는 사실에 애가 타는 것이리라.

그런 하츠미에게 스이메이는 손을 뻗었다.

"하츠미, 나와 함께 가자."

"너와?"

"그래. 지금 나는 원래 세계로 돌아갈 방법을 찾고 있어. 내가 미어젠에 온 것도 그 이유 때문이고…… 나와 함께 가면 방법을 찾았을 때 당장이라도 원래 세계로 돌아갈 수 있어. 그러니까."

그러니까 같이 가자, 라고 말했다. 그러나 하츠미는 그 권유를 받아들이지 않았다. 하츠미는 호의를 거절할 때처럼 어색하게 시선을 피했다.

"하지만 난 마족과 싸워야 해……."

"꼭 그래야 할 이유가 뭔데? 멋대로 소환해놓고 싸워달라는데 그 말을 들어줄 의무는 없어."

"…………."

그렇다, 하츠미뿐만 아니라 이 세계에 소환된 용사 모두에게 적용되는 말이다. 그들에게 마족과 싸워야 할 의무 따위는 없다. 더욱이 기억을 잃은 하츠미가 마족과 싸운 것은 일의 형편상 그렇게 되었을 가능성이 크다. 스이메이는 그 싸움에 하츠미의 의지가 개입되었다고는 생각할 수 없었다.

그러나 그런 반강제적인 상황에 처해 있으면서도 권유를 받아들이지 못하는 것은.

"혹시 지금까지 함께 싸운 동료를 배신하게 되기 때문이야?"

"그것도 있지만…… 그것뿐만 아니라 이 싸움은 내가 시작한 거기도 하니까 도중에 나 몰라라 할 수는 없어."

"네가 시작했다고? 무슨 소리야?"

"네 말대로 나는 기억이 없고 싸워야 할 이유도 없어. 그래서 처음에는 계속 방 안에 틀어박혀 있었어. 하지만 마족이 쳐들어왔다고 하고 또 도와달라고 하는 사람들이 있었어. 그래서 나는 싸워야 한다고 생각했어."

하츠미가 담담히 이유를 말하자 스이메이는 입을 다물었다. 하츠미의 발언은 레이지의 발언과 어딘가 맞닿아 있었다.

"그렇게 생각한 뒤로 연합 사람들이나 동료들과 함께 마족을 물리쳤어. 다들 기뻐했어. 내가 싸워서가 아니라 많은 사람들과 그 사람들의 가족이 목숨을 건졌기 때문이야. 그러니까."

──이제 와서 손을 놓을 수는 없어. 내가 먼저 시작해 놓고 돌아갈 수 있다는 말에 내팽개치는 건 너무 이기적이잖아.

그렇다, 처음으로 속마음을 털어놓듯 하츠미는 나직이 말했다.

그러나 그것은 어쩔 수 없는 일 아닐까. 양심에 호소당하고 필요를 강요당해서 어쩔 수 없이 싸우게 된 게 아닐까. 그렇다면 그 싸움은 자신이 시작한 것이 아니다. 남의 싸움에 말려든 것뿐이라고도 생각한다.

스이메이가 설득하려 하자 하츠미가 대뜸 물어왔다.

"저기 언제인지는 모르지만 장례식을 하지 않았어? 네가 상주를 맡고 소중한 사람이 죽은 적 말이야."

"장례…… 3년 전에 아버지 장례를 치렀어. 상주는 쿄시로 사범님이 대신 해주겠다고 하셨지만 가장 가까운 혈연이 나니까 내가 했어."

짐작이 맞았던 걸까. 찾아서는 안 될 기억을 찾았다는 듯이 하츠미가 체념에 가까운 한숨을 내쉬었다.

"역시……."

"그런데 그런 걸 어떻게 알아? 너 기억상실이잖아?"

"되살아났어. 아직 기억 속에 나온 사람들의 얼굴은 떠오르지 않지만. 머릿속에서 영상이 스르륵 지나갔어."

그런 일도 있는 걸까. 스이메이가 그렇게 생각하자 하츠미가 말을 이었다.

"그리고 장례식이 끝난 뒤에 네가 말했어. 나아가야 해. 구하러 가야 해, 라고……."

"내가?"

스이메이는 무심코 되물었다. 기억을 되짚어 봐도 그런 기억은 없었다.

"기억 안 나? ……그래, 지쳐서 깜빡 졸았을 때라서 그런 걸 거야. 문맥도 묘했고. 하지만 그때 넌 꼭 해야 할 일이 있는 것처럼 보였어. 그러니까 그건 단순한 잠꼬대가 아니야."

그 무렵은 여러 일이 일어났던 시기다. 아버지가 돌아가신 후 뒷수습에 쫓기고 그 와중에도 아버지와 마지막에 했던 약속을 지키기 위해 마술사로서의 길을 걸어가자고 마음먹었던 무렵이다.

마음이 약해졌을 때 무심코 그런 말을 흘렸다 해도 이상하지 않다.

"가이어스가 원군을 요청하러 궁전에 들이닥쳤을 때 그 기억이 되살아났어. 그래서 난 싸우기로 한 거야. 기억 속의 그 사람은 좌절하지 않고 나아갔으니까. 그래서 나도 멈춰 있으면 안 된다고 생각했어."

——그게 너라는 걸 알아서 살짝 화는 나지만.

하츠미는 마지막에 부끄러운 듯이 덧붙였다. 그것은 신경 쓰이지 않았지만.

그럼에도 스이메이는 솟아오르는 쓸쓸한 마음에 이마를 짚으며 괴로워했다. 설마 이유 중에 자신이 했던 말이 포함되어 있을 줄이야. 이것을 운명의 장난이라고 하지 않으면 무엇이라고 할까. 자신이 내뱉은 한 마디를 흘려듣지 않아서 지금 내민 손을 잡을 수 없다고 말하는 것이다.

문득 하츠미는 스이메이가 머리를 감싸 안은 이유를 깨달은 걸까.

"이건 딱히 너 때문이……."

"……그래. 네가 기억상실에 걸리지 않았어도 싸웠을 가능성은 있어. 누구 때문이라고는 할 수 없어."

그런 식으로 쌀쌀맞게 말했지만 죄악감은 떨쳐지지 않는다. 기억을 잃기 전의 하츠미라면 마족과의 전투에 나섰을 가능성은 충분히 있다. 하츠미가 몸담은 유파의 법도는 다름 아닌 마귀를 물리치는 것이므로.

그런 하츠미에게 스이메이는 나지막한 목소리로 물었다.

"……여기서 싸울 거야?"

"응. 내가 시작한 거니까 도중에 내팽개칠 수는 없어."

"그래……."

쥐어짜내는 듯한 목소리로 말한 것은 걱정하는 마음이 앞섰기 때문이리라. 마족과 싸우는 일은 그리 간단하지 않다. 앞으로 수없는 고난과 맞닥뜨릴 것이다. 사람들과의 관계도 그렇다. 용사라는 입장에 있으면 모든 일이 생각처럼 굴러가지만은 않는다. 더욱이 기억을 잃은 채로 맞서려 하니 더욱 걱정이 되는 것이다.

그러나──.

"알겠어."

그렇게 말하고 스이메이는 일어섰다. 걱정된다는 이유로 하츠미의 뜻을 무시할 수는 없었다. 여기서 하츠미를 억지로 데리고 가는 것은 단순한 독선일 뿐이다. 자신이 편해지기 위해 그녀의 바람을 꺾을 수는 없었다. 그리고 자신도 해야 할 일을 단념할 수 없다. 그러므로.

"나도 같이 있어주고 싶지만 나는 원래 세계로 돌아가는 방법을 찾아야 해. 찾으면 그때 알려주러 올게."

"응."

"당분간 이 지역 땅거미 정 숙사에서 지내니까 볼일이 있으면 아무 때고 찾아와. 나를 만나는 건 내키지 않을지도 모르지만."

부드럽게 말하고 나서 스이메이는 문득 생각났다는 듯이 손뼉을 쳤다.

"아 그리고!"

"뭔데?"

"잘나신 녀석을 만나면 전해줘. 용사의 친구라는 걸 알고도 나를 건드리겠다고 한다면 이번에는 나도 목적이 달라질 테니까. 1만이든 2만이든 전멸할 각오로 덤비라고."

스이메이는 농담을 섞어 말한 뒤 하츠미에게서 등을 돌려 떠났다.

★

스이메이가 궁전에 다시 침입한 다음 날, 쿠치바 하츠미는 미어젠 궁전의 정원에 있었다.

하츠미는 넓은 정원 한쪽에 설치된 원형의 정자에 앉아 있다. 하츠미 앞에는 미어젠의 국왕이 있다. 그리고 그 옆에 제1왕자인 바이처가 대기하고 있다. 정자 주위에는 대신과 근위 장군 그리고 당연히 하츠미의 동료인 가이어스와 셀피도 있다.

국왕의 정무가 끝나는 때를 가늠하여 하츠미는 국왕에게 비공식 회담을 신청했다.

미어젠 왕실이 하츠미의 상태를 고려하여 용사의 공무 대부분을 생략한다는 표면적 방침을 세워두었기에 대외적으로 알현이라는 형식을 취할 수 없어 비공식이 되었지만 어쨌든——.

대리석 탁자를 사이에 두고 하츠미와 마주앉은 미어젠 국왕은 싱글벙글까지는 아니지만 부드러운 미소를 얼굴에 띠우고 있다. 어려워할 것 없다고 그 나름대로 배려를 표현한 것이리라.

미어젠 국왕은 온화한 인물이다. 아들인 바이처와는 반대되는 성격으로 그림책에 나오는 인자한 왕을 그대로 그려낸 듯한 사람이다. 때로는 엄정하지만 주변을 두루 살피는 마음을 가졌기에 왕으로서 칭송받는 것이리라.

질의응답이 준비되자 국왕이 하츠미에게 말했다.

"——용사여. 긴히 할 이야기라는 것이 무엇인고."

"네. 앞으로의 계획에 대한 의견이 정리되어 그것을 보고하려 합니다."

하츠미가 특별히 자신을 낮추지 않고 나긋나긋하게 대답하자 국왕은 얼마간 농담을 섞어 말했다.

"호호오. 모르는 사이에 그런 생각을 다 했군. 쉴 때도 마족 토벌을 생각해주는 것은 고맙지만 그런 문제라면 나도 불러주면 좋을 뻔했어."

"죄송합니다. 폐하도 바쁘실 것 같아 멋대로 저희끼리 의논했습니다."

"그래. 마음을 써준 건 고맙네. 용사는 변함없이 겸손한 영웅이야. 꾸밈없고 젠체하지도 않지만 씩씩하고 늠름하지. 용사를 부르게 된 나라의 왕으로서 나도 자랑스럽다네."

국왕은 온화한 말투로 말한 뒤 사람 좋은 표정을 지어 보였다. 매사에 극찬하는 것은 좋은 습관일까 나쁜 습관일까.

문득 가이어스 쪽을 힐끔 바라보자 국왕의 장황하고 느릿한 말씨와 과도한 칭찬이 마음에 들지 않는지 못마땅한 표정을 짓고 있었다.

계속해서 칭찬을 늘어놓던 국왕이 이윽고 웃는 얼굴로 물어왔다.

"그래서 그 계획은 어떤 것인고?"

"앞으로는 되도록 용사 본연의 행동을 취할까 합니다. 물론 연합 북부에 버티고 있는 마족을 물리치고 난 후의 이야기지만 다른 용사들과 제휴를 맺고 각지를 돌며 싸우고 싶습니다."

그것이 이전에 셀피에게 들은 용사의 책무였다. 마족의 습격이 활발한 지역을 돌며 때를 봐서 각지를 위문하는 것. 현재는 마족의 침공이 둔해져서 다른 용사들은 위문이나 병사 고무에 힘을 쏟는 모양이지만 언젠가는 전쟁터로 나가야 한다고 생각했다.

"음…… 그렇지. 하지만 나에게는 아직 성급한 얘기 같기도 한걸? 용사도 다른 용사의 활약을 듣기도 하겠지만 너무 조급해 말고 눈앞에 주어진 일에 착실히 임하는 것도 중요하다고 생각하는데."

"배려해주셔서 감사합니다."

걱정하는 왕의 표정에서 어딘지 모르게 낙관적인 기색이 느껴졌지만 하츠미는 머리 숙여 절했다.

"아니야. 오히려 나로서는 아직 어린 소녀인 그대를 전장에 세우는 게 내키질 않아. 용사도 평온하게 지내고 싶겠지? 혹시 원한다면 앞으로는 궁전에 머물며 전쟁과는 무관하게 지내는 것도 좋을 거야."

"네……?"

용사의 책무를 다하지 않아도 좋다. 그런 말을 언외로 듣고, 하츠미는 몹시 당황했다. 마족을 쓰러뜨리기 위해 불려 왔는데 그런 말을 듣게 될 줄 몰랐다.

기억상실 상태라는 점을 감안한 제안인 줄은 안다. 하지만 홀린 듯한 기분이 드는 것은 늘 짓고 있는 그 미소 때문일까. 의심하고 싶진 않은데…… 하고, 하츠미가 가슴속의 의구심을 떨쳐내려 하자 국왕이 물어왔다.

"어떤가? 용사는 마족 장군을 무찌른 것으로 그 역할은 충분히 해냈다고 생각하는데. 그대가 혼자 전투에서 물러난다 해도 책망할 사람은 아무도 없을 걸세.”

마치 악마의 속삭임처럼도 들리는 국왕의 호의를, 그러나 하츠미는 받아들이지 않았다.

“아뇨, 싸움에서 물러날 수는 없습니다. 마음만 감사히 받겠습니다.”

“그래…… 그렇다면 할 수 없지. 앞으로의 계획이 그렇다면 마족과 싸울 일도 급격히 늘어날 거야. 우리도 지원은 아끼지 않겠지만 용사도 절대 긴장을 늦춰선 안 돼.”

하츠미가 그러겠다고 대답하자 국왕은 시선을 돌려 바이처를 보았다.

“바이처. 용사를 잘 보필해라.”

“알겠습니다.”

바이처가 가볍게 머리 숙여 절했다. 두 사람 모두 과잉보호다.

이 이야기가 일단락된 듯하자 하츠미가 다시 말문을 열었다.

“그리고 폐하께 드릴 말씀이 하나 더 있습니다.”

“무엇인고?”

“네. 제 방에 침입한 침입자에 관한 이야기입니다.”

상냥한 물음에 하츠미가 그렇게 대답하자 국왕은 인상을 찌푸렸다.

“……그 사건이라면 정말 할 말이 없네. 용사는 좋은 대답을 기대하겠지만 그 괘씸한 도적은 아직 잡히지 않았어. 순찰병도 최선을 다해주고 있지만 도시를 뒤져도 전혀 발각될 기미가 없다고 해. 앞으로 수색 범위를 다른 지역으로 넓혀 도적 체포에 전력을 다할 것이니 조금만 더 기다려주게. 그리고 당분간 경비 때문에 주변이 소란스럽겠지만……."

"아뇨, 그 문제라면 더 이상 신경 쓰지 않으셔도 됩니다."

"……그게 무슨 말인고?"

"어젯밤, 그 남자가 다시 저를 찾아 왔으니까요."

"뭐라!"

"어이! 그게 사실이야?"

"그 남자가 또! 아니, 대체 어디로……."

하츠미의 고백에 국왕의 얼굴색이 확 바뀌었다. 가이어스와 바이처는 끼어드는 것이 과분하다는 것도 잊고 소리쳤다.

한편 침착한 셀피도 놀란 듯 움찔했다.

"모두들 걱정 마세요. 저는 괜찮으니까요."

그렇게 안심하라고 말하자 국왕이 여전히 동요한 기색으로 물어왔다.

"요, 용사. 정말 괜찮은 건가?"

"네. 만약 그가 악의를 품고 저에게 접근했다면 저는 지금 이렇게 폐하와 대화할 수 없었겠지요."

"그건 그렇네만…… 경비병은 도대체 뭘 한 게야."

국왕이 분노를 드러내며 짐짓 더욱 인상을 썼다. 궁전의 수비가 뚫린 것은 이로써 두 번째다. 그러니 국왕의 심기도 편하지만은 않을 것이다. 주변에서 보초를 서던 병사가 동요하는 모습을 보니 불쌍하다는 생각밖에 들지 않지만.

그때 뒤늦게 이상하다는 생각이 들었는지 국왕이 말했다.

"하지만 용사, 침입자에 관해서는 신경 쓰지 않아도 된다는 건 무슨 소린가?"

"어젯밤 그가 저를 찾아왔을 때 대화를 나누었습니다. 역시 제가 아는 사람 같았어요."

"도적이 용사의 친구라고 했다는 건 들어 알고 있네. 하지만 용사는 이세계에서 왔고, 이곳에 친구가 나타날 리는 없어 보이는데. 그건 어떻게 된 건가?"

"그는 아스텔의 용사 소환 때 휩쓸렸다고 했습니다."

"흠…… 그렇다면 불가능한 일도 아니지만 믿기에는 상당히 무리가 있어 보이는데? 용사는 어째서 그 남자의 말을 믿게 됐을꼬?"

"그의 입모양 때문입니다. 지금 이렇게 폐하와 대화를 나눌 때도 제 귀에 폐하의 말은 제가 사용하는 말로 변환되기 때문에 들리는 음성과 입모양은 다릅니다. 하지만 그의 말과 입모양은 제가 쓰는 것과 일치했습니다."

"……과연. 그러니까 그 도적…… 아니, 용사의 친구라는 자는 용사가 살던 세계의 말을 사용했다 이건가. 그렇다면 틀림없겠지."

"그리고 저에 관해서 몇 가지 이야기를 해주었습니다. 아무래도 그는 저를 잘 아는 사람 같았습니다."

"음······."

틈만 나면 웃거나 기뻐하는 것이 일인 국왕이 지금은 이렇다 할 기쁜 기색도 없이 도리어 떫은 감을 삼킨 듯한 표정을 지었다. 이 반응은 뜻밖이었지만 그 와중에 바이처가 평소답지 않게 동요하며 물어왔다.

"트, 틀림없는 겁니까?"

"응, 틀림없어. 못 믿을 부분이 적었거든."

그 말에 바이처가 넋이 나간 반응을 보이는 한편 국왕이 진지한 표정으로 물어왔다.

"허나 용사의 친구라 해도 궁전에 침입한 것은 엄연한 죄. 나도 용사의 지인에게 죄를 묻고 싶진 않지만······ 어쩌지 못할 경우도 있어."

"하지만 침입은 불가피했다고 했습니다. 처음부터 정식으로 저를 만나러 올 방법이 없었던 게 아닐까요?"

내용이 내용인 만큼 의도치 않게 살짝 책망하는 투가 섞이고 말았다. 그러자 국왕은 그런 식으로 추궁당할 줄은 몰랐는지 살짝 낭패한 기색을 내비쳤다.

"으음. 그건 용사를 지키기 위해서였다. 기억을 잃은 채로 회담을 열면 탈이 생길 수도 있으니까."

동요한 탓인지 국왕의 말은 아무래도 변명처럼 들렸다. 그것은 그때 스이메이가 무슨 말을 하려다 입을 다문 것과 관계가 있는 걸까. 하츠미는 억측을 섞어 국왕에게 수색 정지를 요청했다.

"그럼 눈감아주시는 걸로 생각해도 될까요."

"그렇게 말해도 곤란해. 이쪽에도 권위라는 것이 있으니까…… 궁전 침입을 허용한 것은 왕실로서도 불안한 문제야."

하츠미도 국왕이 승낙을 꺼리는 마음을 모르지 않았다. 그러나 위험을 무릅쓰고 호의로 찾아온 친구를 죄인으로 모는 것은 마음이 내키지 않았다.

그렇다면, 하고 하츠미는 무뚝뚝하게 말했다.

"알겠습니다. 폐하께서 정 그러시다면 관여하지 않겠습니다. 다만 그는 떠나기 전에 『나를 건드리겠다면 1만이든 2만이든 전멸할 각오로 덤비라고』 했습니다. 마족과의 전투를 앞두고 공연히 병사를 잃는 것은 좋지 않다고 생각합니다."

"끄음……."

반쯤 위협하는 듯한 말투에 국왕은 말을 머뭇거렸다. 스이메이의 말은 상당히 거만하지만 국왕은 용사의 실력을 알기에 같은 세계에서 왔다는 인간도 가호가 없어도 강하다고 생각한 것이리라.

한편 바이처는 스이메이의 말을 참을 수 없었을까.

"1만이든 2만이든 이라니…… 대단한 허풍이군."

바이처도 물론 현장에 있었지만 스이메이와는 직접 싸우지 않았다. 이렇다 할 실력 차가 있다고는 생각하지 않는 것이리라. 가이어스와 셀피의 패배는 목격했지만 그들에게도 방심한 부분은 있었다. 더욱이 포박이 목적이었던 이상 진짜 실력으로 싸웠느냐고 묻는다면 그렇다고는 할 수 없으니 실력 차이가 크다고는 생각할 수 없을지도 모른다.

그러나 그것은 얌전하게 돌아가려 했던 스이메이에게도 적용되는 말이다.

"나는 꼭 허세로 치부할 수 없다고 생각해. 실제로 경비병들은 상대가 안 되었고. 셀피나 가이어스도 그 녀석은 강적이었다고 생각하지?"

"그렇지. 무시했었다고는 해도 나도 그때는 한방에 무너졌으니까."

"……지금의 저로서는 몇 번을 싸운다 해도 그 소년에게는 이길 수 없을 것 같습니다."

가이어스가 부아가 치민다는 듯 쿵, 소리를 냈다. 셀피도 나지막한 목소리로 인정했다. 지난번 싸움에서 스이메이는 그 실력으로 가이어스와 셀피의 자신감을 크게 떨어뜨렸다. 싸워본 자만이 아는 기가 분명 있는 것이리라.

국왕이 이야기를 듣고 당혹스러운 표정을 짓자 하츠미는 거듭 요청했다.

"더 이상의 피해를 막기 위해서이기도 합니다. 부탁드릴 수 없을까요?"

"하지만 용사여……."

국왕이 용단을 내리지 못하고 망설이자 하츠미는 더는 기다리지 못하고 단호한 태도로 돌아섰다.

"그럼 이렇게 하죠. 만약 그에게 위해를 가하겠다고 한다면 저는 그의 편이 되겠습니다."

"아니?!"

"그는 위험을 무릅쓰면서까지 저를 찾아왔습니다. 그렇다면 저 또한 리스크── 위험을 부담하는 것이 도리겠지요. 어떻습니까?"

"으음…… 알겠네. 그렇게 하지. 용사가 그렇게까지 말한다면……."

명백한 공갈에 국왕은 마지못해 승낙한 뒤 재차 물었다.

"그럼 미어젠에는 용사를 만나러 온 건가?"

"아뇨. 여기 온 건 원래 세계로 돌아갈 수단을 찾기 위해서라고 했습니다. 제가 여기 있는 걸 안 건 미어젠에 도착한 이후일 겁니다."

"돌아갈 수단이라?"

"네. 자세한 건 모르지만 함께 가면 방법을 찾는 즉시 돌아갈 수 있다고 했습니다. 말하는 태도로 봐선 그에게는 믿는 구석이 있는 것 같았습니다."

하츠미는 어제 대화할 때 받은 인상에 대해서 말했다. 마법에는 문외한이기에 스이메이의 능력이 어느 정도인지는 알 수 없지만 지금 말한 대로 그의 말투에서는 분명한 자신감이 드러났다.

그러자 국왕은 더욱 동요하여 상체를 앞으로 기울이며 물어왔다.

마치 국사와 관련된 중대사에 직면한 것처럼 국왕은 이마에 땀이 맺힌 채 긴장한 표정으로 대답을 기다렸다. 그것은 주위도 마찬가지였다.

"용사여! 그게 정녕 사실인가?! 그래서 그대는 뭐라고 대답했지?!"

국왕이 물었음에도 불구하고 참을 수 없었는지 불쑥 가이어스가 정자 밖에서 몸을 들이밀며 물어왔다.

"어이, 설마 같이 간다고 한 건 아니겠지?!"

"설마 그럴 리가 있겠어. 아까도 말했잖아? 마족을 물리쳐야지."

그렇게 대답하자 얼어붙었던 공기가 단숨에 풀렸다. 일동이 안도하며 가슴을 쓸어내렸다.

"놀래키지 마. 심장에 안 좋다고."

"미안."

하츠미는 변죽을 울린 것에 대해서 사과했다.

그리고 주위를 둘러보았다. 이곳에 있는 전원의 표정을 살폈다. 일동이 안정을 되찾은 때를 가늠하여 품고 있던 생각을 밝혔다.

"하지만 마족을 무찌른 뒤에는 원래 살던 세계로 돌아가려고요."

그것은 어느 정도 예상했던 바가 아닐까. 돌아갈 수단이 있다면 누구라도 돌아가고 싶은 법이다. 셀피도 가이어스도 어느 정도 체념한 표정을 지었다.

모두가 말을 잃은 가운데 바이처가 가장 먼저 침묵을 깼다.

"용, 용사님. 그건 진심으로……."

"응. 나에게도 엄연히 가족이 있다고 하고 기억도 이대로 둘 수는 없으니까."

"하지만……."

"미안. 많이 신경 써준 건 알지만 이대로 살아갈 순 없어. 가족도 걱정하고 있을 테고……."

그래서 돌아가겠다고, 미안함에 말끝을 흐리며 덧붙였다. 매달리는 태도를 보이는 바이처에게는 마음속으로 고맙고 미안하다고 생각했다. 그도 섭섭한 마음에 그렇게 말하는 거라고. 하츠미는 입을 열지 않는 다른 동료에게도 물었다.

"두 사람은 어떻게 생각해?"

"난 하츠미가 그렇게 하고 싶다면……."

"그 문제는 네가 결정할 일이다. 개인적으로는 섭섭하지만 어쩔 수 없지."

"응."

셀피는 주저하는 것처럼도 느껴졌다. 한편 가이어스는 어른다운 관록으로 이쪽의 사정을 헤아려주었다. 평소와 다르게 무뚝뚝하고 진지한 태도다. 떠나는 사람의 마음을 불편하게 할까 걱정하는 듯하다.

바이처도 고뇌에 찬 듯 초조한 표정을 지었다.

국왕의 안색이 좋지 않은 것이 살짝 마음에 걸렸지만 그도 비슷한 감정인 것이리라.

더 이상 누구도 입을 열지 않아 어색한 침묵이 퍼져갈 그때였다.

돌연 병사가 정원으로 달려왔다. 경비병이 아니다. 복장으로 보아 랄심의 병사다.

잔디밭을 넘어졌다 굴렀다 하며 달려오는 모습은 익살맞은 인형극의 한 장면을 연상시키지만 그만큼 중대한 일인 것이리라. 뒤따라 쫓아온 경비병에게 부축을 받으며 피로가 느껴지는 걸음걸이로 다가왔다.

"어이, 이봐! 무슨 일이야!"

"예!!"

병사는 가이어스에게 대답한 뒤 정자 앞에서 무릎을 꿇었다.

"미, 미어젠 국왕 폐하께 급히 보고드릴 것이 있습니다!"

"무슨 일이길래 그렇게 경거망동인가. 용사의 앞이다."

"죄, 죄송합니다!"

병사가 머리 숙여 사죄했다. 그런 그에게 국왕은 재차 물었다.

"그래서 무슨 일인가? 모습을 보아서는 보통 일이 아닌 듯한데."

물을 것도 없이 전원은 무슨 일이 벌어졌는지 직감했다.

긴장 속에 대답을 기다리자 머지않아 병사가 숨을 고른

283

뒤 입을 뗐다.

"마족의 침공이 다시 시작되었습니다!"

그리하여 용사 하츠미의 짧은 휴식은 끝이 났다.

★

현재 마족의 영토는 가이어스의 출신국인 랄심의 영토와
접해 있다.

원래 마족의 영토로 불리던 지역과 랄심의 영토 사이에는
어느 쪽의 세력에도 속하지 않은 공백 지대가 있었다. 그러
나 마족군이 최초의 침공 때 랄심까지 파고들 만큼 대규모
진군을 펼쳤기에 그 경계에 간이 요새를 세우고 마족 침공
을 막아냈다.

하츠미 일행이 마족군의 공격을 물리쳤기에 앞선 마족 토
벌 때 세워진 요새는 현재 전선이자 중계 지점이 되었다.

날수로 나흘. 하츠미 일행은 원군을 앞질러 경이적인 속
도로 대황야 직전에 위치한 그 요새에 당도했다.

요새 주변은 물자 반입을 위한 움직임으로 분주한 모습이
다. 대규모 전투에 대비하여 연합에 소속된 각국의 병사들
이 바쁘게 움직이고 있었다.

그 모습을 말을 탄 채 바라보던 하츠미 일행은 천막 앞에
서 말에서 내려 안으로 들어갔다.

천막 안에는 이미 연합에 소속된 각국의 장군과 참모들이

모여 앞으로의 작전을 논의하고 있었다. 그들 대부분은 지난번과 지지난번 전투에서 본 얼굴들이었다. 미리 보고를 받았는지 용사가 등장하자 놀라는 기색 없이 맞이했다.

용사 하츠미의 자리는 가장 상석이며 그다음이 바이처다. 셀피는 소환자이므로 하츠미의 옆에서 대기했다.

전원이 자리에 앉자 바이처가 미어젠 군의 참모에게 물었다.

"현재 상황은?"

"예! 현재 랄심, 미어젠 군을 주축으로 양쪽 날개에도 병사를 배치, 정면 침공이 예상되는 마족군을 에워싸는 형태로 전개 중입니다."

"습격받았다는 경계 요새 상황은?"

"마족의 습격을 받은 요새는 북서, 북북서, 북동, 북북동의 요새입니다. 현재는 원군 이송을 완료, 대부분이 선전을 펼치고 있지만 북북동의 공격 양상이 격렬한 모양으로 상황은 좋지 않습니다."

참모의 신속한 보고에 가이어스가 신음을 흘렸다.

"전력은 충분히 배치했을 텐데."

"마족 수는 배치했던 병사의 수보다 많았습니다. 그래서 조금 전 격퇴에는 원군이 필요하다고 판단을 내렸습니다."

그렇게 말한 뒤 참모는 더 자세히 상황을 설명했다. 그리하여 그 상황을 종합해보건대.

"허술한 작전이네."

"역시 용사님도 양동 작전이나 분산 작전 중 하나라고 생각하십니까?"

하츠미가 적의 움직임을 판단하자 바이처가 확인하며 물었다. 하츠미가 아는 체하는 얼굴로 끄덕이자 셀피도 수긍했다.

"분명 하츠미의 예상은 맞을 거예요. 마족은 본대로 연합군을 누르고 몇 개의 별동대를 움직이는 양동 작전. 혹은 그쪽으로 연합병을── 용사를 끌어내 전력을 분산시킬 작전일 겁니다."

셀피가 말한 대로 그것이 하츠미의 예상이었다.

"다만──."

"작전이 너무 허술한 것이 의심스럽다는 거죠?"

"응, 이게 어떤 작전이라는 것쯤은 누구나 알 수 있어."

셀피의 물음에 하츠미가 끄덕였다. 그렇다, 이런 식으로 누구나 간파할 수 있는 작전이기에 허술하다고 평가한 것이다.

그러나 그것이 무언가 다른 의도가 있는 게 아닐까 하고 억측하는 요인이 되기도 했다.

거기서 가이어스가 사나운 얼굴로 참모에게 물었다.

"각 요새를 습격한 마족군의 규모는 어느 정도지?"

"북북동을 제외한 곳은 필시 배치된 병사의 2배 정도, 북북동에는 항시 전력을 쏟아붓는 듯 3배에서 4배는 될 것으로 예측하고 있습니다."

"많군······."

연합병은 요새를 거점으로 싸우고 있기에 숫자가 적어도 대응은 가능하다. 버틸 여유는 있다. 그러나 북북동으로 쳐들어온 마족의 수는 요새를 함락할 수 있을 정도다. 요새를 지키기 위해서는 많은 원군을 보내야 하며 격파하려면 상당한 전력을 쏟아부어야 한다.

"······즉 놈들은 단순히 우리 전력을 분산시킬 속셈인 거야. 단순하지만 그만큼 효과적이지. 계획이 있을 것 같지만 특별한 계획이 없는 게 놈들의 계획인 거야. 속임수지."

"맞아. 상식적으로 그렇다고 생각해."

가이어스가 내린 결론에 하츠미가 동의했다. 현재 알아낸 정보로 판단할 수 있는 것은 그 정도다. 그 이외에 또 다른 꿍꿍이가 있는지에 대해서는 판단할 수 있는 상황이 아니다.

그때 참모가 얼굴을 찡그리며 말했다.

"······지금까지는 버티고 있지만 북북동 경계 요새가 무너지는 건 시간문제입니다."

"이대로는 위험하겠군요."

"응. 구멍이 뚫리면 마족은 그 틈을 뚫고 단숨에 들이닥칠 거야."

적의 동향 파악이 끝난 뒤 바이처가 물었다.

"그래서 원군 계획은?"

"네. 주된 계획은 이쪽에서 다시 원군을 보내는 것입니다. 그리고 복안으로는······ 송구하지만 용사님께서 원군을 이

끌고 요새로 향하는 계획을 준비해두었습니다."

계획을 제시한 참모는 송구함을 표했다. 가장 확실한 계획을 복안으로 삼은 것은 필시 용사를 어렵게 생각한다는 것을 어필하기 위함이리라. 원래라면 그것이 최선책이지만 아무리 참모나 장군이라고 해도 대놓고 용사에게 전장으로 가시오, 라고 명령할 수 없는 것이다.

그 뜻을 모르지 않는 하츠미가 결연히 고개를 끄덕였다.

"우리가 움직여야 해. 다른 요새에 원군을 보냈으니 본대의 전력은 한정되어 있을 테고, 마족 본대가 움직였을 때를 대비해서 구원 병력을 많이 할애할 수 없어."

"그렇다는 건."

"움직이기 쉽고 전력도 충분한 우리가 움직여야 한다는 거군요."

"그렇게 되겠군."

"이야기는 끝난 거지? 준비가 되는 대로 출발할 테니 채비를 부탁합니다."

하츠미가 겸손하게 머리를 숙이자 죽 늘어앉은 장군들도 황급히 머리를 숙였다.

요새에서 군 회의를 마친 뒤 하츠미 일행은 신속히 움직였다. 본진까지 행군하면서 쌓인 피로를 풀 새도 없이, 데리고 온 병사는 본진에 남겨두고 장군들이 미리 준비해둔 부대를 이끌고 목적지인 경계 요새로 향했다.

그리고 현재는 마족의 공격이 거세다고 알려진 경계 요새에 도착해 있다.

산림 사이에 위치한 높직한 들판에 블랙 우드제 기둥을 여러 개 세워 만든 방벽이 있다. 사방에는 감시탑이 설치되어 있다. 요충지에 세워진 튼튼한 요새의 이미지와는 거리가 멀지만 뚫리기 쉬운 길을 막듯 설치되어 있기에 요새라는 체면은 유지하고 있었다.

그러나 북쪽 방면의 경계 요새는 대황야 직전의 본진이 주둔한 요새와는 다르게 한번 마족의 습격을 받고 다시 탈환한 경위가 있었다. 거듭된 파괴로 보수는 했지만 상태는 좋지 않았다. 튼튼한 블랙 우드제 방벽도 곳곳에 큰 흠집이 나 있거나 일부에는 구멍이 뚫려 있어 보기에도 믿음직스럽지 않다.

그런 경계 요새는 예상과 달리 고요했다. 지금은 마족이 공격을 멈춘 것일까. 전투 뒤의 부산스러운 모습은 보였지만 현재 공격당하는 모습은 보이지 않았다.

이끌고 온 부대에 셀피를 남겨두고 하츠미는 한 발 먼저 요새에 입성했다. 바이처, 가이어스와 함께 감시탑에 올랐다.

탑 위에서는 지휘관이 직접 주변 상황을 관찰하는 듯 한창 지시를 내리고 있었다. 어깻바대와 복장으로 보아 랄심의 장병인 듯하다. 지휘관 곁으로 다가가자 그는 격식을 갖쳐 무릎을 꿇었다.

가이어스가 곧바로 편하게 해도 좋다고 지시한 뒤 그에게 물었다.

"상황은 어떻게 돼가고 있지?"

"예. 현재 전투는 교착 상태에 빠져 있습니다. 마족 측도 공격하다 지친 모양으로 공격이 느슨해진 지금 부상자 치료와 요새 보수를 서두르고 있습니다."

지휘관이 살짝 흥분한 기색으로 보고했다. 앞선 전투의 고양감이 채 가시지 않은 것이리라. 그런 지휘관의 보고에 가이어스는 기풍 좋은 미소로 답했다.

"잘 버텼군. 훌륭해."

"과찬이십니다. 포반 장군님."

지휘관이 가볍게 머리 숙여 가이어스에게 감사를 표했다. 그런 지휘관에게 하츠미가 물었다.

"그래서 저게 마족인가요?"

하츠미가 묻자 지휘관은 흥분한 모습으로 수긍했다. 감시탑에서 내려다보이는 완만한 들판. 하츠미가 그곳으로 눈을 돌리자 지휘관이 전방을 가리켰다. 그곳에는 마족 군단이 있었다. 요새가 위치한 높직한 언덕을 에워싸듯 퍼져 진다운 형태를 이루고 있었다.

인간군처럼 영지(營地)를 갖춘 것은 아니지만 지면을 파내참호 같은 구멍을 만들고 목석 따위로 벽을 설치해 일단 진지다운 것을 형성한 듯했다. 전체는 파악할 수 없지만 주변을 상당히 파괴하고 있는 듯했다.

그렇게 함으로써 철수할 때 이쪽의 발을 묶을 생각인 것으로 짐작되지만 어쨌든──.

"보란 듯이 포진해 있군."

"이쪽에서 공격하지 않는 것을 기회로 삼아 저렇게 압력을 가하고 있습니다. 소리를 지르고 토지를 침범해 우리 쪽을 지치게 만드는 것이 목적인 듯합니다……."

자신들이 오기 전까지는 병력이 적었다. 적은 병력으로 쓸데없이 나서면 적의 공세에 말려들어 요새를 함락당할 가능성이 있다. 원군을 기다리는 수밖에 없었겠지만 기다리는 시간 동안은 전전긍긍했을 것이다. 마족이라는 실체뿐만 아니라 언제 공격당할지 모른다는 불안과도 싸워야 했을 테니 말이다. 하지만── 이상하다.

마족의 동향은 전략적으로는 정통에 따르고 있다. 이치에는 맞다. 그러나 그 방법은 마족답지 않다고도 할 수 있었다. 약점을 보이면 바로 공격하는 것이 마족이 가진 기질이다. 그런데 요새를 두고 벌이는 전투가 교착 상태에 빠졌다고 해서 그저 압력만 가할 뿐이라니. 상대도 다시 공격하기 위해 원군을 기다리는 것일지도 모르지만 아무래도 석연치 않다.

그런 생각을 하고 있자 바이처가 물어왔다.

"용사님. 어떻게 하시겠습니까?"

"쫓아내야지. 지금까지 그래왔던 것처럼. 그런데…… 마족들에게 수상한 움직임은 없었나요?"

"방금 보고드린 내용 이외에 중요한 정보는 없을 겁니다. 주위에도 마족은 없습니다."

"그럼 문제없겠지."

그렇게 결론 내린 직후 감시탑 아래에서 셀피의 목소리가 들려왔다.

"하츠미, 전령이에요."

"무슨 일인데?"

"마족 본대가 움직였대요. 현재 연합군이 움직여 맞서고 있답니다."

올 것이 왔구나, 하는 분위기로 주위에 술렁임과 긴장이 스쳤다. 그 보고를 들은 바이처가 괴로운 듯 내뱉었다.

"역시 전력을 분산시킬 계획이었나. 교활한 놈들."

연합 부대가 떨어진 타이밍을 노리고 본체를 일제히 움직인 것이리라. 결국 저쪽의 흐름에 넘어가게 되었지만 이로써 눈앞에 버티고 있는 마족 부대가 전력을 분산시키기 위한 미끼라는 것이 확정되었다고도 할 수 있다.

"빨리 처리하고 돌아가자 그리고 바이처, 전투가 끝나면 데리고 온 병사들은 두고 갈 거야."

"방위 보충을 말씀하시는 거군요. 그렇게 하겠습니다."

바이처가 대답하자 가이어스가 판단을 촉구했다.

"어떻게 하면 되는데?"

"먼저 치고 들어갈 거야. 서둘러 무력화시키고 바로 돌아간다. 그게 가장 좋을 것 같은데 어때?"

"저는 찬성입니다."

"뭐, 그 수밖에 없겠지."

그렇다, 가이어스의 말대로 그 방법밖에는 없다. 시간적인 여유가 없기에 적을 교란시키거나 다른 장소로 병사를 배치하는 등 시간을 필요로 하는 책략은 쓸 수 없다. 정면으로 공격하는 만큼 피해는 크겠지만 그 정도는 자신들이 보완하는 수밖에 없다.

방책을 확인한 바이처가 지휘관에게 물었다.

"지휘관, 요새에 남은 병사들의 상태는 어떻지?"

"부상과 피로가 겹친 병사가 생각보다 많습니다. 방어전이라면 병력의 4분의 3 정도를 쓸 수 있지만 공격에 가담할 수 있는 병력이라면 절반가량으로 줄어들 것입니다."

"셀피, 우리가 끌고 온 부대의 상태는?"

"행군 중에 휴식은 취했으니 지금 바로 전투에 투입돼도 문제없을 거예요."

"그럼 즉시 전투 준비를 시켜. 현재 전개 중인 마족 부대에 맞서 우리는 부대를 세 개로 나누어 우익, 좌익 부대로 양측을 막고 용사님이 이끄는 본대로 마족군을 섬멸한다. 요새 앞에서 진형이 갖춰지는 대로 공격한다!"

바이처가 지시를 내리자 타국의 병사임에도 불구하고 랄심의 병사가 움직이기 시작했다. 사전에 왕실이 그가 용사의 동료라는 것을 알리고 교섭에 만전을 기했기 때문이다.

한편 지휘관과 대화하던 가이어스에게 하츠미가 물었다.

"우리도 곧 출발해야지. 가이어스, 준비됐어?"

"오! 좀이 쑤시는군."

가이어스는 대답하고 나서 주먹을 손바닥에 탁, 부딪쳐 보였다.

가이어스가 감시탑을 내려가자 하츠미도 난간을 딛고 탑을 박차듯 내려갔다. 평소 때였다면 병사들이 열광할 행위지만 지금은 누구도 그것을 볼 여유는 없다. 편대와 대열을 짜느라 정신없이 움직이는 병사들 틈을 빠져나와 문 앞까지 내처 달렸다.

문 앞에서 기다리자 머지않아 마족 공격 준비가 끝나고 개문 신호가 울려 퍼졌다.

그 후 문이 열리는 것과 동시에 정렬한 병사들 쪽을 돌아보았다. 용사와의 전투를 앞두고 흥분한 병사들의 얼굴이 보였다. 앞으로 펼쳐질 마족과의 전투에 대한 불안은 전혀 없었다.

이 높은 사기도 지금껏 자신이 마족과의 전투에서 연전연승을 기록했기 때문일 것이다. 그런 사실이 있기에 모두가 승리를 확신하고 있다.

이 기대에 부응해야 해. 그런 생각이 하츠미의 가슴속에 솟아올랐다.

그 마음을 되새기며 그들에게 눈빛을 보냈다.

그때 바이처가 병사들 앞으로 한 걸음 나왔다.

"이제부터 우리는 요새를 공격해온 마족을 토벌한다! 우리 연합군은 원군을 포함해도 놈들 마족의 수에는 미치지 못하지만 우리에게는 만 명의 원군에 필적할 힘을 지닌 용사님이 있다! 그녀가 우리와 함께 싸워주는 한 우리에게 패배란 없다! 여신 아르주나의 가호를 받은 용사와 함께 싸울 수 있게 된 것을 영광으로 알고 전투에 임해라!"

전에 없이 열정적인 바이처의 말이 끝나자 일제히 우렁찬 함성이 울려 퍼졌다.

그 후. 가이어스와 바이처가 옆으로 붙었다. 바이처의 구호와 함께 병사들과 요새를 출발했다. 단숨에 비탈을 달려 내려가 마족과의 거리를 두고 대열을 유지한 채 행군을 멈췄다.

"……마족도 이쪽의 움직임을 눈치채고 움직이기 시작한 것 같네."

"우리는 언덕 위에 진을 쳤으니 저쪽에서도 알기 쉬운 겁니다."

바이처가 설명하자 후방에서 지휘관의 목소리가 울렸다.

"진형은 갖추었습니다! 언제라도 공격 가능합니다!"

동료들과 마주 보고 고개를 끄덕였다. 곧바로 바이처가 지시를 내렸다.

"마법사 부대는 영창을 준비해라!"

──평원에서 충돌하거나 숫자로 밀어붙이는 전투 등 특별한 전략이 없는 전투에서는 마법사 부대가 선제공격을 하

는 것이 정석이다. 그들이 마법 공격을 최대한 퍼부은 뒤에 궁병과 기마병, 창병 등이 공격을 개시한다.

"마법 공격이 끝나면 공격한다! 정면 부대는 전원 긴장 상태를 유지하라!"

가이어스의 목소리가 울려 퍼지자마자 마족 측에서도 기분 나쁜 웅성임이 들려왔다.

바이처가 셀피를 불렀다.

"셀피, 선제 마법 공격이 끝나면."

"부대 측면으로 가서 원호하죠. 알고 있습니다. ──마도대는 영창 준비를! 불꽃 마법과 바람 마법으로 마족을 타격합니다!"

셀피는 바이처에게 대답하자마자 마법사 부대에게 지시를 내렸다. 곧이어 주문을 짜는 목소리가 돌림노래처럼 메아리쳤다. 바람 마법으로 일으켜진 불꽃 마법이 일제히 마족 부대로 날아갔다. 병사들을 에워싸듯 퍼져 있는 마족에게 1차 공격이 충돌했다.

이어서 2차, 3차 공격이 이어지고 불길이 거세게 솟구쳤다.

"바람 마법사는 풍향을 제어해주세요! 아군이 항상 바람이 불어오는 쪽에 있도록 조정을 게을리해선 안 됩니다!"

재차 셀피가 지시했다. 한편 우익과 좌익에서는 끊임없이 마법을 퍼부어 마족의 발을 묶었다.

정면에 있는 마족들이 불길을 뚫고 돌진해올 것을 예상하고 검객들이 움직이기 시작했다.

정면 부대가 검을 빼들고 바이처가 높이 검을 쳐들었다.

높이 쳐든 검 끝이 햇빛을 반사한 직후.

"좋다, 전원——!"

바이처가 출격 지시를 내리려던 그때였다. 비명과도 같은 보고가 우익에서 날아들었다.

"바이처 전하! 우측 방면에서 마족 원군이 오고 있습니다!"

"뭐?!"

"이 타이밍에?!"

바이처와 하츠미의 목소리가 겹쳐졌다. 뒤이어 가이어스가 성난 목소리로 전령에게 외쳤다.

"그쪽은 산 쪽이다! 그게 무슨 말이야?!"

"날개가 있는 마족들입니다! 날아서 이쪽을 향해 오고 있습니다!"

"복병을 준비해뒀다는 거야……?"

"하지만 지휘관은 그런 움직임은 없다고…….'

그렇게 말했다. 주위에서 마족 무리는 감지하지 못했다고. 그렇다면 어떻게 된 걸까.

하츠미가 중얼거리면서 생각하자 바이처가 험한 표정으로 말해왔다.

"지금은 의논할 때가 아닙니다. 정면 부대를 얼마간 할애해서 대응해야 합니다. ——병사는 즉시 앞으로 나가 정면을 지켜라! 정면 마도대는 서둘러 우익으로 가서 원호를!"

바이처가 다급히 지시를 내린 순간 병사가 치명타를 가하듯 보고를 하러 달려왔다.

"전령입니다! 좌측 북쪽 방면에서 마족이 출몰했습니다! 숫자는 우리 쪽을 크게 웃돌고 있습니다!"

"뭐? 그럴 리가!"

"이럴 수가! 노리고 있었던 것처럼 지금……?!"

"말도 안 돼. 어디에 그런 대군을 준비해둔 거야…….."

가이어스가 신음했다. 때마침 공격하려는 이때 양쪽에서 원군이 나타날 줄이야. 이쪽의 움직임을 읽고 있었다는 듯이 너무나도 기막힌 타이밍이었다.

그렇다면 이 부대는 정면과 양측으로 두터운 마족군에게 반포위된 상태라는 뜻이다.

바이처가 초조한 목소리로 고함쳤다.

"대응은?!"

"벼, 병력 차이가 너무 심합니다! 처음부터 배 가까이 차이가 났지만 원군이 와서 몇 배로 불어났습니다! 전부 공격해 온다면 우리 군은 잠시도 버티지 못할 것입니다!"

좌측은 숲이 있어 접근하지 않으면 확인할 수 없지만 산쪽 방면에서 오는 마족은 육안으로 확인할 수 있었다.

"말도 안 돼, 저렇게 많이……?"

우뚝 솟은 산맥이 검붉은 꿈틀거림으로 뒤덮일 만큼 날개 달린 마족이 날아오고 있었다. 그 수는 현재 우측에 할애한 병력으로는 도저히 대응할 수 없을 만큼 많았다. 전령의 표정으로 보아 좌측 숲의 상황도 다르지 않을 것이다.

……그러나 이상했다. 습격이 개시된 직후 그 많은 원군을 불러들이는 것은 불가능할뿐더러 애초에 복병을 숨겨둘 이유가 없다. 이만한 대군이면 힘으로 밀어붙여 공격하면 요새는 쉽게 함락할 수 있을 터다. 복병 전략을 세울 필요는 없다.

그런데도 이쪽 군을 유인했다는 것은 원군이 올 것을 예측했다고밖에 생각할 수 없지만 그것은 그것대로 납득이 가지 않는다. 이렇게까지 해서 원군을 밀어붙일 이유가 어디에 있다는 걸까.

그때 가이어스가 소리쳤다.

"크윽! 마족은 경계 요새의 별동대와 본대가 다가 아니었단 말인가!"

──가이어스가 내뱉은 말에 하츠미는 문득 깨닫는 것이 있었다.

"그래, 별동대……."

그런 하츠미의 목소리는 주변에서 들려오는 비명 소리에 파묻혔다.

바로 옆에서 바이처가 지시를 내렸다.

"전군 진형을 유지해라. 지금 대열을 무너뜨리면 마족에게 틈을 주게 된다! 서둘러라!"

진형을 유지한다. 즉 이대로 맞서 싸운다는 것일까. 그러나 진형을 정비하고 방어전에 돌입한다 해도 이 병력으로는 계란으로 바위 치기인 것이 명백하다.

그리고 그때가 결단의 기로였다. 아무리 생각해도 대응은 불가능하다고 깨달은 직후 하츠미는 있는 힘을 다해 외쳤다.

"도망쳐!"

"뭐?"

"용사님?!"

곤혹에 찬 목소리가 주위에 울려 퍼졌다. 누구보다 곤혹스러운 표정을 보인 것은 바이처와 가이어스다. 그 두 사람에게 명령조로 지시를 내렸다.

"모두 도망친다! 지금 진군해 있는 부대를 전부 이동시켜!"

"하지만 용사님, 그렇게 되면 이 요새의 방위선이 무너집니다!"

"하지만 숫자가 너무 많아! 이대로 마족과 싸운대도 전멸할 뿐이야!"

"하, 하지만 이대로 철수하면 사기에도 영향이……."

분명 거듭된 승리로 연합 전체의 사기가 높아져 있다. 그런 상황에서 용사가 이끄는 부대가 허무하게 철수한다면 영향이 없을 수는 없을 것이다. 그러나.

"사기를 위해서 피해를 감수하는 건 현명하지 않아."

하츠미가 단호히 말하자 바이처는 더 이상 물고 늘어지지 않았다. 그도 이대로 대책 없이 싸우는 것은 어리석다는 것을 알고 있으리라.

"……알겠습니다. 그럼 바로 후위대를 편성하고 요새 방위 병력을 사용해서……."

"아니, 요새에 있는 병사들도 바로 철수시켜."

"요새 병사들도 말입니까?"

"어이, 그럼 어떻게 발을 묶으려고? 후위대가 없으면 도망치는 것도……."

그렇다, 가이어스가 말한 대로 도망치기 위해서는 적의 발을 묶을 부대가 반드시 필요하다. 그것은 하츠미도 알고 있었기에 머리를 가로저었다.

"물론 후위대는 편성할 거야. 하지만 그 후위대는 아직 힘이 남은 부대와 우리가 맡을 거야. 요새는 지키지 않고 버리는 걸 전제로 하고."

"버리다니……."

"요새를 지키려고 사람 목숨을 버리는 건 의미가 없잖아."

말을 들은 두 사람은 침묵했지만 같은 마음일 것이다. 분명 이곳 경계 요새는 마족의 침공을 막는 주요 거점이지만 이대로 요새를 방위해도 함락당하는 것은 시간문제다. 그렇다면 일찍이 포기하고 철수하는 것이 상책이다.

"그래서 후위대말인데 두 사람 다 내키지 않으면 무리하지 않아도 돼."

강요하지 않고 선택하게 했다. 그러나 역시나 예상대로 두 사람은 거부하지 않았다. 바이처와 가이어스는 이마에 식은땀을 흘리며 병사들의 철수를 지원하겠노라 굳게 다짐

했다.

그 사이에도 후방에서 다시 병사의 비명이 터졌다.

"우익! 더 이상 버틸 수 없습니다! 좌익도 조만간 뚫릴 것입니다!"

"빨라……."

"완전히 말려들었어. 칼을 뽑을 시간도 없다니……."

전부 간파당한 것처럼 흐름에 휩쓸렸다. 모든 것이 마족의 계획이었다는 것일까. 이쪽이 채 대응을 하기도 전에 상황이 급변했다. 이대로라면 정규 철수 전략은 통하지 않을 것이다.

마도대를 지휘하던 셀피가 달려왔다.

"바이처 왕자님, 이쪽 상황은요?"

"지금 방책이 정해졌어."

"맞서 싸우는 겁니까?"

"아니…… 철수한다."

바이처와 셀피가 이를 악물었다. 그런 두 사람의 대화가 마무리되었을 때 하츠미가 입을 열었다.

"바이처, 가이어스, 셀피."

"네."

"뭔데?"

"하츠미."

"이제부턴 흩어져서 싸우고 어느 정도 시간을 벌면 각자 도망치자. 세 사람은 각 부대를 이끌고 철수해. 나는 혼자 움직일 테니까."

"단독이라니, 너."

"하츠미! 그건 안 돼요!"

셸피가 강한 어조로 말했다. 걱정해주는 것이리라. 그러나 그래야만 하는 이유는 있다.

"나는 영걸 소환의 가호를 받았어. 그러니 다른 사람들보다 체력도 있고 어떻게든 될 거야."

"아무리 그래도 혼자 가는 건 무리야!"

"어설프게 병사를 붙여줘도 짐이 될 뿐이야. 그렇잖아?"

"그건…… 그렇지만."

가이어스가 말이 막힌 것과는 대조적으로 바이처가 진지한 표정으로 고개를 저었다.

"아뇨, 용사님. 저도 함께 가겠습니다."

"안 돼. 우리는 흩어져야 해. 안 그러면 누가 병사들을 이끌어?"

"저는 국왕 폐하에게 당신을 도우라는 명령을 받았습니다. 게다가 저는 당신에게 도움이 된다면──."

"바이처."

"용사님……."

바이처의 이름을 부르고 잠시 그의 눈동자를 응시했다. 결의에 찬 시선에도 바이처가 물러날 기색이 없자 하츠미는 비겁한 수단을 선택했다.

"나는 혼자서도 괜찮아. 그러니 바이처는 후위대와 함께 본진까지 도망쳐. 용사의 명령이라면 들어줄래?"

"용사님?! 그건?!"

"하츠미……."

"어이 그건……."

용사의 명령은 거부할 수 없다. 바이처는 결코 듣고 싶지 않은 말이었을 것이다. 그 말을 들으면 선택지는 사라지는 것이므로.

"……큭, 분부에 따르겠습니다."

끄덕이는 것이 괴로운 걸까. 다만 용사라고 불리는 여성을 거스르는 것은 불경이다.

바이처는 잠시 고개 숙였다가 의연히 고개를 들었다. 그리고 병사들에게 소리쳤다.

"지금부터 우리 군은 철수 작전에 돌입한다! 요새는 버린다! 아직 힘이 남은 자는 우리와 함께 후위를 맡는다! 그 외에는 서둘러 대황야 앞 본진까지 철수하라!"

그 호령이 떨어지자, 혼전 양상을 보이던 전장에서 각 부대 지휘관이 부하에게 명령을 내리기 시작했다.

어느새 달라붙듯 불쾌한 식은땀이 목덜미를 타고 흘러 내렸다.

★

하츠미 일행이 마족의 공세로 뿔뿔이 흩어진 뒤 본대가

있는 곳까지 돌아오는 데 성공한 바이처는 쉬지 않고 전장 한복판에서 지휘를 잡고 있었다.

"우익을 유지시켜라! 발바로 군에 전령을 보내 좌익 일부를 중앙으로 보내라! 본체의 압박을 버틴 뒤에 우익에서 맞선다!"

바이처가 본대로 돌아왔을 때는 이미 중앙에 있던 마족은 진군하여 네 개의 연합군으로 구성된 본대와 황야 끝에 펼쳐진 평원에서 격돌 중이었다.

연합군에는 미리 인원을 보충해두었기에 마족군은 결과적으로 연합군보다 적어질 거라 예상했지만 침공을 개시한 마족 군단은 예상보다 훨씬 규모가 컸다. 그리고 현재는 중앙에서 일진일퇴의 교착 상태에 빠져 있었다.

"큭……. 본진으로 돌아갈 수 있어도 이 상황에서는 어찌할 수도 없나……."

전투의 형세가 보이는 곳에서 지령을 내린 뒤 바이처는 괴로운 듯 중얼거렸다. 그때 옆에 있던 군 참모가 꿇어앉아 아뢨다.

"전하! 전황은 막상막하지만 전세를 뒤집기에는 상황이 좋지 않습니다! 우선 여기서는 전선을 뒤로 물리고 다음을 도모하는 것이……."

"당치도 않다! 요새 후방까지 물러나잔 말이냐! 그렇게 되면 용사님이 돌아올 곳이 없어져! 용사님이 돌아올 때까지 버텨야 한다!"

"하, 하지만…… 그렇게 되면 군이……."

괴멸까지는 아니더라도 상당한 피해를 입게 된다. 그러나 참모도 그 말은 입 밖에 낼 수 없었다.

"용사님을 잃는 일이야말로 연합군의 막대한 타격이다. 여신 아르주나가 우리에게 주신 힘을 잃는 거란 말이다!"

바이처의 말에 참모는 이의를 제기할 수 없었다. 전장에서 용사의 힘은 막대하다. 하츠미의 실력은 물론이고 영걸 소환 가호의 효과도 절대적이다. 지금까지 전장에서는 기력만 잃지 않는다면 체력이나 집중력이 다하는 법은 없었다.

그 사실은 군도 주지하고 있기에 참모도 군을 택할지 용사를 택할지를 두고 저울질한다면 간단히 답을 내릴 수 없었다.

"무슨 말인지는 알아. 상식적으로는 정당한 판단이다. 하지만 지금 그 발언은 바람직하지 않아. 군의 체면을 위해서도 내 정신 건강을 위해서도. 기록관! 지금 참모가 한 발언은 기록하지 마라!"

기록관들은 바이처의 온정에 반응하여 대답했다.

그때 바이처의 시선 끝에서 녹색 로브가 펄럭였다.

"바이처 왕자님."

"셀피구나. 무슨 일이야?"

병사들을 사이로 나타난 셀피에게 바이처가 물었다. 셀피도 바이처가 본대에 합류했을 무렵 본대로 돌아왔다. 현재는 우익의 마법사로 구성된 3개 연대에서 분전을 펼치고 있었을 터인데 그곳을 내버려두고 여기까지 온 데에는 이유가 있는 것이리라.

"방금 가이어스 씨가 서쪽에서 부대를 이끌고 귀환했습니다."

"돌아왔구나! 그래서 용사님은 함께 있고?!"

"그게. 부대 생존자는 데리고 왔지만 용사님의 행방은 모른다고 합니다……."

"크읏……!"

희미한 기대마저 날아가버리자 바이처가 분개했다. 그러자 그 대화에 끼어들듯 남성의 목소리가 메아리쳤다.

"어이 바이처! 전투는 어떻게 돌아가고 있어?"

"가이어스 씨! 당신은 내려가 있으라고 했잖아요!"

"포반 장군! 왕자 전하께 그 무슨 말씨입니까!"

가이어스는 진의 후방으로 내려가지 않고 셀피를 따라온 듯하다. 셀피와 참모의 비명이 겹쳐졌다.

그러나 가이어스와 바이처는 신경 쓰는 기색 없이 상황 확인에 들어갔다.

"어이!"

"좋지 않아."

"마족놈들을 몰아내는 건?!"

"지금 어떻게든 해보고 있어."

본대가 고전하는 상황에서 하츠미의 구출이 요원해진 것을 깨달은 것이리라. 뜻대로 되지 않는 상황에 가이어스가 초조한 듯 땅을 걷어찼다.

"녀석은 우리가 지켰어야 했는데……."

"그런 말하지 마. 용사님이 말씀하시면 우리는 따를 수밖에 없어."

가이어스가 어깨를 늘어뜨린 채 땅바닥에 주저앉자 바이처가 어쩔 수 없는 일이었다고 타일렀다. 하츠미의 실력은 이미 알려져 있고 아직 드러나지 않은 힘도 있다. 그런 하츠미가 괜찮다고 말한다면 믿을 수밖에 없다. 무엇보다 용사의 명령이기에 따르는 수밖에 없었다.

"가이어스 씨, 후방으로 가세요! 부상은 나아도 체력에는 한계가 있어요! 어서 생존자들과 함께……."

"알지만 이 상황에서 그게 되겠어? 나는 여기서 하츠미가 돌아올 때까지 기다릴 거다."

"하지만……."

셀피가 물러서지 않는 것과는 반대로 이곳에서 권한을 가진 바이처가 말했다.

"마음대로 해. 하지만 짐이 되면……."

"그래! 두고 가라. 중요한 것을 혼동하지 마."

아무래도 의사소통은 완벽한 듯하다. 독설인지는 판단할 수 없지만, 그런 두 사람을 본 셀피는 불안함이 섞인 질린 한숨을 내쉬었다.

그러자 이번에는 진의 후방에서 병사 한 명이 헐레벌떡 달려왔다.

"전령입니다! 조금 전 땅거미 정 길드원으로 구성된 응원 부대가 도착했습니다!"

급히 날아든 증원 소식이었다. 그러나 현재 바이처 일행에게는 대단한 낭보는 아니었다.

"지금 도착한다고……."

전황이 호전될 리 없다. 길드원 집단이라면 군대 규모의 인원이 움직인 것이 아니다. 그 인원은 마족의 수를 압도하기에는 턱없이 부족하다.

"하지만 구성원에는 상위 랭크의 실력자들은 물론, 산다화의 검무후도 포함되어 있습니다. 당분간 전선 유지는 할 수 있을 것입니다."

"분명 그렇다면……."

"하지만 마족군은 기세가 올랐어. 그렇게 생각처럼은──."

되지 않는다. 셀피가 밝은 목소리로 기대를 드러냈지만 가이어스는 여전히 떨떠름한 표정이었다. 그러나 가이어스가 말하는 있는데 이번에는 진의 전방에서 전령이 나타났다.

물론 그곳은 지금 현재도 연합병들이 싸우고 있는 전선이다. 그곳에서 급한 전령이 날아왔다는 것은.

"마족들이 정면을 돌파했습니다! 머지않아 이쪽으로!"

"뭐라고!"

"뭣들 하는 거야! 젠장할!"

별안간 닥친 위기에 바이처와 가이어스가 소리쳤다. 옆에 있던 참모는 사색이 되었다. 병사들의 벽에 구멍이 뚫렸다. 그리고 벽을 뚫은 마족들이 병사들을 섬멸하지 않고 온다는 것은…… 지휘관을 노리는 것이 틀림없다.

바이처가 검을 뽑자 가이어스도 일어섰다.

"맞서 싸운다! 참모들은 내려가서 응원 부대를 불러라! 여기 있는 자는 지금 즉시 진형을 갖춰라! 나가서 마족을 격퇴한다!"

바이처의 호령이 떨어지자 그 자리에 있던 병사들의 움직임이 빨라졌다. 창을 든 병사들은 가장 앞줄에 빈틈없이 늘어섰다. 검술사들이 그 양옆을 견고히 했다. 바이처가 속한 후방에는 마법사들이 늘어서 정확한 첫 공격을 위해 영창을 월 타이밍을 엿보고 있었다.

가이어스와 셀피도 싸울 준비를 끝마치자 마족들이 보이기 시작했다.

"많아……."

전방의 수비를 뚫고 온 마족의 수는 족히 백 명이 넘었다. 거대한 마물과 마족이 한 덩어리가 되어 가공할 속도로 돌진해 왔다.

"일단 마법으로 공격할게요. 그 뒤는 부탁합니다."

셀피의 말에 바이처와 가이어스가 말없이 끄덕였다. 누구할 것 없이 흙빛 얼굴이 되어 식은땀을 흘렸다. 대열을 구축할 시간은 있었지만 마법사의 수가 적은 탓에 첫 공격에서는 최전선에서 돌진해오던 마물을 날려버린 것이 고작이었다. 다음 영창이 완성될 때까지는 창병과 검술사가 나서 줘야 하지만 그쪽도 마족에 비해 전력이 적은 탓에 원군이 올 때까지 버틸 수 있을지는 미지수였다.

바이처 일행은 숨을 삼키고 마족들이 마법에 노출되는 지점에 올 때까지 기다렸다.

머지않아 마법사들이 일제히 영창을 개시하고 마법이 쏟아졌다. 마족을 향해 화구(火球)가 포탄처럼 날아갔다. 창과 검이 폭발의 영향으로 오렌지 빛으로 번쩍였다. 불꽃 속에서 후방의 마족군이 차례로 모습을 드러냈다.

마족의 기세는 다함이 없다. 마족에게 타격을 주는 것은 생각보다 더 어려운 일이었다.

모두가 체념하는 심정으로 침을 삼키고 비관적으로 전투에 임하려던 그때였다.

진의 후방에서 엄숙하고 낮은 여성의 목소리가 바람을 타고 주변에 울려 퍼졌다.

"──널리 바람이 닿게 하여, 흔들림 속에 비친 그 불꽃을 곁으로! 나의 목소리여, 닿아라! 그대 하얗게 물든 아이심! 나의 목소리여, 닿아라! 그대 모든 재액을 떨치는 아이심! 그리고 나 지금 한 번 더 외치고 외치니, Eva Zurdick Rozeia Deivikusd Reianima(이바 차디크 로제이아 디빅스드 레이아니마)……."

메아리친 것은 주문 영창이다. 공중에 흰 마법진이 떠오르나 싶더니 곧바로 회전하기 시작했다. 그 회전 작용이 주변 공기를 어지럽혀 마법진 주위에 폭풍을 생성했다. 흰 마법진이 격렬한 빛을 내뿜었다.

"――베어 쓰러뜨려라! Truth flare(백염치)!"

흰 불꽃을 휘감은 섬광이 새된 비명처럼 소음을 일으키며 마족을 옆으로 베어 쓰러뜨렸다.

흰 빛이 가로질러 지나간 후. 거센 바람과 솟아오른 모래먼지가 마족에게 쇄도했다. 그와 동시에 모든 것이 흰 빛 속에서 폭발했다.

정적 뒤에 벼락과도 같은 굉음이 울려 퍼졌다. 땅이 요동치기 시작했다. 흰 빛이 사그라드는 것과 동시에 마족의 모습도 사라져갔다. 창병 앞에서 아직 타다 남은 흰 불꽃이 피어올랐다. 그 가운데 바이처가 정신을 차리고 소리쳤다.

"이건?!"

"분명 마법인데 이 위력은……."

영문을 알 수 없었다. 이런 말도 안 되는 위력을 가진 마법사는 연합에 존재하지 않기 때문이다. 셀피가 어안이 벙벙한 채로 바이처에게 전했다.

가이어스가 눈부신 흰 빛 속에서 넋이 나간 표정으로 중얼거렸다.

"아무리 마법이라도 이 위력은…… 한 방으로 대부분을 날려버렸다고……."

"그뿐만이 아니에요. 마법의 여파와 남은 불꽃만으로 주위에 있던 마족을 쓰러뜨렸어요. 우리가 나설 필요는 없어진 것 같네요."

"이거 참 비장한 각오가 헛것이 되어버렸군……."

"고맙게도 말이지. 그런데 대체 이런 마법을 누가……."

바이처가 미간을 찌푸리자 뒤에서 대기하고 있던 병사들을 뚫고 한 사람이 나타났다. 빛나는 은발과 마족을 태운 불꽃과 같은 색의 로브. 물론 그것은 조금 전 마법으로 마족을 쓰러뜨린── 페르메니아다.

"──아무래도 제시간에 온 모양이네요."

"방금 그게 네가── 잠깐 넌 밥집에서 만났던 아가씨 아니냐?!"

가이어스가 낯익은 모습을 보고 눈을 휘둥그렇게 떴다. 그런 가이어스에게 페르메니아는 차분한 태도로 재회의 인사를 건넸다.

"포반 씨, 오랜만이에요."

"아, 으응 그래……."

"아는 사이야? 이분은 누구시지?"

"아니, 지난번에 돌아오면서 들른 밥집에서 만났는데…… 이야 엄청난 마법인데. 흰 불꽃이……."

페르메니아가 사용한 마법과 가이어스의 발언으로 셀피는 감을 잡은 걸까. 화들짝 놀란 표정을 지었다.

"──혹시 아스텔의 흰 불꽃, 백염 페르메니아 스팅레이 씨인가요?"

"네?! 아아 그게……."

순식간에 신분이 밝혀지자 페르메니아가 당황하기 시작했다. 백염치를 사용하면 이렇게 될 것은 알고 있었을 터인데.

"어이어이, 아가씨가 그 백염이었냐……."

"하지만 아스텔의 궁정 마도사 분이 이곳에 어떻게?"

페르메이나의 정체── 아스텔 왕국의 궁정 마도사라는 것을 알고 바이처가 당황하자 그 뒤에서 스이메이가 나타났다.

"뭐 여러 가지 사정이 있지."

"너는?!"

"오랜만!"

놀란 바이처에게 스이메이는 가볍게 손을 들어 보였다. 그것은 가이어스와 셀피에게도 건넨 인사였다. 그렇게 편하게 인사하는 스이메이를 발견하고, 가이어스는 묘하게 납득했다는 표정을 지어 보였다.

"……아가씨가 여기 있다면 네가 있는 것도 당연하겠군."

"그렇지. 그리고 나만 있는 건 아니야."

그렇게 말한 스이메이가 돌아본 곳에는 루메이어가 담뱃대를 물고 있었다.

"랄심의 무사. 오랜만이군."

"으엑?! 칠검의 산다화!"

"뭐? 뭐가 『으엑』이야. 또 얻어맞고 싶은 거야?"

"참아줘…… 아니, 주십쇼."

가이어스의 믿음직한 표정이 루메이어 앞에서 잔뜩 소심하게 변했다. 무슨 일이 있었을까. 루메이어의 발언을 들으면 대강 예상은 가지만.

한편 셀피가 의아한 표정으로 루메이어에게 물었다.

"그럼 당신은 길드 원군인가요?"

"응, 맞아. 그런데 말이야……."

루메이어가 주위를 둘러보자 레피르와 리리아나가 불쑥 나타났다.

"여기도 꽤 밀리고 있었던 모양이네."

"좋은 분위기는 아니네요."

"검객 아가씨에 꼬마 아가씨도 있었군…… 그래, 마족 수가 예상보다 훨씬 많았던 모양이야."

전장에 익숙한 두 사람은 군이 처한 상황을 대강 읽을 수 있는 듯하다. 더 정확히는 좋지 않기는커녕 나쁘다. 도망까지는 아니지만 전선을 유지하는 것이 어려워진 상황이다.

그 말을 듣고 루메이어는 못마땅한 표정으로 한숨을 쉬었다.

"그래서 이렇게 꾸물거리고 있던 거로군. ──아아, 그리고 길드원들은 다른 곳을 지원하라고 보냈어. 바이처 전하, 상관없겠지?"

"네. 도움을 주셔서 감사합니다. 마스터 카멜리아(산다화) 님."

그때 문득 스이메이가 의아한 듯 주위를 둘러보았다.

이곳에 있어야 할 인물이 없다는 것을 깨달은 것이다.

"그런데 하츠미는?"

"그러고 보니 안 계시네요."

페르메니아도 함께 찾았지만 역시 하츠미의 모습은 보이지 않는다. 하츠미의 동료와 연합 병사들이 괴로운 표정인 것을 눈치채고 스이메이는 다시 물었다.

"하츠미는 어디 있어?"

"……그걸 물어서 어쩌려고?"

스이메이의 물음에 바이처는 짜증스럽게 되물었다. 그 반응에 스이메이는 인상을 찌푸리며 거듭 물었다.

"뭐야. 물으면 안 돼?"

험한 투로 물었지만 바이처는 노려보는 듯한 시선을 던지며 대답하지 않았다.

한편 그들의 대화를 듣고 있던 미어젠의 병사들은 울분을 풀 길 없는 모습이다. 자국의 왕자가 불손한 상대에게 수모를 당하는 모습을 더는 지켜볼 수 없다고 판단하고, 격분한 그들을 대표하여 참모가 스이메이에게 호통을 쳤다.

"이봐, 자네! 전하께 그 무슨 말버릇……."

"닥쳐. 외부자는 입 닫고 있어."

누가 누구를 제지할 겨를도 없었다. 스이메이의 즉각적인 말에 참모의 입은 강제적으로 봉해졌다. 자신의 의지로 입을 열 수 없게 된 사실에 놀란 것도 잠시 참모는 허둥지둥 손으로 입을 열려고 버둥거렸다.

"또 불만을 말하고 싶은 녀석은 누구지? 나와."

스이메이가 노려보자 미어젠의 병사들은 쩔쩔매기 시작했다. 뒤늦게 가이어스가 몸짓으로 "물러나 있어"라고 경고했다.

조금 전 격의 없는 태도와는 딴판으로 스이메이도 표정에 짜증을 드러냈다. 그때 셸피가 입을 열었다.

"하츠미는 여기 없어요."

"없어?"

"네……."

셸피는 의기소침한 태도로 수긍했다.

그리고 스이메이 일행에게 경계 요새에서 있었던 일을 알렸다.

"…………그럼 당신들은 원군을 갔다가 요새를 습격당하고."

"뿔뿔이 흩어졌고 다시 합류한 건 우리뿐이다……."

"어이, 그렇게 된 거냐……."

바이처의 신음하는 듯한 목소리에 스이메이가 이마를 짚었다. 상황은 예기치 못한 방향으로 흘러갔고 그야말로 최악이었다.

"지원 부대는…… 보낼 수 있었으면 보냈겠지."

스이메이는 누구에게 물을 것도 없이 스스로 납득한 뒤 한동안 침묵했다. 그리고 앞으로의 행동 지침이 정해졌다는 듯이 의연한 표정으로 셸피에게 물었다.

"그래서 어느 쪽인데?"

"어느 쪽이라니요?"

"그 경계 요새라는 게 어느 방향이냐고."

"네가 왜 그런 걸 묻지?"

"구하러 가야지. 당연하잖아? 대충 어디쯤인지 알면 수색하기 쉬울 테니까."

스이메이가 그렇게 말하자 바이처가 여전히 놀란 표정으로 으르렁거렸다.

"너…… 그런 짓을 하면 마족 군세에 쳐들어가는 꼴이 될 텐데?!"

"그 정도는 말 안 해줘도 알아."

"안다고?! 웃기는 소리! 그래도 마족들 속으로 쳐들어간다는 건 무슨 생각이지?"

분명 지금 한 말은 정신이 이상해졌다고 생각되는 발언이다. 그러나 그것은 단지 마족 군세에 파고들었을 때의 이야기다. 바이처의 분노도 이해하지만 스이메이는 열을 내며 덤벼드는 바이처에게서 왠지 모를 초조를 느꼈다.

"근데 넌 아까부터 왜 그렇게 화를 내는데?"

"딱히 화낸 적 없어!"

그렇게 말한 뒤 어깨를 들썩이는 바이처에게 스이메이가 말했다.

"우선 진정해. 어차피 하츠미를 도우려면 지금 당장이라도 녀석이 있는 곳으로 가야 해. 여기서 된다 안 된다를 이야기할 상황이 아니야."

지당한 말에 바이처는 말이 막혔다. 그리고 분노를 삼키듯 인상을 쓰며 고개를 숙였다. 냉정을 잃었던 것을 깨달았을까.

"……너는 할 수 있다는 거야?"

"내가 해야 해. 내 일이야."

스이메이가 그렇게 말하자 셀피가 당황하면서 물었다.

"하, 하지만 지금 요새로 향한다 해도 하츠미를 따라잡을 수 있으리란 보장은 없는걸요?"

"그건 열심히 찾아보는 수밖에 없어. 안 그러면 무엇도 시작되지 않아."

"하지만 이봐, 네가 가려는 곳에는 마족이 있다고?"

"그러니까 아저씨하고 당신들은 놈들을 잔뜩 유인해줘. 그러면 쉽게 안까지 파고들 수 있어."

그들이 품은 일말의 불안을, 스이메이는 아무것도 아니라는 듯 무시했다. 그 모습에 세 명은 입을 닫았다.

"그럼 스이메이 님, 저희도 함께……."

페르메니아가 동행 의사를 밝히자 레피르가 그 말을 가로막았다.

"아니, 페르메니아 양. 우리는 남아."

"네? 어째서요?!"

"이건 진 싸움이야. 평지에서는 수적으로 열세한 연합병은 불리하고 초반 싸움에서 밀린 이상 만회는커녕 전선을 지키기도 힘들 거야. 마족을 유인하는 건 우리가 할 수밖에 없어."

　페르메니아를 만류한 레피르는 멀리 전장의 전방, 모래 먼지가 피어오르는 전선을 바라보면서 말했다. 그런 레피르를 향해 루메이어가 희미하게 웃으며 턱을 치켜들었다.

　"단언하네, 레피. 그 수인데?"

　"놈들이 북쪽(노시어스)에 쳐들어왔을 때 제가 벤 수도 대강 그 정도였어요."

　레피르는 대담하게 말했다. 전장으로 향하는 전사의 믿음직스러운 말이었다. 연합병도 바이처 일행도 특별히 신경 쓰는 기색은 없었다.

　그러나 그 말이 단순한 호언이 아니라고 생각하는 자는 이 자리에 적지 않게 있었다.

　리리아나가 딱딱한 투로 물었다.

　"레피르. 그건 농담이죠?"

　"응, 물론 농담이야."

　그렇게 말했지만 실제로는 어떨까. 노시어스에 쳐들어온 마족 군단은 어마어마한 규모였다고 했다. 그것이 진실이라면 레피르의 실력은━━.

　"저기 스이메이 님……."

　"반드시 농담 같지는 않단 말이지……."

　"네……."

　그렇게 페르메니아와 귓속말을 주고받았다. 설마 진실이

지는 않겠지만 상당수의 마족을 쓰러뜨린 것은 틀림없을 것이다. 방금 들은 말 때문인지 설령 전방에 보이는 마족 군단 틈으로 레피르가 혼자 돌격한다 해도 아무렇지 않은 얼굴로 돌아올 모습이 선명하게 그려졌다.

그런 레피르의 호언장담에 루메이어가 껄껄, 웃음을 터뜨렸다.

"제법인데. 아주 기분이 좋아 보이네."

"오랜만에 한풀이를 할 수 있을 같아서 기대될 뿐이에요. 마족과 싸우는 건 아스텔 이후로 처음이거든요."

그렇게 단언한 목소리는 심상치 않은 노기를 띠고 있었다. 그리고 레피르는 뒤돌아보았다.

"스이메이. 이게 내 뜻이야."

"응, 잘 부탁할게. 메니아도 루메이어 씨도요."

"네. 맡겨주세요."

"오이. 후딱 가서 후딱 구해오라고."

두 사람이 대답하자 여기까지 따라온 리리아나가 미안한 듯이 중얼거렸다.

"……저는 아무것도 못 할 것 같아요……."

"이번에는 다른 일에서 대활약했잖아. 오늘은 메니아의 마술을 보고 공부하면 돼."

스이메이가 신경 쓰지 말라고 밝게 말하자 리리아나는 고개를 끄덕였다.

스이메이 일행은 막힘없이 대화가 정리되었다. 그러나 다

른 자들은 불안하기만 했다. 그것도 당연한 일이다. 지금 스이메이가 향하려고 하는 곳에는──

"요새는 여기서 북동쪽에 있어요. 하지만 저 두터운 포진을 어떻게 빠져나갈 거죠?"

"어떻게라니. 나는 딱히 저길 뚫고나갈 생각은 없어."

스이메이는 말하고 나서 셀피가 가리킨 방향으로 턱을 치켜들었다. 멀리 희미하게 보이는 전방에는 마족이 군을 갖추고 있었다. 연합군은 없고 텅 비어 있음에도 불구하고 공격하지 않고 마치 그 자리를 지키듯 포진한 것은 다소 납득이 가지 않는다. 그러나 그 점에 대해서는 스이메이도 계획이 있었기에 걱정할 문제는 아니다.

그러나.

"바보 같긴. 멀리 돌아간다고 마족의 손아귀에서 벗어날 수는 없어."

"그야 저 숫자니까 당연하지."

종잡을 수 없는 발언에 곤혹감이 깊어졌다. 그때 스이메이가 앞으로 나섰다.

가이어스가 스이메이의 등에 대고 다급히 말했다.

"이봐 너 듣고 있는 거냐?!"

"들었어. 그러니까 당신들은 좀 물러나 있어."

"뭐?"

스이메이의 영문 모를 태도에 가이어스의 의아함은 더욱 깊어졌다. 더 이상 대꾸하지 않고 계속 걸어 나간 스이메이가 코트를 휘날리는 듯한 동작을 하자 녹색 옷이 순식간에 검은색 슈트로 바뀌었다.

아직 다른 두 명과 군 관계자들이 당혹감을 숨기지 못하는 한편 페르메니아 일행은 스이메이가 말한 대로 순순히 뒤로 물러났다.

그리고.

"──Abreq ad habra(죽음이여, 그대는 나의 천둥 앞에 멸하리)……."

전장의 하늘에 스이메이의 나지막한 목소리가 울려 퍼졌다. 그러자 지상에는 여성의 무기질적인 절규가 사뿐히 내려앉았다.

★

"──멋이 없네."

하늘을 날아오고 땅을 달려오는 마족들을 응시하면서 루메이어는 지면에 검을 꽂아 세웠다.

그 수는 두 팔에는 버거운 개수로 금빛 꼬리와 같은 일곱 개다. 마치 활짝 핀 꽃잎처럼 자신을 중심으로 아무렇게나 꽂아서 내버려두었다.

양옆의 검에 손가락이 닿을락 말락 할 정도로 팔을 가볍게 벌리고 서서 조용히 기다렸다.

루메이어의 주위에 아군은 없다. 조금이라도 다가가면 그 검기에 휘말려들기 때문이다. 주위에는 적 이외에 다가가면 안 된다는 것이 그녀와 전장에서 함께 싸우는 자들의 암묵적인 약속이다.

이윽고 루메이어를 노린 마족이 유성처럼 날아서 돌진해 왔다.

"이런이런, 동물이라도 아직 머리는 돌아갈 텐데. 풍류를 모르는 놈들은 왜 이렇게 빨리 죽고 싶어 안달인 건지."

지긋지긋하다는 듯이 한숨을 내쉰 뒤 때를 기다렸다. 양측이 교차하고 마족은 루메이어의 뒤로 산산이 부서져서 추락했다. 어느새 루메이어는 팔을 교차시키고 있다. 그것은 마치 모든 검을 뽑은 뒤의 여운 같다.

마족 떼가 거리를 좁혀왔다. 열 혹은 스물은 되어 보인다. 그러나 모조리 피와 금은 빛의 꽃잎이 되어 주위로 흩어졌다.

──소드 카멜리아(화식참계 華飾斬界). 간격 안에 들어온 모든 것을 순식간에 베어버림으로써 주위를 마치 꽃이 핀 산다화처럼 만든다고 하여 붙여진 명칭이다.

산다화가 피는 초겨울을 떠오르게 하는 그 모습에 뒤에서 지켜보던 레피르가 감탄하며 찬사를 보냈다.

"과연 루메이어 님. 훌륭한 검 솜씨세요."

"인사치레는 됐어. 그런 말은 질리도록 들었으니까."

"인사치레라니 말도 안 돼요."

"무슨 소리야? 알다시피 이걸 쓰기 시작하면 나는 못 움직여. 뭐 그래서 칠왕 검무에서 인간한테 졌지만."

루메이어가 질린 듯 말하자 레피르는 고개를 저었다.

"그래도 아름다운 검기인 것에는 변함이 없어요."

"그야 당연하지."

전장에서 피는 검의 꽃을 목표로 지금껏 살아왔으므로. 루메이어가 내뱉듯 말하자 곁에서 그 모습을 지켜보던 바이처가 정중히 말했다.

"마스터 카멜리아 님이 있으니 마음이 든든합니다."

"왕자님, 당신도 발림말이야? 참아줘."

"아뇨. 산다화 님 덕분에 전선을 유지하고 있는 것이 사실이니까요."

더 이상 나빠질 것도 없는 상황이다. 그런데도 마족이 전선을 뚫지 못하는 것은 루메이어가 싸워주고 있기 때문이라는 것이 바이처의 견해였다.

그러나 그것은 바이처의 생각일 뿐이다.

"글쎄? 대부분 **그때** 날아간 거 아닐까?"

"그, 그건……."

바이처는 머뭇거렸다. 그러나 무언가 생각하는 것이 있는지 그 힘을 보았음에도 불구하고 순순히 인정하지 않았다.

조금 전 루메이어 일행과 함께 이곳에 온 스이메이는 지금은 없다.

더욱 두터워진 북동쪽의 마족 군세를 앞두고 스이메이는 조용히 중얼거린 뒤 거대한 마력을 해방하여 마술 공격을 했다.

군청색으로 빛나는 원대한 마법진. 거대한 여성과 같은 흉상. 그것들은 빛 속에 있어 모두의 눈에 단편적으로만 파악되었다. 그러나 스이메이는 황야를 번개 폭풍 속에 가두고, 끝없이 퍼져나가는 번개를 손가락 끝에 모두 모아 이 세계 인간의 이해를 뛰어넘는 힘을 지상에 드러냈다. 그리고 푸르스름한 번개 빛으로 우익에 있던 마족 대부분을 날려버린 후 번개의 잔재가 남은 길을 홀로 달려 나갔다.

"덕분에 이쪽은 한결 수월해졌지. 그건 그쪽도 마찬가지 잖아?"

"…………."

루메이어가 돌아보며 말했지만 바이처는 떨떠름한 표정으로 시선을 피했다.

그 반응에 루메이어는 무엇가를 깨달은 모양으로──.

"오 이런, 그런 거군. 과연 그래서는 순수하게 평가할 수 없지…… 그건 그렇고. 그래서 당신은 언제까지 주저앉아 있을 셈이야? 랄심의 무사."

"나는 여기까지 오면서 병사들을 돌보느라 지쳤어. 딱히 상관없을 텐데. 당신이 있으면 어떻게든 되겠지."

가이어스가 앉은 채로 두 손을 내뻗었다. 자포자기다. 그러나 실력을 정확히 알기에 할 수 있는 말일 것이다.

"…………아무튼 살벌한 기술은 여전하군. 손은 당연한 것처럼 안 보이고 꼬리가 방해를 해서 그런지는 모르지만 움직임의 시작조차 읽을 수 없어. 과연 칠검 2위에 빛나는 검객님이야."

그렇게 말한 뒤 가이어스는 바이처를 향했다.

"……거기 칠검 5위 검객님의 생각은 어때?"

"비아냥이냐, 그건."

"어이쿠, 그럴 리가."

바이처가 노려보자 가이어스가 경박하게 되받았다. 바이처는 비아냥을 섞어 말했다.

"더 이상 서 있을 기력도 없는 거면 잠자코 있어. 앞장 정도는 서줄 테니까."

"나님도 다 됐어. 애송이한테 그런 말을 들으면 끝이지."

두 사람이 옥신각신하는 한편 루메이어와 다른 이들로 말하자면.

"그럼 다음은 레피 너다. 오랜만에 내게 기량을 보여줘."

"방금 보여주신 기술에 비하면 제 검기는 무지렁이 수준에 불과해요."

겸손하게 말했지만 레피르는 앞으로 걸어 나갔다. 루메이어가 한바탕 베고 난 뒤, 뒤에 있던 마족들이 겁을 먹은 상태였기에 피아의 거리는 벌어져 있다. 그러나 아직도 마족들이 많이 남아 있는 것에는 변함이 없다.

바이처가 루메이어에게 물었다.

"산다화 님. 저 여성분은?"

"응? 아 레피? 저 아이는 옛날에 내가 동경했던 검객의 딸이야."

그 그리움이 담긴 듯한 말에 바이처는 의문을 제기했다.

"실력을 믿는 건 알겠지만 지켜볼 때가 아닌 게 아닌가요?"

"자운, 무슨 소릴 하는 거야? 전장은 검객의 무대인 걸 몰라서 하는 말이야? 풍류도 모르는 사람처럼 만개한 꽃이 피는 장면을 방해해서 어쩌자는 거야── 오오오오! 저 녀석, 원한이 엄청나네……."

그런 루메이어의 발언 뒤에 어마어마한 살기가 주변의 공기를 장악했다.

"이건……."

그것은 틀림없이 레피르가 내뿜은 살기였다. 험악하다는 표현으로는 부족한 살이 찢기는 듯한 날카로운 감각에 바이처가 마른침을 삼켰다. 그 뒤에 있던 가이어스는 "……우리가 설 곳이 전혀 없네" 하고 반쯤 질린 목소리로 중얼거렸다.

이윽고 레피르가 마족들을 향해 소리쳤다.

"마족들아!! 나의 정령이 갈고닦은 검 앞에 피바람이 되어 사라지는 게 좋을 것이다!!"

그것은 우렁찬 일갈이었다. 소용돌이치는 붉은 바람을 타고 전류를 동반한 외침이 움직이려던 마족들을 그 자리에 얼어붙게 했다.

그리고 곧바로 검을 가하려 하니 그야말로 학살이라 할 수 있으리라. 도망칠 수도 싸울 수도 움직일 수도 없는 상대에게 일방적으로 과잉 폭력을 휘두르려 하니 그 표현은 틀리지 않다.

——그렇다, 어쨌든 레피르는 일거에 저 새까만 마족 떼를 날려버리려는 것이기에.

"갈라 바르나(波山)⋯⋯."

목소리는 차분하게. 그러나 다음 움직임은 그야말로 폭발적이다. 거대한 검에 붉은 바람을 휘감고 힘껏 휘둘렀다. 붉은 바람이 충격파가 되어 마족을 집어삼켰다.

물론 마족은 속수무책이다. 연장선상에 있던 마족은 바람에 날아가지도 못한 채 화염에 휩싸이듯 일제히 먼지로 변했다.

레피르는 구멍이 뚫린 마족 전선을 파고들어 끝없이 검을 휘둘렀다. 공중으로 날아가는 마족. 산산이 부서지는 마족. 갈기갈기 찢어지는 마족. 그뿐일까. 어마어마한 거구의 마족도 달려들지만 그녀에게는 시시한 상대에 불과하다. 정면으로 들어온 일격을 검으로 막고 그 답례로 검을 옆으로 휘둘렀다.

그 결과 두 동강이 되어 날아간 몸뚱이가 다른 마족을 휘감고 뒤엉켜 나뒹굴었다.

⋯⋯붉은 바람 안에서 레피르의 표정은 읽을 수 없다. 그러나 그 푸른 눈동자가 번개처럼 번뜩이는 한 불의에 대한

분노는 결코 사라지지 않을 것이다.

"저런 검객이 아직 북방에 있었다니……."

바이처는 그 말을 끝으로 말을 잃었다. 페르메니아, 스이메이, 루메이어에 이어 마지막으로 등장한 검객은 천군장과 서사시에 등장하는 영웅을 섞어놓은 듯 만부부당(萬夫不當)한 역량을 발휘하고 있었으므로.

"역시 산다화 검무후의 지인이라 이건가? 마음 놓고 지켜볼 수 있군."

"……아니, 저건 위험해."

"무슨 말입니까?"

루메이어가 돌연 벌레를 씹은 듯한 표정을 지었기에 가이어스와 바이처가 의아한 듯 물었다.

"당신들한테는 강한 걸로 보이겠지만 나한테 저 검은 자포자기한 걸로밖에 안 보여."

루메이어의 신음 같은 말에 가이어스는 다시 한 번 레피르에게로 눈길을 돌렸다. 그러나 레피르의 움직임에서는 루메이어가 말한 위기감은 느껴지지 않았다.

"그런 것 같지 않은데? 놈들의 공격에 대응하면서 제대로 막고 있잖아."

"분명 그래."

"그런데?"

"방어하지 않는 건 딱히 상관없어. 그런 검도 있는 거니까. 하지만 잠시도 쉬지 않고 싸우는 모습을 보면 그런 말

도 나오게 돼. 체력적인 부분은 생각하고 있겠지만 인간의 집중력이 살얼음처럼 위태로운 거란 걸 저 아이는 깜빡 잊고 있어."

루메이어는 "평범한 인간이 아니라 해도 어쨌든 인간의 아이고……"라는 말도 덧붙였다. 그 함축적인 표현에 가이어스는 깨닫는 것이 있었다.

"그래. 듣고 보니 그 말이 맞아."

가이어스가 이해했다는 듯 동조하자 바이처가 물었다.

"알겠어? 무슨 소리야?"

"생각해봐. 그냥 보면 저 아가씨는 무난하게 싸우는 것처럼 보여. 분명 마족들은 상대가 안 되는 것 같지만 스스로를 배려하지 않으면 그건 폭주나 다름없어. 그렇게 자신을 돌아보지 않고 싸우면 어떻게 될 것 같아? 의식 속에 잡념이 파고들 여지가 생기고 그런 상태가 오래 반복되면 그럴 여지는 더욱 커지지. 그래서 집중력이 단절되지 않도록 일부러 여유를 두고 싸워야 하는데…… 지금 저 아가씨한테는 그런 자세가 없어."

"싫다. 내가 알아채지 못했다니. 이것도 그 녀석이 레피 가까이에 있기 때문인가……."

루메이어는 걱정이 깃든 눈빛으로 누구에게랄 것도 없이 혼자 중얼거렸다.

"그럼."

"나는 레피를 원호할게. 길드원들은 용병에 지식이 있는 사람에게 맡겼으니 전하는 좋을 대로 지휘해줘."

그렇게 말한 뒤 루메이어는 레피에게로 달려갔다.

한편 그들과 떨어진 장소에서는 그런 이야기를 하는지 알 길 없는 페르메니아와 리리아나가 다른 방향에서 오는 마족의 움직임을 엿보고 있었다.

"슬슬 이쪽도 크게 움직여볼까요. 리리는 가까이에 있는 마족을 맡아줘요."

"네."

페르메니아는 리리아나에게 그렇게 말한 뒤 정면에서 싸우는 연합 병대를 피해 마법을 쏘았다.

레피르와 루메이어가 있는 우익은 압도적이지만 그녀들이 없는 좌익은 마족에게 밀리는 낌새다. 좌측 바깥쪽부터 진영이 무너지기 시작했다. 고로 마족은 측면을 돌파하여 좌익 정면을 막고 있는 병사에게 측면 공격을 시도했다.

행사한 마술은 물론 백염치. 조금 전에 마족을 몽땅 태워버렸을 때와 마찬가지로 흰 불꽃을 휘감은 빛이 마족을 덮쳤다.

강력한 후방 원호에 병사들이 동요했다. 그 모습을 흘끗 본 뒤 페르메니아는 셀피 쪽을 향했다.

"휘티니 씨랬죠?"

"네."

셀피는 백염치를 보고 병사들과 마찬가지로 눈을 휘둥그렇게 떴다. 처음 보는 기술이기 때문이리라. 아직 놀람과 흥분이 남아 있는 셀피에게 페르메니아가 말했다.

"다음 마법을 행사할 때는 평소에 쓰던 영창 뒤에 이 단어를 붙여주세요. Eva(이바)…… 아니, 오르고, 르큐라, 라구아, 세쿤트, 라비에랄, 베이바론, 하고."

"오르고, 르큐라……?"

셀피가 잘 모르겠다는 듯이 의아한 표정을 지어 보였다. 그러자 리리아나가 페르메니아에게 물었다.

"페르메니아, 가르쳐줘도 되는 거예요?"

"괜찮을 거예요. 그것보다 지금은 눈앞에 있는 마족을 쓰러뜨리는 일이 중요해요. 그러니 휘티니 씨의 능력을 놀리는 건 아까워요."

마족에게 밀리고 있는 현재, 마법사의 능력 하나로 병사의 생사가 결정된다. 유능한 마술사가 활약해주길 바라는 것은 당연하다.

셀피가 당황하면서도 조심스럽게 두 사람 사이에 끼어들었다.

"저기, 방금 그 말은 대체……."

"만명(蠻名)이라고 불리는 주문으로 마법 효과를 극대화하는 장식 주문이에요. 영창 뒤에 추가하면 마법의 위력이 커져요."

"그런 편리한 주문이 존재한다고요?!"

"네. 방금 제 마술을 본 대로예요."

셀피는 페르메니아의 얼굴과 아직 전방에서 마족을 불태

우고 있는 흰 불꽃을 번갈아 바라보았다. 그런 셸피의 로브를 리리아나가 가볍게 잡아당겼다.

"오르고, 르큐라, 라구아, 세쿤트, 라비에랄, 베이바론, 이에요. 다른 사람에게 가르쳐주면 안 돼요."

스이메이와 페르메니아가 다루는 만명이 아닌 것은 이 세계 사람에게는 연습하지 않으면 발음하기 어렵기 때문이다.

그러나 고작 그것만으로 마법의 위력이 높아지는 건가 하고 셸피는 숨을 삼켰다. 아직 긴장한 표정은 다소 반신반의하는 것 같았지만, 셸피는 풍설의 마법에 만명을 추가하여 외쳤다.

"————바람이여. 그대 얼어붙은 빙하의 축복을 받은 마풍. 소용돌이쳐서 나의 적을 절가(絶佳)의 우리로 쫓아내라. 떨어진 빙뢰(氷牢)는 누구의 탈출도 허락지 않는 풍설의 세례! 오르고, 르큐라, 라구아, 세쿤트, 라비에랄, 베이바론! 페뮤르 엘 이레이즈드!"

건언 뒤에 셸피의 마법은 문제없이 발동했다.

그러나 소모된 마력과 발생한 위력이 예상을 크게 웃돌았기 때문인지 일시적으로 제어가 약해져서 폭주 상태에 빠졌다. 그러나 과연 이름이 알려진 마법사답게 셸피는 곧바로 마법을 제어했고 모든 위력이 마족에게로 향했다.

만명을 외치지 않았을 때와는 비교도 되지 않을 만큼 거대한 바람과 얼음의 소용돌이가 마족을 덮치고, 얼려버렸다.

"괴, 굉장해……."

페르메니아가 행사한 마술의 위력에는 못 미치지만 일반적인 마법사의 일격을 훨씬 뛰어넘는 위력이었다. 훌륭한 일격이었다.

강력한 후방 원호가 있음을 안 전방의 병사들은 측면을 신경 쓰지 않고 여유 있게 전투에 임했다.

마법의 위력이 확연히 향상된 것을 느끼고 셀피는 잠시 넋을 잃었다. 그런 셀피의 반응에 페르메니아가 쓴웃음을 지었다.

"굉장하죠…….."

"스이메이는 만명을 쓰지 않고도 간단히 이 위력을 낼 수 있어요. 조금 전에 봐서 알겠지만."

그녀들이 말하자 오히려 셀피는 고개를 떨구었다.

"역시 지금은 그에게 맡기는 게 제일이군요…….."

그 의기소침한 반응은 역부족이기 때문일까 아니면, 하고 페르메니아가 물었다.

"용사님이 걱정되나요?"

"네. 제 딴에는 하츠미를 여동생처럼 생각하고 있거든요."

"그렇군요…….."

페르메니아 측은 모르지만 셀피가 말한 대로 두 사람은 사이가 좋았다. 이 세계에 불려 와서 지리는커녕 자신이 누군지조차 모르게 된 하츠미를 셀피는 늘 가까이에서 보살폈다. 그리고 셀피에게 있어 하츠미도 편견 없이 대하기 쉬운 상대였다.

"그리고 제 실수로 하츠미는 기억을……."

셀피가 걱정한 것은 그 이유 때문이기도 했다. 하츠미가 소환되면서 기억을 잃은 것은 소환자인 자신의 실수 탓이라며 늘 책임을 느꼈다.

그런 셀피에게 페르메니아도 공감한 부분이 있었을까.

"휘트니 씨. 심정은 알겠어요. 저도 영걸 소환 의식으로 스이메이 님과 미즈키 님…… 영걸 소환과는 관계없는 분들을 소환해버렸거든요."

"그럼 아스텔의 소환 사고라는 건."

"네."

페르메니아는 그렇게 말한 뒤 눈을 감았다. 그러나 곧 고개를 들고 결의에 찬 눈빛을 보였다.

"용사님이 걱정되겠지만 스이메이 님이 갔으니 괜찮을 거예요."

"걱정 마세요. 스이메이라면 곧 용사를 데리고 돌아올 거예요."

풀이 죽은 셀피에게 페르메니아와 리리아나가 격려의 말을 건넸다. 그 말로 조금 마음이 편해졌을까. 셀피는 지팡이를 쥔 손에 다시 힘을 주고 전방에서 싸우는 병사들을 원호하기 시작했다.

그 모습을 본 페르메니아는 누구에게나 할 것도 없이 중얼거렸다.

"힘낼게요."

"페르메니아?"

"저는 아직 부족해요. 스이메이 님께 도움이 될 수 있도록 더 노력할게요."

그렇게 말한 뒤 페르메니아는 다시 주문 영창을 개시했다.

제4장 달을 사냥하다

요새에서 동료와 헤어지고 나서 어디를 얼마나 달렸을까.

숲 속에 있다는 것은 분명 마족의 세력권 안에 들어왔다는 뜻이다. 남쪽으로 피할 수 없었으니 틀림없다.

앞에서 오는 마족은 달리면서 베고 뒤에서 쫓아오는 마족은 돌아보면서 벴다. 여기저기서 덮쳐오는 마족 무리를 뚫고 정신없이 달렸다. 어느새 주위는 어두워지고 시야도 나빠졌다. 오늘 밤은 초승달이 떴을 터인데 이 주변은 블랙 우드 군생지이기에 어둠이 한층 깊은 듯하다. 검정에 가까운 짙푸른 남빛 잎을 가진 블랙 우드는 기지개를 켜듯 가지를 뻗고 있다. 나무껍질도 밤하늘을 벗겨다 붙여놓은 듯 거무죽죽하다.

나무 사이에 간격이 있음에도 불구하고 울창한 밤의 숲을 거니는 듯한 착각이 드는 것은 그런 이유 때문이다.

이전부터 지도를 봐온 덕에 지금 있는 위치는 대강 파악하고 있었다. 그러나 연합령과는 완전히 반대 방향이기에 마족의 세력권 안에서 벗어나기란 상당히 힘들 것이다. 그러기는커녕 숲을 빠져나가는 것조차 쉽지 않을 것이다.

곰곰이 생각하면 마족들은 자신만 노린 것 같기도 하다. 집요하게 쫓아와 올바른 퇴로를 차단했다—— 즉.

"처음부터 날 노렸던 거야……."

모든 것이 상대의 책략이었다. 양동과 분산을 섞은 다방면 작전인 것처럼 꾸미고 사실은 용사의 목숨만을 노린 **다른 것은 될 대로 되라는** 작전이었다.

인간군이 궁지에 몰리면 반드시 용사가 출전한다. 용사는 혼자서 여러 부대 이상의 능력을 발휘하기에 효율적이며 움직이기 쉽다. 그 사실을 역이용해 구원을 온 용사만 노리고 죽일 계획이었던 것이다.

우선 연합 본대가 움직일 수 없도록 정면에 비슷한 규모의 대군을 배치했다. 그리고 몇 개의 별동대를 꾸려 요새를 습격하게 했다. 그중 하나는 강력한 부대로 꾸리고 나머지는 연합 요새를 함락하지 못할 병력으로 꾸려, 용사를 노린 곳으로 오도록 만들었다. 나머지는 그 요새에서 일어난 대로다. 먼저 공격한 순간을 노린 듯이 여러 방면에서 마족들이 습격해 왔다.

갑자기 마족이 늘어난 것은 북동 방면을 공격하던 마족을 괴멸할 각오로 분산시켰기 때문이리라. 다른 생명을 돌아보지 않는 놈들은 간단히 동족을 희생시킬 수 있다.

혹은 마물만 남겨두고 마족만 공격해온 것인지도 모른다. 그렇다면 그때의 갑작스러운 증원도 납득이 간다.

꿍꿍이가 있다는 것은 처음부터 알았다. 그래서 적의 계략을 타파하기 위해 전력도 충분히 준비했고 정보 수집도 게을리 하지 않았다. 그러나 적의 목적을 정확히 꿰뚫지 못한 시점에서 패배는 결정 났다. 자신들은 적의 목적을 본대격파라고 착각하고 보기 좋게 계략에 넘어갔다.

빤한 계획을 방패막이로 삼아 용사를 노린다. 그렇다, 즉 본대에 합류했을 때 자신들이 취했어야 할 최선책은 요새에 대규모 원군을 보내던가 아군을 버리는 것이었다.

대규모 원군을 보낸다 한들 계란으로 바위 치기일 것이고 애초에 아군을 버릴 수 있을 리 없다. 그 책략이 사용된 시점에서 용사의 패배는 확정된 것이다. 알아차리기에는 이미 늦었다.

"그랬어……."

모든 것을 깨닫자 온몸에서 힘이 빠졌다. 그대로 나무 아래에 웅크려 앉았다. 자신을 감싸듯 몸을 둥글게 말았다.

지금까지의 승리로 판단력이 흐려진 것인지도 모른다. 마족에게 지지 않았기에 앞으로도 싸워나갈 수 있다고 생각했다. 책략을 쓰는 마족이 있는 것은 알았고 주의도 했다.

아니, 자신은 조심했다고 생각했어도 사실은 그렇지 않은 걸까.

진정한 맹목이란 이렇듯 깨닫지 못하고 있는 것조차 깨닫지 못하는 것이다.

생각이 물렀다. 힘만 있다고 싸움에서 간단히 이길 수 있는 것이 아니었다.

"같이 갈까, 라고……."

문득 그날 밤 야카기 스이메이가 자신에게 했던 말이 떠올랐다.

이렇게 될 거였다면 그때 순순히 그의 손을 잡는 게 좋았을까. 강한 척하지 않고 용사로서의 책임도, 전투를 방기하는 것에 대한 가책도 모두 내팽개쳤다면 이런 불안한 상황에 빠지진 않았을 것이다.

──싸워야 할 이유는 없어.

그렇다, 그의 말대로 자신은 그저 불려왔을 뿐이다. 거기다 기억까지 잃었다. 애초에 무리할 필요 따윈 없다.

그런 생각을 하며 머리를 세차게 저었다. 그런 말은 약한 소리다. 이기적인 변명이다. 자신이 먼저 싸움을 시작하고 자신이 먼저 단독 행동을 하겠다고 해놓고 이제 와서 그런 것을 모른 체하면 어쩌자는 걸까. 모든 것은 자업자득이다.

"…………."

그러나 괴로움은 더해만 갔다.

이 어둠 속에 혼자 있어서일까. 아니, 이 끓어오르는 고독은 그 이유 때문만이 아니다. 그렇다, 자신은 이 세계에 온 뒤로 늘 쓸쓸함을 느꼈다. 사람들 앞에서는 웃어 보였지만 그것이 마음에서 우러난 웃음이었던 적은 없다. 자신이 누구인지 몰라서 불안했기 때문이다.

지금까지 싸울 수 있었던 것은 오로지 그 이유 때문이었는지도 모른다. 늘 불안했지만 검을 휘두르는 순간만은 적막한 마음에서 해방될 수 있었다. 그래서 지금까지 무의식 중에 불안에서 해방되길 바라며 싸워왔다고 생각한다.

그런데 지금은 불안도 조금은 가라앉았다. 어째서일까.

자신을 아는 사람이 나타나서 마음이 놓였기 때문이다.

그는 가족이라고 말했다. 혈연으로 맺어진 사촌이자 소중한 가족이라고.

낯간지러운 말이었다. 그러나 타인밖에 없는 이곳에서 그 말이 마음을 울린 것은 분명했다.

자신을 걱정하고 기다리는 사람이 있다고 했다. 그래서 아주 조금 불안이 가라앉았다.

눈을 감자 꿈속의 장면이 눈꺼풀 안에 그려졌다. 나오는 사람은 자신. 그리고 함께 놀고 있는 남자아이는 그다. 이것이 기억을 잃기 전 어릴 때 경험한 기억일 것이다.

그 기억대로, 숨바꼭질을 하던 그 꿈처럼 찾으러 와주지는 않을까.

"──아이고. 이런 데 있었냐."

그렇다, 이런 식으로 느닷없이······.

"응──?"

"어이, 꼴이 말이 아니네."

목소리가 들린 쪽을 돌아보고, 눈을 의심했다.

우거진 숲이 만들어낸 어둠 속에 야카기 스이메이의 모습이 있었다. 어두워서 또렷이 보이지는 않지만 그는 정말 느닷없이 나타났다.

"야카기?! 정말이야?! 말도 안 돼······."

"야, 야카기라니⋯⋯."

그는 그렇게 말하며 인상을 찌푸렸다. 야카기라고 불리는 게 익숙하지 않아서일까. 잘 와 닿지 않는 것이리라. 이전과는 다른 옷차림. 이전에는 수수한 녹색 계통의 옷을 입고 있었는데 지금은 흑의── 검정 슈트 차림이다.

"네가 여긴 어떻게⋯⋯."

"당연히 널 찾으러 왔지? 마족과 싸우러 떠났다는 이야기를 듣고 본대에 합류했는데 행방불명이 됐다고 하니까. 걱정했잖아."

"아, 으응⋯⋯."

그 말에 갑자기 얼굴이 화끈거렸다. 그것을 얼버무리려 다른 질문을 던졌다.

"슈, 슈트를 입고 온 거야?"

"아니, 이 세계에 왔을 때는 교복이었어. 하지만 필요한 여벌은 어디서든 꺼낼 수 있으니까."

"마법사는 편리하구나."

"마술사야. 일단 이쪽 세계 개념하고는 달라."

어떻게 다른지는 잘 모르겠지만 야카기는 그렇게 말하고 손에 든 가방에서 구식형 석유등을 꺼냈다.

"그럼 불 붙인다?"

"응?"

"응?"

"자, 잠깐! 그러면 마족에게 들키잖아?!"

"그럴지도 모르지만 아무리 그래도 지금은 너한테 너무 어둡잖아?"

"그래도."

"어둠은 신경을 닳게 해. 보이지 않는 건 불안 그 자체야. 처음부터 눈이 안 보인 사람에게는 어둠이 익숙하겠지만. 그렇지 않다면 어둠은 반드시 정신을 갉아먹어. 막상 마족이 공격할 때 집중력이 떨어져 있으면 그것도 치명적이잖아?"

야카기는 허락을 얻지도 않았다. 어떤 농간을 부렸는지 그가 가볍게 손가락을 대자 유리관 안에 불이 켜졌다. 따스함이 느껴지는 오렌지 빛이다. 광원은 작지만 모닥불을 피운 듯한 밝기는 야카기와 숲의 형상을 선명히 드러냈다.

밝아지자 그가 말한 대로 어쩐지 안정이 되는 듯했다.

"그럼 이제 다친 데 좀 보자."

"치료할 수 있어?"

"마술사니까."

믿음직스럽게 말하는 그에게 얌전히 팔과 다리에 난 베인 상처를 보였다. 상처는 깊은 것도 몇 군데 있었지만 영걸 소환의 가호로 지금은 작은 상처로 변해 있었다.

야카기는 한두 마디 중얼거린 뒤 손바닥에 녹색 마법진과 빛을 생성했다.

그 빛을 팔에 난 상처에 닿게 했다. 부드러운 온기가 희미하게 전해졌다. 이윽고 그가 손을 떼자 상처는 말끔히 사라

345

져 있었다.

다른 상처를 치료받다 문득 그의 말을 따라하듯 중얼거렸다.

그렇다, 그것은 분명 꿈속에서 들었던 주문이었다. 치료 끝에 보인 그 미소는 꿈속에 나오는 소년이 짓던 의젓한 웃음과 같았다.

치료가 끝나자 오히려 마음을 붙들어 매고 있던 긴장이 풀렸다.

그런 낌새를 눈치챘을까. 야카기는 걱정스러운 눈빛을 보내왔다.

"왜 그래? 괜찮아? 움직이는 건 조금 더 쉬었다가 할까?"

"걸을래. 계속 이러고 있을 순 없어."

그의 다정함에 왠지 모르게 부끄러워져서 휙 고개를 돌렸다.

그러자 그는 입을 떡 벌렸다.

"뭐야?"

"아니. 낫자마자 활기차졌다 싶어서……. 이런 부분은 기억을 잃기 전과 똑같구나."

"조……조신한 여자가 아니라서 미안하네."

짜증을 섞어 말했다. 아무래도 그에게 그런 식으로 비춰지는 것은 싫었다. 한편 야카기는 자못 유쾌하다는 듯이 소리 내어 웃었다.

"그럼 갈까."

"돌아가는 길은 알아?"

"방향은 아니까 어떻게든 될 거야."

"적당히네……."

하지만 지금은 그럴 수밖에 없다. 마족과 마주칠 가능성도 있지만 이대로 여기 있어도 상황은 나빠질 뿐이다. 더욱이 지금은 힘이 넘쳐나기에 움직이는 게 좋다.

용사는 기력만 잃지 않으면 여신의 가호를 받을 수 있다고 알려져 있다. 불안이 해소되어 가호가 발동한 것이리라. 이 상태라면 마족과 만나도 충분히 싸울 수 있다.

야카기가 석유등을 들고 걷기 시작했다. 수풀이나 걷는데 방해가 되는 것들을 마술로 능숙히 제거하고 길을 만들면서 걸었다.

석유등 불빛에 비친 오렌지 빛 그림자를 놓치지 않도록 주의하면서 그를 따라갔다. 그때 문득 그가 말을 걸어왔다.

"이 나무는 꽤 단단하네."

"블랙 우드래. 북방이 원산지인 수목. 무기 같은 걸 만드는 데 쓰인대."

"그러고 보니 엄청 튼튼한 목재라고 전에 들은 적 있어."

야카기가 호오, 하고 감탄했다. 위험한 상황임에도 불구하고 불안은 전혀 느껴지지 않았다.

그런 그의 모습에 질려하면서도 줄곧 마음에 걸렸던 일을 물었다.

"저기, 중간에 셀피 일행은 못 만났어?"

"아아, 만났어. 내 동료들도 같이 있고. 아마 지금쯤 셋 다 쉬고 있지 않을까. 자세한 건 모르지만 다른 병사도 함께 있던 것 같은데?"

"그래, 다행이다…… 무사히 도망쳤구나."

걱정 하나가 사라지자 안도의 한숨이 흘러나왔다. 모두 무사한 것은 다행이다. 그러나 이로써 자신의 추측이 맞은 것으로 판명되었다.

때마침 야카기가 그것에 대해 물어왔다.

"그런데 너만 이런 곳까지 와 있다니, 참."

"아마 놈들이 노린 건 나 하나였을 거야. 그래서 여기까지 온 거고."

"무슨……?"

의미심장한 대답에 야카기가 인상을 찌푸리자 간략하게 설명했다.

마족의 작전. 그리고 그 작전을 써서 마족이 얻을 수 있는 것이 무엇인지를.

잠시 말없이 듣고 있던 야카기는 설명이 끝날 즈음에는 납득한 반응을 보였다.

"……역시. 요컨대 목적은 너 하나였기 때문에 다른 사람들은 쉽게 도망쳤다는 거네."

"아마도. 상황을 보고 추측한 거지만 그렇게 생각하면 방책으로서 성립하니까."

한동안 나란히 걸어가자 전방의 어둠 속에 푸르스름한 빛에 비친 나무들이 보였다.

"밝아……."

달빛에 비친 것이리라. 멍하니 말하자 야카기가 석유등을 비추었다.

"가볼까."

끄덕인 뒤 함께 수풀을 헤치고 나가자 거대한 돌이 늘어선 묘한 공간이 나왔다.

주위는 단단한 블랙 우드가 숲을 이룬 반면, 이곳만 벌목이 되어 있어 달빛이 새어들어 왔다. 거대한 돌은 군데군데 이지러지고 오랜 세월 그곳에 있었는지 풍화되어 깎여나간 부분도 있었다. 다만 규칙적인 배열이나 돌의 규모로 보아 사람의 손이 더해졌다는 것을 알 수 있었다.

연합에 있는 건물이나 유적과는 또 다른 풍취였다. 달빛에 비쳐 밤의 공간에 떠올라 있는 것 같기도 한 그 모습은 마치 한 문명의 조락(凋落)을 방불케 했다.

"이게 뭐지? 유적인가?"

"그런 것 같은데……."

이쪽의 물음에 중얼거린 뒤 야카기는 유적 가까이 다가갔다. 그리고 유적의 중심이 보이는 곳에서 문득 걸음을 멈추었다.

"왜 그래?"

"이건……."

그는 물음에 대답하지 않았다. 무시하는 것이라기보다 들리지 않는 듯했다. 그는 역시 놀란 표정이었다. 그는 주위를 끊임없이 둘러보며 돌아다녔다.

그리고.

"이런 곳에 있었어……."

야카기는 묘하게 납득한 듯한 목소리에 희열을 섞어 혼잣말처럼 중얼거렸다.

가까이 다가가 주위를 둘러보자 마찬가지로 깨닫는 바가 있었다.

규칙적으로 배열된 바위 중심에 거대한 마법진이 그려져 있었다. 중심에는 트라이앵글(삼각형)을 반대로 한 모양이 그려져 있다. 새겨진 문자는 이 세계의 것이다. 그리고 오랫동안 이곳에 놓여 있었음에도 불구하고 도료는 방금 짜낸 선혈처럼 선명했다.

그러므로 이것은─

"분명 이건 영걸 소환의 마법진?"

"응. 아스텔에서 사용된 것과는 군데군데 다른 부분도 있는 것 같지만 틀림없어."

"그치만 어째서 이런 곳에 있지?"

"돌아갈 방법을 찾고 있다고 전에 말했지? 영걸 소환 의식이 처음으로 행해진 곳이 연합에 있다고 들어서 온 거야."

"그럼 이게 그 실마리인 거야?"

"그래, 내가 찾던 거야. 설마 이런 곳에 있었을 줄이야……. 이럴 때 찾다니 무슨 운명의 장난도 아니고."

야카기 스이메이는 실실거리면서 기분 좋게 어깨를 움츠렸다.

"저기, 그러니까 이걸 사용하면 원래 세계로 돌아갈 수 있단 거야?"

"응? 아아, 아니. 이걸로는 원래 세계로 돌아갈 수 없어. 이건 소환하기 위한 진이니까 돌아가려면 이 진에서 원래 정보를 읽어내고 그걸로 다시 새롭게 전이용 마법진을 만들어야 해."

"귀찮구나."

"무슨 소리냐. SF의 워프 장치나 웜 홀, 포털 같은 거랑은 다르다고."

야카기는 편리하게 여겨지는 것들을 예로 들며 힐난했다. 그가 아무렇지 않게 예로 든 단어는 모두 들어본 적이 있는 것이고 어떤 것인지도 알 수 있다. 역시 같은 세계 사람과는 대화부터가 다르다.

"그럼 미안하지만 잠시 기다려줘."

"응? 서, 설마 지금 본다고?!"

"금방 끝나. 우선 마법진을 베끼고 얼른 알아보기만 하는 거니까."

그렇게 말한 뒤 마법사 소년은 총총히 걸어갔다. 마족이 올지도 모르는데 이 남자는 무슨 생각인 걸까. 곧이어 그의 마력이 높아졌다.

석유등 불빛과는 사정이 다르다. 마력을 드러내놓고 해방한 지금이야말로.

"제정신이야? 마족에게 들키겠어……."

"그럴지도."

"그럴지도라니."

말은 했지만 야카기는 신경 쓰는 기색도 없이 "헤에—"라 거나 "호오—" 같은 감탄사를 내뱉으며 어떤 마법을 기동하기 시작했다.

"잠깐, 그게 아니잖아?! 왜 일부러 들킬 만한 행동을 하는 거야?!"

"별로 상관없으니까."

"어떻게 그리 말할 수 있어?! 지금 우리가 놓인 상황을! 정말! 제대로! 알고 있는 거야?!"

"왜 화를 내. 진정해. 그걸로 됐어. 모를 리 없잖아."

"뭐……라고?"

너무나도 일상적인 반응에 저절로 힘이 빠졌다. 그러나 그가 이쪽을 바라보며 난처하다는 듯이 머리를 긁었다. 그러는가 싶더니 문득 체념한 듯 한숨을 쉰 뒤 마치 처음 궁전에 나타났을 때처럼 냉정하고 고요한 분위기를 풍겼다.

저도 모르게 숨을 삼켰다. 그러자 그는 눈동자를 붉게 빛내면서 물었다.

"너, 조금 전에 마족의 계략에 빠졌다고 했지? 마족들은 용사인 너만 노리고 이번 작전을 세웠다고."

"그, 그렇다고 생각해…… 그런데 그게 어쨌단 거야?"

"그런 작전을 세울 정도야. 상대는 네가 혼자가 되었을 때 죽이고 싶은 거야. 그런 거라면 하물며 잡어를 보낼 리는 없어. 확실히 담판 짓기 위해서 분명 마족 장군을 보낼 거야."

"……그건."

납득이 가는 이야기였다. 자신은 이미 마족 장군을 죽였다. 그러니 자신을 죽이려면 그와 실력이 비슷하거나 더 뛰어난 자를 보내야 한다. 나아가서는 그의 말대로 마족 장군을 보낼 가능성이 높다.

"하지만 그게 지금 들킬지도 모를 짓을 하는 거랑 무슨 관계가 있다는 거야?"

"들어봐. 그렇다는 건 즉. 지금 마족 장군이 혈안이 돼서 널 찾는 중이라는 뜻이 돼. 십중팔구 널 함정에 빠뜨린 놈일 텐데…… 그렇다고 가정했을 때 지금 우리가 선택할 수 있는 대안은 두 가지. 도망치거나 맞서 싸우는 거야."

거기서 한번 끊은 뒤 야카기는 다시 말했다.

"넌 지금 당장 그 마족 장군을 죽이지 않아도 될지도 몰라. 도망쳐서 힘을 보강한 뒤에 다시 싸우는 방법도 있어. 그런데 말이야, 난 오늘 여기서 그놈을 죽여야 할 이유가 있어."

"어, 어째서?"

"다음에 네가 그놈의 계략에 걸려들 가능성이 없는 것도 아니고 이번처럼 내가 그곳에 있을 거란 보장도 없어. 그러니까 나는 그 마족 장군을 지금 여기서 확실히 죽여야 해."

조금 전까지 실실댔던 모습이 거짓말인 것처럼 뜨겁고 진지한 태도였다. 그리고 강렬한 눈동자는 분명히『널 지키기 위해서야』라고 말하고 있었다.

　"그게 빨리 도망치지 않는 이유야. 거만하다고 생각해?"

　"아, 아니…… 알았어."

　갑작스럽게 눈이 마주칠 것을 예상하고 시선을 아래로 떨구었다. 쳐다볼 수가 없었다. 그렇다, 그의 결의에 찬 눈빛을 직시하는 순간 그에게 마음을 빼앗겨버릴 것 같았기 때문이다.

　눈빛을 피한 것은 오로지 기억상실 상태이기 때문이다. 예전의 자신이 이 남자에게 어떤 감정을 갖고 있었는지도 모르는데 이 남자에게 마음을 빼앗겨도 되는 걸까. 지금의 자신은 무의식중에 그런 식으로 생각한 것이리라.

　야카기는 자신의 생각과 각오를 밝힌 뒤 다시 마법진 조사에 몰두했다.

　그런 그의 등을 바라보았다.

　그는 궁에 침입했을 때처럼 자신을 위해 이곳에 왔다. 아무런 대가도 요구도 없이. 그게 자신이 당연히 해야 할 일이라는 듯이.

　그래서 묻지 않을 수 없었다.

　"……어째서?"

　"……응?"

　"어째서 그렇게까지 하는 거야?"

"말했잖아? 나한테 넌 가족이야. 그러니까……."

"그건 알아. 사촌이기 때문이라는 것도. 하지만 정말 그
것뿐이야?"

"그것뿐……?"

"그러니까 나하고 넌……."

물으려 한 순간 나뭇가지와 잎이 술렁였다. 뒤이어 공기
가 날카롭게 진동하기 시작했다. 멀리서 발자국 소리와 날
갯짓 소리가 들려왔다. 그리고 몰려오는 불쾌한 기운.

"──드디어 납신 건가."

야카기가 말한 대로일 것이다. 그가 유인하기 위해 뿌린
마력이라는 이름의 연료(미끼)에 마족들이 걸려든 것이다.

숲의 술렁임이 문득 멈추자 어두운 나무숲 사이로 마족이
무시무시한 모습을 드러냈다. 유적을 등진 채로 반포위되
었다.

"…………."

말없이 칼자루에 손을 댔다. 걸어오는 기척에 힐끗 옆을
보자 야카기가 바지 주머니에 손을 찔러 넣은 채 옆에 섰다.

마족은 덮칠 낌새가 보이지 않았다. 평소라면 인간을 발
견하는 즉시 달려들 텐데 그저 이빨을 드러내고 적의를 보
이며 노려볼 뿐이다. 그 모습은 마치 기다림을 강요받은 개
와 같다.

이윽고 그 중심에서 금 자수로 테를 두른 검은 로브를 걸
친 누군가가 나타났다. 순간 인간인 줄 알았지만 자세히 보

니 로브 안에 있어야 할 몸이 칠흑 같은 안개로 채워져 있었기에 인간이 아닌 것을 알았다.

다른 마족과는 확연히 다른 분위기이고 주위의 마족들도 그를 살피며 따랐다. 아마도 마족 장군이리라. 어둠 속에서 붉은 눈이 형형히 빛났다.

야카기는 나른한 투로 예상한 바를 물었다.

"네가 마족 장군?"

야카기의 물음에 대답하려는지 공중에 뜬 검은 로브에서 목소리가 흘러나왔다.

"일곱 개의 군세 중 하나를 맡고 있는 비슈다라고 합니다. 처음 뵙겠습니다. 증오하는 여신의 축복을 받은 용사님."

끈적끈적한 말투다. 내심 무시하는 걸까, 비웃는 걸까. 그런 감정이 여실히 묻어난 말투다.

"그쪽은 보고받은 인물과는 특징이 다른 듯한데 용사의 동료입니까?"

"아니. 친척이야."

"…………."

마족 장군── 비슈다인가 뭔가에게는 엉뚱한 대답이었을까. 분명 이세계에서 소환된 인간의 친척이라고 해도 와닿지는 않을 것이다.

그러자 비슈다가 대뜸 웃음을 터뜨렸다.

"한번 놓쳤다는 보고를 들었을 때는 살짝 초조했는데 찾는 수고를 덜었습니다. 대놓고 선전하듯 마력을 흩뿌려주었으니 말입니다."

"그거 다행이네. 나도 힘을 쓴 보람이 있어. 그 대신 사례는 확실히 해주겠지?"

"네, 물론입니다. 당신의 피로 보상해드리지요. 히히히……."

비슈다가 기분 나쁜 소리로 웃었다. 한편 야카기는 말투와는 반대로 입꼬리도 움찔하지 않았다. 그런 그를 나무랐다.

"……왜 대화에 어울려 주는 거야?"

"화내지 마. 가벼운 말 정도는 괜찮잖아? 그런데 이런 타입은 도발도 안 먹힐 것 같네."

"……으."

이 대화로 가늠해본 모양이다. 장난이 아니라 그의 치밀함이었다.

이번에는 자신이 비슈다에게 물었다.

"이 작전을 세운 게 당신이야?"

"그렇습니다. 연합 용사인 당신은 강해요. 그래서 작전을 짜서 쓰러뜨리기로 하고 이런 형태를 취한 것이지요."

"그 작전이 이거란 거네."

"네, 당신은 마우하리오를 쓰러뜨렸습니다. 그렇게 되면 반드시 우쭐해져서 작전에 걸려들기 쉬울 거라고 생각했지요. 부추긴 보람이 있었습니다."

"당신은 동료 장군을……."

357

그렇게 말하고 깨달았다. 이런 작전을 세운 시점에서 이미 이 마족에게는 동료를 생각하는 윤리는 없다는 것을. 비슈다는 예상한 대로 웃음을 터뜨렸다.

"아니지요. 마우하리오는 동료인 날 위해서 몸을 바친 겁니다."

"이 비열한 자식……."

목소리에 분명한 혐오를 담아 공중에 떠 있는 로브를 향해 칼을 뻗었다. 살기를 보냈지만 상대는 전혀 동요하지 않았다. 한 걸음 앞으로 내딛자 스이메이의 당황한 목소리가 발을 붙잡았다.

"야, 하츠미."

"내가 앞에 나가. 넌 다른 놈들을 맡아줘."

"아니, 그놈은 내가."

자신이 불러들였으니 책임지고 쓰러뜨리겠다고 말하고 싶은 것이리라. 그러나 보호받고 있을 수는 없다. 몸에 흐르는 검객의 피가 자신에게 말했다. 놈을 쓰러뜨리라고. 저런 악의는 남에게 맡겨서는 안 된다고.

뒤돌아 흘끗 눈짓을 보내자 이쪽의 뜻을 헤아려준 걸까, 설득을 포기한 걸까. 한숨 아닌 한숨을 내쉬며 야카기는 얌전히 뒤로 물러났다.

"알겠어. 일단 주변 놈들을 어떻게든 해볼게."

야카기는 그렇게 말한 뒤 몸에 마력을 돌게 했다. 그것을 눈치챈 비슈다는 급히 기분 나쁜 웃음을 멈추고 팔을 쳐들었다.

"자, 나가 싸워라!"

팔을 내리며 호령하는 것과 동시에 마족이 일제히 달려들기 시작했다. 그러나 이 첫 공격도 특별히 위기로 느낄 만한 것은 아니다. 여느 때와 마찬가지다. 놈들은 피라미 떼처럼 매번 그렇게 일제히 달려들므로.

그렇다, 마치 아무렇게나 뿌려놓은 고깃덩어리에 달려드는 짐승처럼.

그것은 분명 가장 확실한 방법이다. 숫자와 질량으로 일제히 밀어붙이면 평범한 인간은 당해낼 재간이 없다. 그러나 그것은 평범한 인간이 상대일 때의 이야기다. 어느 정도 실력을 갖춘 자라면 여러 명을 상대할 때의 수칙이나 타개책은 가지고 있다.

그러니 둘러싸여 뭇매질을 당하기 전에 먼저 가까운 곳에 있는 마족을 베는 것이 중요하다. 적에게 둘러싸였을 때는 수비하는 것이 아니라 먼저 적을 무너뜨리는 것이라고 말한 사람은 어느 시대 검객이었을까. 기억이 정확하지 않은 지금 그 이름을 떠올리는 것은 쓸데없는 행위지만 그 행위를 실천하는 것은 아무런 문제도 아니다.

마족이 간격을 좁혀오기 전에 질풍 같이 달려 가장 끝에 있는 마족을 공격권 안에 넣었다. 피아의 거리를 순식간에 제로로 만든 속도에 마족은 놀랄 겨를도 없다. 그것을 겨우 표정에 드러냈을 때는 이미 머리가 바닥을 굴렀다. 그 기세를 몰아 다음 마족을 공격했다. 옆에 있던 동료가 당한 것을 보고 방향 전환을 시도하는 마족을 향해 몸을 날렸다. 몸이 마족의 키보다 높이 떠올랐을 때 도깨비 같은 얼굴에 한 손으로 칼을 찔러 넣었다.

다수를 상대하는 전투에서 찌르기 공격은 상당히 악수(惡手)다. 강력한 기술이지만 한 번 찔렀을 때 상대의 몸에서 칼을 뽑느라 다음 한 수가 정체된다.

그러나 그런 것은 상관없을 정도로 자신에게는 실력이 있었다. 얼굴을 관통한 칼을 뽑지 않고 칼끝까지 밀어 넣었다. 피를 살점을 뇌액을 뒤집어쓰는 것도 마다하지 않고 마족을 밀어 쓰러뜨렸다. 그리고 앞에 있는 다음 적을 베었다.

다음 마족은 단숨에 다섯 조각으로 갈랐다. 선혈이 흩어졌다. 그것이 걷히기까지의 찰나. 모든 것이 슬로모션으로 움직이는 순간 대태도를 어깨에 지고 몇몇 마족을 궤도 위에 올린 뒤 힘껏 공중을 갈랐다.

검을 후려친 순간 느리게 흘러가던 공기가 이번에는 퀵 버튼을 누른 것처럼 빠르게 변하고 모든 것이 두 동강 나 날아갔다.

자신을 덮친 마족은 이것으로 전부. 지금의 연속 공격으로 전부 죽였다.

그러나 감흥은 없었다. 마족의 실력은 아무것도 아니었다. 여전히 힘도 넘쳐났다. 마치 결코 마르지 않는 샘처럼 힘은 끝도 없이 솟아났다.

비슈다에 대한 경계를 늦추지 않은 채로 야카기 쪽을 보았다. 마족이 그를 둘러싸고 달려들기 직전이었다.

그러나 야카기는 이렇다 할 움직임을 취하지 않았다. 그 모습은 그가 처음 궁전에 찾아왔던 날 밤, 연합 병사에게 둘러싸였을 때 보인 느긋함이다. 달려든 마족의 수는 열 정도다. 도망칠 곳도 없고 대응하기에는 시간이 부족해 보인다. 그러나──.

마족은 야카기 주변의 땅과 함께 순식간에 폭발했다.

"…………굉장해."

폭발음을 들으며 저도 모르게 중얼거렸다. 야카기가 손끝으로 가로를 그은 뒤 그 손끝을 위로 쳐든 순간 마족이 지면과 함께 불꽃에 휩싸였다.

폭발의 중심에 선 남자는 몸을 살짝 비틀었다. 그 모습은 불꽃을 지배하는 신처럼 태연하다.

……과연 상당한 실력이다. 마족과의 전투에서 마법은 여러 번 봤지만 이 남자의 것은 그것과 비교하면 특별하고 이질적이다.

야카기는 태연하게 비슈다를 바라보았다.

"이 정도 놈들로 아무리 밀어붙여도 우리는 못 쓰러뜨릴걸?"

"하지만 마력과 체력이 바닥날 정도로 많이 있다면 이야기는 다르겠지요?"

비슈다가 말한 순간 숲 속에서 마족 떼가 튀어나왔다.

"잡어들만 우글대네……."

"히히히, 당신은 그 잡어들을 상대해주시죠. 나는 용사를 상대해야 하니……."

비슈다는 기분 나쁜 웃음을 흘리며 이쪽을 향해 돌아섰다. 빨리 나설 작정일까. 비슈다의 움직임을 보고 먼저 뛰어 들어갔다.

뒤에서 대기하던 날개 달린 마족이 좌우에서 달려들었다. 대태도로 팔자(八字)를 그어 단숨에 두 놈을 벤 뒤 비슈다를 노렸다. 비슈다의 움직임도 야카기처럼 느긋했지만 두둥실 떠 있는 모습이 으스스함을 자아냈다.

왼쪽을 파고들어 대태도를 뻗었다. 한편 상대는 보랏빛 오라를 감은 마수를 뻗어왔다.

대태도는 빗나갔다. 마족 장군은 역시 잡어와는 다른 듯했다. 마치 공중에 떠 오른 종이가 검풍을 맞고 빗나가듯 칼끝은 비슈다의 로브조차 스치지 못했다.

"큭……."

쉽지 않은 상황에 살짝 신음을 흘리며 뒤로 뛰어 물러났다. 다가올 비슈다의 공격에 대비하자 돌연 등 뒤에서 보라색 섬광이 앞을 뚫고 지나갔다.

"읏?"

빛을 피하듯 검은 로브가 두둥실 떠올라 크게 거리를 벌렸다. 둘 사이에 날아든 공격은 아직도 많은 마족을 상대하고 있는 야카기의 마법이다.

"야카기!!"

"……실력이 제법이군요."

그는 대답하지 않고 시선만 보내왔다. 그러나 곧바로 달려드는 마족에게 시선을 돌리고 불꽃과 번개를 이용해 차례차례 마족을 쓰러뜨렸다.

아카기는 뒤에서 원호해주었다. 주위의 마족을 상대하면서 이쪽의 공격의 틈을 메우듯 비슈다를 견제했다.

'도대체 얼마나 대단한 실력인 거야…….'

십수 명의 마족을 상대하면서 원호까지 하는 것은 보통 실력이 아니다. 눈과 귀 등의 감각 기관과 뇌의 지각 영역이 보통 사람의 열 배는 되지 않을까 의심이 될 정도다.

한편 이쪽은——.

"세아아아아아아아아!"

기합과 함께 비슈다를 베려고 덤벼들었다. 물론 간단히 먹혀들진 않지만 연속해서 검격을 가했다. 틈을 주지 않고 공격하자 몸이 따라가기 힘들었는지 이윽고 비슈다의 움직임이 둔해졌다.

'이때야!'

그 틈에 단번에 오른쪽 어깻죽지부터 왼쪽 옆구리까지를 비스듬히 베었다. 필살의 일격을 가할 때는 기합을 넣지 않는다. 그 기합을 검에 불어넣고 조용히 실행한다. 노린 대로 검은 비슈다의 몸을 깊숙이 파고들었다.

그러나.

"응──? 크읏?!"

시선 끝에 보랏빛 오라가 비쳐 재빨리 뒤로 물러났다. 이쪽이 대태도를 휘두른 것과 동시에 비슈다가 마수를 뻗은 것이다.

"용케 피했군요. 이걸로 결판 지을 생각이었는데 말이죠."

"무슨 성급한 소릴!"

예상치 못한 상황에 잠시 동요했지만 곧이어 그렇게 외치며 검을 휘둘렀다. 그러나 비슈다는 피하지도 몸을 움직이지도 않는다. 피할 필요도 없었다는 듯 대태도는 허공의 어둠을 갈랐을 뿐이다.

"왜 그러시죠? 그런 공격으로는 날 쓰러뜨리지 못할걸요?"

"이럴 수가?! 분명 검격은……."

성공했다. 그럼에도 손에 베는 감촉이 전달되지 않았다. 그 수수께끼 같은 상황에 당황하여 공격과 수비에 틈이 발생했다. 그때 뒤에서 야카기의 외침이 들려왔다.

"하츠미! 물러나!"

"──읏!"

목소리에 반응해 재빨리 뒤로 뛰어 물러났다. 순간 뒤쳐 나온 야카기가 탕, 경쾌한 울림과 함께 손가락을 튕겼다. 그 여운은 곧 거대한 폭발음에 묻혀 사라졌다.

비슈다의 눈앞에서 공기가 폭발했다. 그 충격은 비슈다를 정통으로 때렸다. 그러나 검은 로브는 아무 일도 없었다는 듯이 바람에 두둥실 흔들리고 있었다.

"——아아?"

"왜 그러죠? 그 정도 마법은 나에게는 안 통합니다?"

"…………."

도발 섞인 말에도 야카기는 대꾸하지 않았다. 뒤에서 다가오는 마족도 아랑곳하지 않고 말없이 비슈다를 노려보았다. 그리고——.

"응——?"

야카기의 모습이 연기처럼 그 자리에서 홀연히 사라졌다. 마족들은 목표물을 잃었다. 어느새 당황한 마족들 뒤에 그가 서 있었다.

그리고 밤하늘에는 마법진이 떠올라 있었다.

"잠깐……?!"

수많은 마법진이 밤하늘을 가득 채우듯 떠오른 광경에 무심코 초조한 목소리가 새어 나왔다. 아군이 일으킨 현상이라는 것은 알았지만 머릿속은 전혀 정리되지 않았다.

"Ad centum transcription Augoeides maximum trigger(광휘술식 최대가동. 폭탄은 1번부터 100번까지 연속전개, 융단폭격)!"

공중을 가득 채운 마법진에서 수많은 빛줄기가 뿜어져 나왔다. 날아간 빛의 알갱이는 작렬하는 것과 동시에 엄청난 빛을 내뿜었다. 빛은 마족과 비슈다가 도망칠 틈도 도망칠 곳도 없을 만큼 광범위한 곳을 날려버렸다. 그 모습은 실로 융단폭격이라는 표현에 어울렸다.

이 공격에 살아남을 존재는 없다. 당한 쪽을 생각하면 오싹하지만 어쨌든──. 이윽고 눈에 남은 빛의 잔상이 옅어져갔다. 그리고 비슈다는.

"히히히히히히……."

"무슨?!"

날개 달린 마족은 섬광 앞에 모조리 날아갔지만 비슈다는 변함없이 그 자리에 있었다. 조용히 흥분이 섞인 불쾌한 웃음을 흘리고 있을 뿐이다.

조금 전 야카기가 사용한 마법은 도망칠 곳이라고는 없는 가혹한 범위 공격이었다. 튼튼한 블랙 우드 줄기는 무참히 날아가 주변에 나뒹굴고 광범위한 지면이 파헤쳐질 만큼 강력한 섬광이었다…… 그럼에도 불구하고 비슈다는 건재하다. 아무 일도 없었다는 듯이 로브가 공중에 두둥실 떠 있다.

야카기가 비슈다를 보며 의아한 듯 신음했다.

"고위 마술도 안 통한다고……? 방금 그건 디스패리티 아웃(위격차 소멸, 位格差消滅) 아니야? 아니, 마술이 몸을 뚫고 나갔다……?"

전문 용어가 섞인 곤혹스러운 목소리가 들려왔다. 비슈다에게 공격이 통하지 않은 이유를, 그도 모르는 듯했다.

당황하는 것도 잠시 야카기는 다시 입을 열었다.

"──Et factus est invisibilis Instar venti! Tempestas(나의 칼날은 보이지 않지만, 강철과 같은 예리함으로 나의 적을

피 웅덩이에 잠기게 하라! 먼지로 사라져라)!"

비슈다가 움직일 새도 없이 다음 마법이 발생했다. 야카기가 영창을 외친 직후 비슈다 주위에 있던 블랙 우드가, 지면의 흙이, 나뒹굴던 돌이 산산이 찢겨 날아갔다. 공기의 칼날인지 보이지 않는 칼날인지는 알 수 없다. 그러나 모든 것을 갈기갈기 찢어버린 보이지 않는 참격의 폭풍은 멈추지 않는다. 비슈다는 피어오른 흙먼지와 나무 부스러기에 가려 보이지 않는다. 그러나 모든 것이 먼지로 돌아갈 때까지 회오리 같은 폭풍은 계속되었다.

이번에야말로.

"이거면……!"

"아니, 아직이야."

"응──?"

야카기가 말하는 것과 동시에 자신의 몸이 보이지 않는 힘에 의해 그의 곁으로 당겨졌다. 그의 곁에 착지하자 나무 부스러기가 섞인 모래 먼지가 눈앞에 보였다. 그 안에 붉은 실처럼 생긴 가는 불줄기들이 스쳐 지나갔다.

이윽고 나무 부스러기가 섞인 모래 먼지 안에서 새빨간 마물이 뭉게뭉게 생겨나더니, 부풀어 올랐다. 그리고 전부 폭발했다.

예기된 거센 바람과 열기는 이쪽으로는 오지 않았다. 야카기가 차단했기 때문이리라. 유적에도 피해는 전혀 없었다. 그러나.

"이, 이건 설마…… 분진 폭발?!"

경악에 휩싸인 이쪽과는 대조적으로 야카기는 아무 일도 아니라는 듯이 한없이 냉정한 시선으로 불꽃 너머를 쳐다보았다. 마법을 행사한 것뿐만 아니라 이런 현상(現象)까지 공격의 틀 안에 넣어두고 있었던 걸까. 마법 후에 현상을 짜넣은 끊임없는 연속 공격에 등줄기가 서늘해졌다.

그러나 여전히 비슈다는 건재했다.

"불어 흩뜨리지도 못한다는 건가……."

그렇다, 사실을 사실로서 받아들이는 듯한 야카기의 차분한 음성이 울려 퍼졌다.

그 말을 끝으로 그는 말하지 않았다.

비슈다가 무방비한 상태임에도 불구하고 영창도, 마법도 시도하지 않았다.

"야카기!"

"…………."

야카기는 대답이 없다. 마치 쓰러뜨리기를 포기한 것처럼 반쯤 고개를 숙인 채 우뚝 서 있을 뿐이었다.

★

용사의 표정이 갈수록 씁쓸하고 불쾌하게 변해갔다.

그도 그럴 터다. 아무리 몸을 베려 검을 휘둘러도 허공을 가를 뿐이니 말이다. 초조함의 정도는 이루 말할 수 없을 것이다.

　남자가 마법을 중지한 이후로 용사는 마구잡이로 검을 휘둘러왔다. 검이 닿지 않는 이유를 모르면서도 발버둥 치듯 공격을 퍼붓었다.

　유려한 검술이다. 마우하리오의 검은 어린아이의 연습이라고 말할 수 있을 만큼 용사의 검은 성숙하고 날카롭다. 잠깐 방심하면 시선을 빼앗길 만큼 아름다운 반면에 마(魔)가 깃들어 있다. 그러나 지금은 그것도 마구잡이다. 명중할 확신이 없는 검이 위협적일 리 없다. 물론 흐림이 없는 검이라 해도 이 몸에 닿을 리 없지만.

　용사가 검을 휘두를 때마다 그 입에서 작게 "어째서", "왜"라는 의문이 흘러나오고 있다. 의도한 것이 아니다. 초조함이 저절로 그녀의 입을 움직이게 하는 것이다.

　용사는 몸을 돌려 칼끝으로 나선을 그렸다. 검이 바깥으로 날아가려는 힘을 이용하여 공격해 왔다. 그 참격에 그대로 몸을 드러냈다. 그러나 검은 아무것도 베지 못하고 허공을 갈랐다.

　이쪽이 일부러 참격을 당해주자 용사는 경악을 금치 못했다. 검격이 통하지 않는다는 것을 직접 눈으로 확인했으니 당연하리라.

　"아무리 휘둘러도 소용없습니다. 당신의 검은 결코 내 몸에 닿을 수 없어."

　"크윽——!"

깨우쳐주듯 말하자 용사는 신음을 흘리며 물러났다. 용사의 공격은 작은 위협도 되지 않지만 몸놀림은 성가셨다. 마우하리오를 쓰러뜨렸을 정도니 그 정도는 당연하지만 그래서 결정타를 날리기 힘들다.

그러나 아무리 용사라도 한계는 있다. 전의만 꺾는다면 체력도 약해진다. 요새를 공격했을 때부터 계속 싸워왔다. 피로를 풀 틈은 없었을 것이다. 지금은 초조함을 부추겨 서서히 깨닫게 만든다. 그러면 저절로 싸울 힘도 잃게 될 것이다.

그 모습을 떠올리는 것만으로 웃음이 솟구쳐 올랐다. 마왕을 위협한다고 알려진 상대를 마음대로 농락하고 있으니 말이다. 참을 수 있을 리 없다. 얼마나 유쾌하고 즐거운 일인가.

"히히…… 아무래도 숨이 차는 모양이군요. 그만 포기하면 어떨까요?"

"잘도 지껄이네."

"공교롭게도 당신들 인간과 달라서 깨물 혀도 없으니까요."

용사를 말로 몰아붙였다. 인간은 마음이 약한 생물이다. 아무리 육체가 강한 자가 있다 해도 정신력이 깎여나가면 모두 마찬가지다. 연약한 생물로 전락한다.

그 점은 라쟈스도 리샤밤도 잘 알고 있었다. 정신을 공격해서 전의를 뿌리째 뽑아버리면 간단하다는 것을. 기회가 있을 때마다 말했었다.

그러니.

"슬슬 포기하고 깨끗하게 나에게 목을 내놓지 않겠습니까?"

"웃기지 마!"

"뒤에 있는 남자도 이제 단념한 것 같은데요? 당신이 검을 휘두르는 사이에도, 보세요. 저렇게 우뚝 서 있기만 하지 않습니까."

"……큭!"

남자를 언급한 순간 용사의 얼굴색이 눈에 띄게 나빠졌다.

궁지에 몰렸다는 것을 확실히 알 수 있다. 남자를 이용해서 몰아붙이면 이 용사는 간단히 무너질 것이다. 동료가 있어서 성가시다고 생각했는데 아무래도 행운이었다.

그도 그럴 것이 용사가 자진해서 전투의 중심에 섰지만 실제로는 뒤에 있는 남자를 의지하고 있다는 것은 한눈에 알 수 있다. 일일이 남자의 안색을 살피며 우세인지 열세인지를 판단했다. 싸움의 구조에도 원호가 들어가 있다. 무엇보다 남자가 전혀 말이 없어진 이후로 초조해하면서 땀을 흘리고 갈팡질팡하는 모습을 보면 이런 생각에 확신을 가져도 좋을 것이다. 동족들을 죽이고 정밀한 원호를 계속 보낸 것으로 보아 남자도 상당한 실력자다. 그러나 결국 한낱 인간이다. 어차피 그 정도가 끝이다. 남자의 마법은 이 몸에 상처 하나 내지 못했으니 말이다.

불가능하다. 누구도, 아마 이 기술을 가르쳐준 리샤밤도, 마왕 나크샤트라도 자신에게 타격을 주지는 못할 것이다.

이윽고 용사가 체념하고 어깨를 늘어뜨렸다. 아무리 해도 쓰러뜨릴 수 없다는 것을 이제야 깨달은 걸까. 고개를 숙이고 어깨를 늘어뜨린 채 분하다는 듯 입술을 깨물었다. 위세를 떨치던 것이 거짓말이었던 것처럼 그 모습은 너무나도 우스웠다.

"히히히햐하하하하하!!"

참을 수 없는 희열을 드러내며 오라를 휘감은 마수에 힘을 넣었다.

이제 곧이다. 이제 곧 이 비슈다가 용사의 목을 취하고 처음으로 용사를 죽인 명예를 손에 넣게 된다. 누구도 방해할 수는 없——

"——아아, 뭐야. 그런 거였어."

"——뭐?"
"——응?"

너무나도 엉뚱한 깨달음의 목소리에 반응한 것은 거의 동시였다.

어느새 용사의 뒤에서 우뚝 서 있기만 하던 남자가 질린 표정으로 한숨을 토했다.

그것은 마치 어째서 이런 간단한 사실을 지금까지 깨닫지 못했을까, 라는 듯한 스스로에게 질린 그런 표정이다.

"꽤 어려운 상대라고 생각했더니 역시 그래서 공격이 먹히지 않은 거야. 이쪽에 본체가 노출되지 않으면 공격이 통할 리 없지. 어째서 이렇게 간단한 걸 바로 눈치채지 못한 거야. 진짜 멍청했어."

흑의를 걸친 마법사 남자는 인상을 쓰며 머리를 과장스럽게 감싸 안았다. 그 동작은 마치 자신과 용사의 싸움은 안중에도 없다는 듯한 고뇌의 몸짓이다.

그런 장소에 어울리지 않는 느린 말투가 역겨워 마수에 휘감긴 오라에서 마탄을 날렸다. 그러나 그것을 눈치챈 남자가 즉시 손가락을 튕기자 이쪽의 공격은 폭발과 함께 날아갔다.

조금 전까지는 체념한 듯 침묵하고 있었지만 지금은 처음 봤을 때처럼 따분한 표정으로 이쪽을 쳐다보고 있다.

어느새 용사는 이쪽의 공격을 피하듯 남자의 곁으로 물러나 있었다.

"너 포기한 게……."

"뭐? 무슨 소리야? 이 상황에서 뭘 포기한다는 거야?"

"응……? 그러니까 그, 살아남는 거라든가……."

"아니, 못 이길 것 같으면 도망치면 그만이지. 너, 기억을 잃으면서 머리까지 나빠진 거 아니야?"

"누굴 바보 취급하는 거야!"

용사가 남자를 향해 소리쳤다. 남자도 얼빠진 표정으로

그녀를 보고 있지만 시선은 방심하지 않고 이쪽을 향해 있다. 공격하려고 힘을 끌어올리자 남자는 손을 쳐들었다. 준비는 끝났다는 걸까. 어쩐지 손을 뻗기 힘들다.

용사가 검 끝을 이쪽을 향해 겨누며 남자에게 물었다.

"……알아챈 거야?"

"응. 이 세계 녀석들 중에 이런 걸 할 수 있는 녀석은 없을 거라고 생각했는데 예외는 있었던 모양이야. 살짝 신경 쓰이는 부분도 있지만…… 뭐 그건 제쳐놓고."

남자의 말투는 이 기술이 어떻게든 된다는 말투였다. 설마 허풍이 아니라 정말로 알았다는 걸까. 아니, 그런 일은 절대로 있을 수 없다.

"……무슨 소린지 모르겠군요."

낮은 목소리로 말하자 남자는 따분하다는 듯이 무뚝뚝한 투로 말했다.

"그럼 알기 쉽게 말해줄까? 너에게 공격이 통하지 않은 건 실체를 모호하게 만든 게 아니라 지금 있는 장소를 모호하게 만들었기 때문이지?"

"…………."

"몸이 안개처럼 되어 있어서 처음에는 기체화했거나 실체를 모호하게 만든 거라고만 생각했는데…… 나 원, 처음부터 그런 몸이었다는 건 놀라워. 뭐 마족이니까 뭐든 있는 거겠지만."

"……완전히 잘못 짚었군요."

"하── 이제 와서 속이려는 건 관둬. 저번에 너 같은 기술을 쓰는 놈과 싸운 적도 있다고. 뭐 그 녀석은 너보다 실력이 몇 수 위였지만."

남자는 자신의 생각이 옳다고 확신하고 있다. 속이는 것은 불가능하다.

"……좋습니다. 당신이 맞아요. 간파한 건 칭찬해드리죠. 하지만 이 기술은 누구에게도 뚫리지 않습니다."

"아니. 그렇지 않아. 방법은 얼마든지 있어."

그렇게 말한 남자의 얼굴에는 미소가 번졌다. 마치 엉뚱한 소리를 들었다는 반응이다.

그런 비웃는 태도가 짜증에 불을 지폈다.

"그런 기술 같은 건……."

"있다고 했잖아? 너무 아는 체하는 건 보기에 흉한데?"

"──큭! 허세 떨지 마라!"

"훗, 허세인지 아닌지 실제로 해볼까?"

그렇게 말한 남자의 입꼬리가 기분 나쁘게 일그러졌다. 그만큼 자신이 있다는 걸까.

만에 하나 이쪽도 대비하며 움직였다. 남자가 하려는 게 무엇인지는 모르지만 요컨대 그것을 무용지물로 만들어버리면 그만이다.

남자가 무방비하게 눈을 감고 영창을 외는 것을 보고 마수에 일제히 힘을 불어넣었다.

"하아아아아아……."

손을 휘감은 오라가 부풀어 올라 거대한 손의 형태로 변했다. 손을 힘껏 내리치자 충격과 함께 오라가 지면의 흙먼지를 휘감고 남자에게로 쇄도했다.

남자가 방어할 겨를은 없다. 용사도 반응했을 때는 이미 늦은 뒤였다.

그러나 그런 임시방편은 이미 예측했던 걸까. 충돌한 순간 남자의 모습은 사라졌다. 어느새 용사와 함께 다른 방향으로 이동해 있었다.

……뭘 한 걸까. 기술의 시작조차 읽지 못했다. 한편 동료인 용사조차 순간 이동에 당황하며 주변을 두리번거렸다.

남자는 조용히 눈을 감고 노래하듯 중얼거렸다.

"Atman. Eye of those with wisdom, in all cases it is within the fools, some with light dismiss all the ignorance. Sophisticated soul Jnanachakusya. It is drawn on my feet as Pinyin(진실을 찾아내는 것. 그것은 식자가 여는, 어리석은 자가 가진 제3의 눈이며 모든 무지를 모조리 인과의 지평으로 되돌리는 것. 순화된 영혼은 쥬나나챠쿠샤. 그것을 나타내는 96폭은 두 개의 구슬과 반원으로 베껴지고 내 발 밑에 그려져라)."

남자의 주문 영창이 메아리쳤다. 그와 함께 남자의 마력이 높아지고 그 음성에 반응하듯 주변의 공기가 남자에게로 소용돌이치며 모였다. 휘몰아치는 바람은 지면에 규칙적인 흠집을 만들었다. 이윽고 남자가 감은 눈을 떴다.

"Open. Eye of Danguma. And Dase illuminate the truth (단구마의 열린 눈앞에 모든 거짓이여. 사라져라)."

순간 남자의 발치부터 엄청난 빛이 솟구쳤다.

수면에 반사된 빛처럼 눈부신 빛이 주변의 모든 것을 집어삼켰다. 그러나 그것은 곧 잠잠해지고 조금 전처럼 초승달 아래 어둠에 감싸인 블랙 우드 숲으로 되돌아왔다.

지금 이 빛은 어떤 효과가 있었던 걸까. 자신에게는 아무 변화도 일어나지 않았다. 용사도 그것을 눈치챈 듯 의아한 표정으로 남자를 봤다.

"야카기……? 방금 그 마법은 뭐야?"

"종료."

남자가 마법이 종료되었음을 알렸다. 역시 궁지에 몰린 나머지 허세를 부린 걸까.

"후, 후, 후하하하하! 뭐지요?! 역시 허세가 아닙니까?! 야단스러운 짓을 한다 했더니 무슨 일이 일어난 것도 아니잖아! 변한 건 아무것도 없어!"

"아니, 안 그래. ──봐, 달라진 건 여기 있잖아?"

내뱉듯이 말한 남자는 발로 땅을 박찼다. 그곳에는 어느새 눈을 본뜬 듯한 옅은 빛을 띤 진이 그려져 있었다.

"그 그림이 어쨌다는 거지요?"

"응? 설명하려면 긴데? 송과체, 단구마, 아쥬냐. 서양 마술부터 인도 불교까지 언급해야 해."

"무슨 영문 모를 소리를⋯⋯."

여유를 부리고 있지만 변화가 없는 것에는 변함이 없다. 발치의 그림은 허세에 사용한 마법진이 남아 있는 것뿐이다. 대수로울 것도 없다.

"자, 잠깐만! 그렇게 자신만만하게 말해놓고 아무것도 변한 게 없잖아?! 어떻게 된 거야?!"

"⋯⋯너까지 그렇게 말하기냐. 전문 분야가 아니니까 잠자코 있어."

"그치만⋯⋯."

"자, 그럼 이건 어때?"

남자가 그렇게 말한 순간 별안간 차갑고 선명한 빛이 스쳐 지나갔다.

남자의 마법이다. 소용없다는 걸 알면서도 같은 짓을 되풀이하는 것은 어리석은 자가 유일한 지식을 내세우는 것보다 더 질이 나쁘다.

맞지 않는다. 결코── 그럴 터였다. 그러나.

"크윽──?! 무, 무슨⋯⋯."

예상을 뒤집고 그 빛은 자신의 어깨를 꿰뚫었다.

마법 공격의 충격과 날카로운 통증이 어깨를 스쳤다.

"어때? 맞았지?"

"거짓말⋯⋯ 그럼 아까 그 마법은 이걸 위해서⋯⋯."

"네, 네놈이 대체 무슨 짓을⋯⋯."

"마족 장군 비슈다. 넌 네가 있는 장소를 속였어. 하지만

이 단구마의 눈이 물질의 영역에 열려 있는 한 넌 네가 있는 장소를 속일 수 없어. 지금 여기 보이는 너 비슈다가 그쪽으로 사라지든 이쪽에 전부 드러나든 둘 중 하나야.”

“바보 같긴! 그런 그림 따위로 내 몸에 마법이 통할 리 없다! 난 항상 유세(幽世)에 이 몸을 두고 있다고!”

“뭐? 항상 유세에 이 몸을 둔다고? 희한한 말 좀 하지 마, 이 멍청아. 그건 단순히 이쪽과 저쪽(별위상, 別位相)의 경계선을 모호하게 한 것뿐이잖아? 기술을 쓸 수 있으면서 잘 모르고 있는 거야? 딱히 네 몸은 멀리 있지 않을 텐데.”

“이쪽에서 저쪽으로 공격 같은 건⋯⋯.”

“그래, 못 해. 진짜 이어져 있는 게 아니면. 그런데 네가 하고 있는 건 애매한 지점에 앉아서 공격과 방어마다 자신의 상태를 이쪽이나 저쪽에 맞추고 있는 것뿐이야. 저쪽에서 양반다리를 하고 원격 공격을 하는 신기(神技)는 그 녀석(쿠드라크)밖에 못 해. 요컨대 너는 그 언저리 뒤에 몸을 숨기고 있는 거야.”

“무슨⋯⋯?!”

충격이었다. 이쪽이 모르는 부분까지 남자는 꿰뚫고 있었다.

“하, 하지만 이 기술을 간파당했다고 내가 진 건 아니야!”

“──하지만 내가 벨 수 있게 된 걸 무시할 수 없을 텐데?”

지금까지 잠자코 있던 용사가 그렇게 말한 뒤 살기를 뿜었다. 전투를 시작했을 때와 마찬가지 아니, 그 이상으로 기운이 넘쳤다.

"계집년이! 까불지 마라!"

마수에서 마탄을 날리자 남자도 그에 맞춰 빛의 마법을 행사했다. 피아의 사이에서 마법이 교차했다. 오라로 방어 장벽을 전개하자 남자의 마법은 장벽에 막혀 사라졌다.

한편 이쪽의 공격도 남자의 마법진에 차단당했다. 공중에 떠오른 금빛 마법진이 남자 앞에서 방패처럼 전개됐다.

문득 용사가 남자를 보았다.

"야카기."

"뭐야. 쓸데없는 참견이라는 거야?"

"아, 그게 아니라⋯⋯."

얼버무리는 그녀의 심정을 헤아렸을까. 남자는 체념한 듯 한숨을 쉬었다. 그리고.

"좋아. 구리가라타라니 환영검은 이 세계에 도사린 마를 베는 검이야. 오백 년 동안 무너지지 않고 이어져온 너의 검기를 저놈에게 제대로 보여줘."

그 대담한 말투에 용사는 결연히 고개를 끄덕였다. 칼끝을 이쪽을 향해 겨눈 채 칼을 옆으로 휘두르며 돌진해 왔다.

"하아아아아아아아아아아!"

"얕보지 마라아아아아!"

시선 끝에 들어온 모습이 어느새 시야에서 사라졌다가 옆쪽에서 나타나 참격을 가해왔다. 이쪽의 시야에 머무르지 않는 움직임. 조금 전보다 몸도 더욱 가벼워진 듯하다.

그러나.

"어쨌든 닿지 않으면 그뿐이다! 나는 이미 네 검을 전부 보고 있어!"

아무리 검섬(劍閃)에 안개가 걷히고 예리해져도 칼날이 닿을 일은 없다.

그렇다, 자신은 용사의 검을 전부 보고 있다. 전부 보이는 것이다. 용사의 검은 손바닥 보듯 알 수 있다. 검이 날아올 때마다 미스릴의 도신이 번쩍번쩍 빛나고 있으므로. 시야에서 용사가 사라져도 예고처럼 도신이 번쩍이며 검이 지나갈 위치를 미리 가르쳐준다. 그것을 처음처럼 피하면 그만이다. 그뿐인 것이다.

어리석은 용사는 그 사실을 눈치채지 못한 듯하다. 그저 우직하게 검을 날렸다.

나머지는 처음 계획한 대로 용사가 힘이 빠질 때까지 농락해주면 그만이다.

"크윽, 닿지 않아……."

"그래! 네 검은 모습을 이동시키는 기술을 쓰지 않아도 내 몸에 닿지 않아! 절대로!"

"…………."

입을 다문 용사를 보자 저절로 입꼬리가 올라갔다.

열정적이던 적이 무력하게 이를 악무는 모습을 보면 참을 수 없이 기분이 좋아진다.

"후, 후하, 후하하하하! 용사 계집을 죽인 다음에는 애송이 네 차례다!"

그렇다, 용사를 쓰러뜨린 뒤에는 흑의를 입은 남자다. 이쪽의 기술을 간파하고 그것을 깨부순 힘을 가진 저 남자는 절대로 살려둬서는 안 된다.

남자의 마법으로는 이쪽의 방어를 뚫을 수 없다는 것은 조금 전 마법으로 이미 확인했다. 거만하게 떠든 대가야말로 비싸게 치르게 할 것이다. 그렇다, 죽음으로써.

한편 용사는 어쩐지 조금 전까지의 움직임과는 딴판으로 정면에 서서 조용히 검을 겨누고 있다. 검 끝을 눈가를 향해 겨누고 검의 자루는 자신의 가슴보다 살짝 아래에 쥐었다.

아직 어떻게 나올지는 알 수 없다. 그러나 검섬이 용사의 다음 행동을 알려준다.

자신에게 확실히. 그렇다, 검에 비친 달빛이.

달의 빛이.

"하——?"

사라졌다. 다음 한 수를 가르쳐줄 터인 검의 빛이, 있어야 할 곳에서 그야말로 돌연 사라졌다.

빛을 잃은 직후, 가까운 전방에서 여성의 목소리가 들려왔다.

——구리가라타라니 환영검, 하십자초(霞十字抄).

싸늘한 밤공기보다 날카롭게 용사의 위엄 어린 목소리가

고막에 울려 퍼진 순간, 자신의 몸은 검에 베여 쓰러졌다.

어둠 속에 있는 목을 움직였다. 어느새 몸은 네 동강 나 있었다.

괴로움보다 의문이 먼저 새어 나왔다.

"어, 어째서……."

어째서일까. 대체 무슨 일이 일어난 걸까──.

"초승달이 뜨는 밤에는 절대로 검객과 싸우지 마라. 아아, 역시 아버지야. 그 사람에게는 정말 머리가 숙여져."

밤바람에 아무렇게나 흑의를 휘날리며 남자가 하늘을 올려다보았다. 마치 이쪽의 머릿속을 들여다본 것처럼 그런 말을 했다.

툭 내뱉은 목소리에는 과거를 향한 그리움과 기쁨이 깃들어 있었다.

그러나 다음으로 자신에게 향해진 것은 웃음이었다. 그것도 마치 마왕 나크샤트라가 보일 법한, 모든 것을 손안에 넣고 움직이는 자에게만 허락된 웃음이다.

"한심한 놈…… 달은 가늘지만 분명 중천에 떠 있을…… 터."

"그럴까?"

비웃는 듯한 음성이 너무나도 확신에 차 있었기에 저도 모르게 하늘을 올려다보았다.

그리고 그곳에는 빛나는 초승달이.

"없다……?!"

그렇다, 마치 처음부터 달 따위는 존재하지 않는 것처럼 밤하늘은 온통 검다. 하물며 별 하나 반짝이지 않았다.

"──Square of the moon(달을 사냥하다). 가로되, 달이란 태양계에서는 진실의 거울이어야만 해. 달빛 아래 모든 것은 그 빛에 의해 명확히 드러나야 하고 만물은 그 빛에 복종하게 되지. 그래서 **지금은 하늘에서 달을 사냥했어.**"

남자의 노래하는 듯한 말은 전혀 이해되지 않았다. 그러나 흑의를 입은 남자는 이쪽이 당황하는 것을 비웃듯 어깨를 움츠렸다.

"뭐 거창하게 말했지만 여긴 지구도 태양계도 아니고 스퀘어(90도)의 스펙트럼도 어떤 건지 몰라. 말하자면 그저 일시적인 위안이야. 위안. 하지만──."

──지금 너한테는 꽤 치명적인 위안이었겠지만.

향해진 것은 마왕 나크샤트라의 눈동자보다 섬뜩하게 빛나는 눈동자와 소름이 돋을 만큼 싸늘한 음성이다. 새삼 남자가 사신(死神)이었다는 것을 깨달았다.

"네놈은 내가 검에 비친 빛으로 공격을 읽은 것을……."

"조금 전에 **전부 보고 있다**고 자기 입으로 말했고, 그 말대로 너는 하츠미의 대태조를 눈으로 보고 있었어. 그런 모습을 하고 있으면 어둠에 희미하게 떠오른 눈은 꽤 눈에 띄니까. 이건 맞았구나, 생각했어. 뭐 검의 재질이 미스릴이 아니라 반짝이는 오레이칼코스였다면 이야기는 달라졌겠지만."

뭐 결국 살의에 눈이 먼 네 패배야.

그런 말이 밤의 숲에 무자비하게 울려 퍼졌다. 그리고 다시 검은 구두로 지면을 찼다.

그 행위가 위화감을 부추겼다. 그렇다, 달빛이 없다면 주위도 어둠에 싸여 보이지 않는다. 그런데도 주위가 밝게 보였던 것은 흑의의 남자 발아래 그려진 눈 모양을 본뜬 진이 옅은 빛을 띠고 있어서였다.

"진실을 비추는 빛은 때로 거짓을 숨기는 빛이 될 수도 있어. 그런 거야."

"이…… 네놈만 없으면……."

"글쎄, 그건 어떨까? 네 실체를 파악할 다른 방법이 또 있었을지도 모르고, 하츠미가 마지막 순간에 뭔가를 했을 수도 있어. 게다가 지금 검섬도 네 눈짐작과는 다르게 몸통으로 먼저 들어왔잖아? 눈치채기 전에 마구 썰려나간 건지도 모르지만."

남자는 그렇게 이쪽이 승리할 가능성은 전혀 없었다고 일축했다.

"적어도 네가 라쟈스만큼 강했다면 쓰러뜨릴 수 있었을지도 모르지만. 너는 기초 실력이 부족했던 것 같다."

무언가를 회상하는 듯한 남자의 말투에 전율이 스쳤다.

"네놈이 설마."

남자는 마치 거짓말을 들킨 짓궂은 아이 같은 표정으로 희미하게 웃었다.

……그럼 이 남자가 마족 장군들 중에서 필두였던 선봉대장을 꺾었다는 걸까.

"라쟈스를 무찌른 건 레이지야. 그렇게 알고 빨리 뒈져."

그런 허를 찌르는 남자의 음성이 마족 장군 비슈다가 들은 최후의 말이 되었다.

에필로그

비슈다는 쿠치바 하츠미의 검에 오른쪽 어깻죽지에서 왼쪽 허벅다리를, 왼쪽 옆구리에서 오른쪽 겨드랑이를 잘려나갔다.

구리가라타라니 환영검 쿠치바류, 하십자초. 분명 양손으로 위에서 아래로 내리친 동작이 몸통을 가로로 후려치는 동작으로, 몸통을 가로로 후려친 동작이 양손으로 위에서 아래로 내리친 동작으로 변하는 환영(幻影)의 태도였을 터인데 비슈다는 양쪽의 태도에 모두 베였다. 그렇다는 것은 검의 움직임이 보였다 해도 둘 중 하나의 참격에는 당했을 가능성이 높은 것이리라.

"이거, 달 사냥은 진짜 괜한 오지랖이었네."

"정말. 하지만 확실히 죽일 수 있었던 건 틀림없이 네 덕분이겠지."

하츠미는 한숨을 내쉬듯 말했다. 선명한 달빛에 비친 검섬이 아지랑이처럼 되었을 때 『보이지 않는다』라는 허(虛)에는 결코 당해낼 수 없다는 결론에 이른 걸까. 그녀에게는 조금 전의 교묘한 한 수가 필살을 예감한 일격이 아니었을지도 모른다.

끝은 특기인 찌르기로 결정지을 생각이었을지도 모른다. 하지만──,

"기억상실에 걸렸으면서 어떻게 그런 것까지 할 수 있는지."

"너한테 그런 소리는 듣고 싶지 않아. 너라면 혼자였어도 코웃음 치면서 무찔렀을 거잖아?"

"그건 너무 과대평가 같은데. 전위가 있어준 덕분에 쉽게 이긴 것뿐이야. 혼자였으면 그렇게는 안 돼."

"글쎄. 넌 싸우기 시작하면 노골적으로 수상해지던데."

"그런 직업이니까요."

잔뜩 수상하게 행동한 뒤 신사처럼 정중히 대답한다. 마술사는 기본적으로 수상한 자들이다. 익살, 수상함, 수수께끼 같은 구석을 빼면 그것은 그것대로 재미가 없다.

그러나 하츠미는 아랑곳하지 않고 미심쩍다는 듯 반쯤 뜬 눈으로 바라보았다.

"용사의 전설에 등장한다면 아군인 줄 알았는데 사실은 어둠의 보스일 타입이야."

"마지막에 가서야 쓰러뜨릴 수 있는 녀석 말이네. 내 생각엔 처음에 나오는 수상한 놈이 딱인 것 같은데."

스이메이가 어깨를 움츠리며 킥킥대자 하츠미가 질려하면서도 웃음 지었다.

"정말 여유롭구나."

"뭐 덕분이지."

마음이 편해졌을까. 격의 없는 대화를 나누다가 하츠미는 생각났다는 듯이 말했다.

"그러고 보니 아까도 말했는데 이 녀석과 비슷한 녀석하고 싸운 적이 있어?"

"뭐 그렇지……. 실체가 있는 장소를 모호하게 만드는 기술이라든가 비슷한 마술을 쓰던 녀석이었어. 그런 것치곤 심하다 싶을 정도로 비슷했지만……."

스이메이가 얼굴에 살짝 그늘을 드리우고 목소리 톤을 낮추었다. 떠올리기 싫은 전투의 기억이다. 생각하는 것만으로 한심했던 자신의 모습이 떠오른다.

"흐음. 혹시 그 녀석이 여기 있을지도 모르는 거 아니야?"

"무슨 소리야. 그런 건 말도 안 돼."

"야카기와 나 같은 상황도 있는 거니까 무조건 부정할 건 아니잖아?"

"아니, 그건 아니야. 아닐 거야."

스이메이가 연거푸 부정하자 하츠미는 살짝 뚱해졌지만 스이메이의 표정을 보고 생각하는 바가 있는 듯했다. 그럴 일은 없다고 말하는 스이메이의 표정은 험악하고 불안해 보였기 때문이다.

그러자 스이메이는 달을 올려다보며 묻지도 않은 말을 꺼냈다.

"——그리드 오브 텐(마에 떨어진 십인), 쿠드라크 더 고스트 하이드. 그게 그 마술을 쓰던 남자의 이름이야."

그 마술사와 싸운 것은 꽤 오래 전이다. 그래도 하이데마리가 조수로 오고 이스리나와 알게 된 이후일 테지만——

현대 마술을 다루고 결사의 이념에 살다가, 목표했던 꿈에 배신당한 남자. 타자를 해하고 신비를 세상의 밝은 곳으로 드러내는 것도 꺼리지 않은 마술사로, 리치(죽음에서 해방된 자)가 되어 누구도 막을 수 없게 되었다. 그런 이유로 그런 신분이 된 후로 약 반세기에 걸쳐 방치되다시피 했다.

그러나 너무나도 엄청난 일을 꾸민 탓에 당시 많은 마술 조직이 그를 토벌하기 위해 마술사들을 보냈다. 그 결과 스이메이가 쓰러뜨리기에 이른 것인데——.

"그 녀석은 내가 멸망시켰어. 아무리 리치라도 뿌리를 끊으면 존재할 수 없어. 게다가 만약 내 부주의로 살아 있다고 해도 누가 여기에 그 남자를 부르겠어? 그리고 그 남자가 마족에게 가담한다는 건 말이 안 되는 얘기야. 살아 있는 온갖 것들은 그게 뭐든 전부 뒈져서 그 곁으로 돌아오는 게 최고의 구제라고 말하는 엄청난 착각을 가진 자식이라고. 그런 자식이……."

설마 살아 있는 걸까. 그런 상상을 하는 것만으로 모골이 송연해졌다.

그때 이야기를 듣고 있던 하츠미는 어디를 어떻게 해석했는지 묘하게 그럴 듯한 말을 했다.

"마족에게 전부 멸망당했다면 그렇게 될지도."

"부탁이니까 그 이상은 말하지 마……. 진짜 현실이 될 것 같으니까."

"그렇게 강해?"

"지금 쓰러뜨린 그놈보다 백만 배는 강해. 어쩌면 천만 배일지도 몰라. 그 자식을 상대할 정도면 마족과 마족 장군, 마왕을 한꺼번에 상대하는 게 편할 정도일 거야. 아, 토할 것 같다."

그것은 익살일까 진심일까. 스이메이가 인상을 쓰며 어깨를 떨구었다. 그런 스이메이에게 사정을 모르는 하츠미는 전혀 문제없다는 듯한 표정으로 말했다.

"하지만 쓰러뜨렸잖아?"

"쓰러뜨릴 수 있었어. 유일하게 그때 세상에서 제일 밥맛인 적(害惡)이 아군이었으니까. 안 그랬으면 위상 절단(位相切斷)으로 뿔뿔이 흩어졌겠지."

그렇다, 그때 마침 아군이 된 것은 꿈을 비웃는 남자였다. 스이메이가 레피르를 구했을 때 말한, 꿈의 소재를 알려준 남자가 그자다.

"……두 번은 사양이야. 그 자식이 살아 있으면 그때야말로 마족이 인류를 멸망시키기 전에 그 자식이 모든 것을 죄다 멸망시켜버릴 테니까."

스이메이의 험한 말투에 하츠미가 의아한 듯 물었다.

"……우리가 있던 세계는 그렇게 위험한 곳이었어?"

"전혀. 죽을 만큼 평화로워."

"그럼 어째서 그런……."

"글쎄. 평화와 위기의 균형이 정상적이지 않다는 건 즉 그만큼 말기라는 거겠지. 혁신으로 가는 단계인지 종말로 가는 과정인지는 모르지만 우리가 돌아가기 전에 세계가 멸망했을 수도 있을 것 같아서 진짜 못 웃겠다."

"다른 세계를 구하고 있을 때가 아닌 거네."

"그렇게 말해도 우리가 뭘 한들 망할 때는 망하겠지. 우리가 살던 곳은 그런 영웅들이 설 곳이 아니야. 우리가 하는 일이라고는 기껏해야 집에서 종말이 올 때까지 떨면서 기다리는 것 정도겠지."

심드렁하게 한숨을 내쉰 뒤 스이메이는 쓸데없이 정확한 군대식 뒤로 돌아 자세를 선보이며 유적을 향해 몸을 돌렸다.

"어쨌든 그건 그렇고 나는 일단 조사 좀 할게."

걱정거리가 사라져서 후련해진 걸까. 스이메이는 마법진이 그려진 석조 유적을 향해 걸음을 옮겼다. 하츠미는 느긋한 걸음으로 그를 뒤따랐다.

그때 문득 하츠미의 눈이 날카로워졌다. 가늘게 뜬 눈으로 바라본 곳에는 꺼림칙한 기운이 배어 있다. 필시.

"……저기, 야카기."

"아직 끝이 아닌 건가."

하츠미의 경고에 대답하듯 스이메이가 질린 한숨을 토했다. 조사는 아직 조금 더 미뤄야 할 듯하다. 어두운 숲 속에서 술렁이는 기척은 틀림없이 마족 잔당일 것이다.

스이메이와 하츠미는 마족이 나타날 방향 쪽으로 돌아서서 그들이 나타나기를 기다렸다. 정면에는 블랙 우드 숲 사이로 어둠이 입을 빼끔 벌리고 있었다. 그곳에서 나타날 것으로 예측하고 하츠미는 검을 짊어지고 스이메이는 마술 행사를 준비했다.

머지않아 마족들이 모습을 드러냈다. 어둠 속에서 한 놈 또 한 놈 서서히 모습을 드러냈다. 조금 전에 에워싼 것과 비슷한 숫자가 일제히 달려들 자세를 취하고 살기를 내뿜었다.

"……연전인데 괜찮아?"

"바보냐. 잡어한테는 절대 안 져."

그런 가벼운 말을 하는 얼굴에 웃음기는 없다. 스이메이도 그 말이 결코 과장이 아니라고 생각하지만 표정에는 방심을 드러내지 않았다.

공격을 개시하려던 그때였다.

돌연 마족들 바로 위로 그림자가 떨어졌다.

누가 뭐라고 의문을 나타낼 틈도, 여지도 없었다. 그저 하츠미의 "어──?" 하는 의아한 목소리만이 울려 퍼졌을 뿐이다. 순간 마족의 바로 위에서 충격이 발생했다. 마족들이 지면과 나무와 함께 날아갔다.

그 충격은 주변을 날려버린 걸로는 부족했을까. 떨어진 곳에 있던 스이메이와 하츠미가 있는 곳까지 충격파를 타고 거대한 나뭇조각과 흙덩이가 포탄처럼 쇄도했다.

"이, 이게 뭐야?"

"…………."

하츠미는 당황한 채 대태도를 앞에 겨누었다. 스이메이는 살인적인 속도로 날아오는 물체를 마술로 막아냈다.

굉음이 잦아들고 먼지가 걷힌 그곳에는 머리에 은색 뿔이 달리고 기모노와 비슷한 차림을 한 남자가 있었다. 남자는 죽은 마족들을 밟고 주검에 주먹을 박으면서 투덜거렸다.

"──약해. 이런 쓰레기만도 못한 날벌레들이 여신 아래 살아가는 모든 생명을 위협한다니. 누가 한 말인지 나쁜 농담을 넘어서 소름이 돋네."

설명도 아닌 그 말은 발아래의 마족들에게 내뱉은 걸까.

이윽고 엉뚱한 방문자를 발견한 다른 마족이 뿔을 가진 남자를 노리고 옆을 공격했다. 그러나 남자가 뿌리치듯 주먹을 휘두르자 마족은 블랙 우드와 함께 부서져 날아갔다.

……너무나도 압도적인 광경에 스이메이와 하츠미는 할 말을 잃었다.

마족이 날아간 것까지는 괜찮았다. 마족들을 쓰러뜨리는 것은 둘이서도 못 할 일이 없었으므로. 그러나 가볍게, 마치 날벌레를 물리치는 듯한 동작만으로 튼튼한 블랙 우드까지 감아 부수는 건 도대체 어떻게 받아들여야 할까.

오물이라도 만졌다는 듯이 손을 터는 남자가 불시에 스이메이를 발견했다.

"…………큭!"

쿵. 스이메이의 심장이 크게 뛰었다. 몸은 공포로 얼어붙었다. 압도적인 힘을 목격해서일까. 아니, 힘이 아니다. 그 남자의 존재, 그 시선 때문이다.

뜻밖에도 스이메이의 한쪽 다리가 뒤로 빠졌다. 공포로

다리가 멋대로 움직였다.

이세계에 온 이후로 이렇게 공포로 뒷걸음질 친 적은 없었다.

한편 옆에 있는 하츠미는 가까이 다가온 위기를 깨닫지 못했다. 아군일지도 모른다고 생각하는 것일까. 은색 뿔을 가진 남자를 의아한 시선으로 쳐다보았다.

"용사에…… 호오? 넌 그 동료인가?"

그 물음에 스이메이는 대답할 수 없었다. 머릿속에서 경고의 종소리가 울려 퍼졌다. 또 다른 자아가 빨리 도망치라고 소리쳤다. 다른 소리는 모두 어디론가 날아가버렸다.

하츠미가 대신 앞으로 나가 남자에게 되물었다.

"당신은 누구지? 어떻게 날 알아? 아군이야?"

"글쎄, 그건 네가 어떻게 하느냐에 달렸지."

"무슨 뜻이야?"

수수께끼 같은 남자의 말도 하츠미의 의문도 스이메이에게는 들리지 않았다.

단지 남자의 정체가 무엇인지만은 늦게나마 깨달을 수 있었다.

"……넌 용종(龍種)이야?"

스이메이가 희미하게 떨리는 목소리로 물은 것이 맞았을까. 남자는 입꼬리만 살짝 비틀어 웃었다. 한편 하츠미는 스이메이의 표정이 확 달라진 것을 이제야 눈치챘을까. 의아한 시선으로 쳐다보았다.

"야카기……?"

"역시였어……."

"네놈은 꽤 겁을 먹었군. 남자가 적 앞에서 허세 정도도 못 부리는 건 실망스럽군."

"──큭, 시끄러! 이게 정상적인 반응이라고!"

"하지만 난 두려움에 떠는 나약한 자에게는 볼일이 없어서 말이야. 미안하지만 넌 꺼져줘."

스이메이를 별 볼일 없는 자라고 단정하듯 남자가 매서운 눈초리로 스이메이를 보았다.

그리고 작게 입을 벌려 공기를 들이마시기 시작했다.

──드래곤 로어(용효, 龍哮).

스이메이가 그것을 깨달았을 때는 몸을 죄는 긴장도 공포도 사라져 있었다. 머릿속에는 오직 그 위협을 회피할 방법만이 떠올랐다.

앞으로 일어날 참극을 모르는 하츠미는 보호해주려는 것인지 검을 들고 앞으로 나갔다. 스이메이가 하츠미의 어깨를 강하게 움켜쥐었다.

"하츠미! 이쪽으로 와!"

"응?"

"내 뒤로! 어서 움직여! 드래곤 로어에 말려들 거야!"

"드래곤 로…… 꺅?!"

당황하는 하츠미를 자신의 뒤로 억지로 끌어당겼다. 두 손을 앞에 모으고 영창을 개시했다.

"Non amo munus scutum Omnes impetum invictus. Invincibility immobilitas immortalis Cumque mane surrexissent castle(나의 방패는 방패가 아니니. 어떤 공격 앞에서도 더욱 견고한 것. 어떤 포화 속에서도 흔들림 없는 것. 결코 무너지지 않는 부동의 반석. 그것은 별의 숨결을 모아놓은 황금빛으로 장식된 견고한 성. 그 이름은)."

마력이 표출되는 것과 동시에 스이메이와 하츠미를 둘러싸고 금빛 마법진이 수없이 전개되었다. 정면의 마법진은 회전하고 발아래의 마법진은 내부의 바늘을 움직여 초를 새겼다. 도합 여섯 소절에 달하는 스이메이의 영창이 끝나자 모든 마법진이 그 자리에서 안정되었다.

"Firmus congrega aurum magnalea(나의 견고함. 현란한 금빛 요새)!"

건언이 짜인 것과 동시에 뿔을 가진 남자의 입에서 고음을 동반한 이명 같은 진동이 퍼져 나왔다.

진동파가 주위에 퍼진 순간 지면이 부글부글 끓어오르듯 술렁였다. 공기가 붉은 번개처럼 균열을 일으키며 명멸했다. 공기가 전기를 띠고 분자가 진동했다. 세계의 모든 것이 새빨갛게 물든 플라스마 전구의 한가운데에 빨려든 듯했다. 그 광경 속에 모든 것이 작렬했다.

눈 깜짝할 사이에 시야는 붉게 물들었다. 흙도, 블랙 우드도, 마족의 주검도, 소환의 유적도 폭팔이 모든 것을 동등하게 집어삼켰다.

엄청난 굉음과 뜨거운 회오리바람은 소규모 플레어 현상으로 오인할 만했다. 고요한 밤이 순식간에 초열지옥(焦熱地獄)으로 전락했다. 조금 전 스이메이가 일으킨 분진 폭발이 다이너마이트라면 이 현상은 핵폭발에도 비유할 수 있으리라.

……이윽고 불꽃이 잠잠해지자 주변의 광경은 몰라보게 달라져 있었다.

"이게…… 뭐야."

하츠미는 두 눈이 휘둥그레진 채 여전히 영문을 모르고 있었다.

어느새 어둠 속에 있던 숲과 유적은 재와 함께 날아가고 없었다. 있는 것이라고는 주변 가득 눌어붙은 흙과 타다 남은 불꽃뿐이다.

한편 뿔을 가진 남자로 말하자면 어쩐지 의외라는 듯이 입을 뻐끔 벌리고 있다.

한동안 멍한 상태로 스이메이를 바라보는가 싶더니 돌연 무언가에 영향을 받은 것처럼 웃어대기 시작했다.

"——크하하하하하하하하하!!…… 크크 설마 이걸 정면에서 견뎌낼 줄이야! 평범한 인간이 막을 수 있는 게 아니라고 생각했었는데 이거 참 아무래도 내 생각이 얕았던 모양이군! 좋아, 좋아."

나타낸 것은 분명한 희열이었다. 남자는 한바탕 웃더니 스이메이를 주시했다. 조금 전까지 주시하던 용사에게는 눈길도 주지 않은 채 최고의 도검을 바라보듯 예리한 눈빛으로 스이메이를 보았다.

　그리고.

　"흑의의 남자. 방금 네놈── 아니, 귀공에게 약하다고 한 건 정정하지. 여자를 지키려고 앞에 나선 남자를 약하다고 하는 건 아무래도 도리에 어긋나는 일이니까. 게다가 방금 그걸 상처 하나 없이 견뎌냈으니. 떨었던 이유는 단순한 공포만은 아니겠지."

　그렇게 말한 남자는 이번에는 날카로운 이빨을 드러내고 웃었다. 굶주린 짐승이 마침내 사냥감을 발견했을 때처럼 소름끼치도록 섬뜩한 미소다. 그런 상대의 희열만으로도 스이메이의 몸에 새겨진 용에 대한 공포가 되살아났다.

　다시 떨림과 한기에 사로잡힌 스이메이의 옆에서 쿠치바 하츠미가 다시 남자에게 물었다.

　"당신은……."

　"응? 오오! 그래. 이것 때문에 까맣게 잊고 있었군. 이거 참, 임무와 동시에 더없는 사냥감을 얻게 되다니. 이생의 삶은 얄궂다할 밖에. 하지만──."

　그것은 지금 생각났다는 듯한 말투였다. 아니, 남자는 정말 바로 조금 전까지 하츠미의 존재를 잊고 있었는지도 모른다.

　"나는 드래고뉴트 인르. 연합 용사 하츠미. 네 뜻이 어떻든 오늘 밤 나와 함께 가줘야겠어."

달빛 아래, 드래고뉴트 인르가 용의 엄니를 드러냈다.

후기

여러분 오래간만에 인사드립니다. 히츠지 가메이입니다. 이번 권은 사디어스 연합편입니다.

영걸 소환 의식의 마법진 해독의 실마리를 찾기 위해 스이메이 일행은 제국을 떠나 연합령으로 향합니다.

한편, 연합에는 연합 종주국인 미어젠에서 불려 온 세 번째 용사가 있었다!

이런 느낌으로 시작되는 스이메이의 소꿉친구 하츠미가 등장하는 회입니다. 이야기도 서서히 움직임을 보이고 있으니 즐겨주시기를.

스이메이의 녹록치 않은 여정과 본 작품의 볼거리인 전투 등등.

그리고 마지막으로……

이번 권도 재미있게 읽어주시면 고맙겠습니다.

5권이 나오는 데 도움을 주신 모든 분께 감사합니다. 담당자 S 씨, 일러스트를 그려주신 himesuz 씨, 디자이너 호리에 히데아키 씨, 교정회사 오라이도. 정말 감사합니다.

히츠지 가메이

The Different World Magic is Too Behind! 5
© 2015 Gamei Hitsuji
First published in Japan in 2015 by OVERLAP, Inc.
Korean translation rights reserved by Somy Media, Inc.
Under the license from OVERLAP, Inc., Tokyo JAPAN

이세계 마법은 뒤떨어졌다 5

2016년 11월　1일 1판 1쇄 발행
2019년　4월 30일 1판 3쇄 발행

저　　　자	히츠지 가메이	
일 러 스 트	himesuz	
옮 긴 이	김보미	
발 행 인	유재욱	
본 부 장	조병권	
편집 1팀	정영길 김민지 이성호 조찬희	
편집 2팀	김다솜	
편집 3팀	박상섭 김효연	
라이츠담당	박선희 오유진	
디 지 털	최민성 박지혜	
발 행 처	㈜소미미디어	
인쇄제작처	코리아피앤피	
등　　　록	제2015-000008호	
주　　　소	서울시 마포구 토정로 222, 403호 (신수동, 한국출판콘텐츠센터)	
판　　　매	㈜소미미디어	
마 케 팅	한민지 한주원	
물　　　류	허석용 최태욱	
전　　　화	편집부 (070)4164-3962, 3963 기획실 (02)567-3388	
	판매 및 마케팅 (02)567-3388, Fax (02)322-7665	

ISBN 979-11-5710-525-0 04830
ISBN 979-11-5710-085-9 (세트)